La mariposa y el cristal maldito

11 de diciembre de 1937 en algún lugar de Los Ángeles donde el alcohol era la mejor medicina

Capítulo 1: Primigenio

Los ojos son encantadores ¿no es verdad?

Lo son. Esta historia es la de esos ojos que él no podría olvidar como tú tampoco podrías desear evitar saber lo que pasará aquí mismo, el secreto de ellos…

El misterio de esos ojos que te miran, que lo miran.

Así fue, así estaba siendo.

No había escapatoria posible. Hasta donde había llegado….

Saber que ya estás retenido, que ya es tarde para marchar. Sentirte inmovilizado, ya estaba ocurriendo.

Estás inmovilizado, porque quieres saber más.

Saber hasta donde le habían traído, es casi imposible y sin embargo, deseo.

Deseo, deseo. Todo en su totalidad, esos ojos abarcaban todo.

Él sintió los ojos oscuros clavados en él, mientras el humo del hechizo del mago subía improvisado hasta la gran lámpara.

¿Cómo era posible? Lo estaba poniendo francamente nervioso. Axel se encogió de hombros y cerró su postura rodeándose con sus brazos. Pero la perturbación continuaba…e iba en aumento cuanto más quería apartar esa influencia sobre su persona.

Ni su casi 1.90 le servían de confianza ante aquellos ojos. Nunca le había pasado, después de tantos años de resuelta vida amorosa, de palos en los negocios, en los estudios, de peleas familiares, de huidas, de idas y venidas y más cambio de amantes de los que recordaba.

¡Dios, y cómo le miraba! Como si le odiara, como si le odiara desde siglos y siglos. Su mirada no era una mirada como la de los otros hombres y mujeres. Parecía decir "No tengo sexo, no tengo sexo".

Ya había conocido a este ser en la puerta, habían tenido un encontronazo, pero no había sido consciente de la fuerza del odio reflejada en unos ojos que se preguntaba si solo él veía, ya que no distinguía al resto de su cuerpo por momentos, solo a ellos como ahora lo hacía. Parecían oscuros, pero eran azules, sí, lo eran. Grandes y perturbadores, tanto que parecían bajo los focos de la actuación que cambiaban de color.

Axel miró por encima de las chispas del número de nuevo. Ahora el mago convertía en perlas algunas de las piedras. El hombre cogió el polvo que le quedaba poniendo en las dos primeras sillas que daban lugar a la mesa de cristal los zapatos negros. Era realmente guapo, Axel notó su pulso firme latiendo en la vena del cuello, y bajó hasta la capa negra estilo antiguo de vampiro. Era un sujeto señorial.

Sin embargo su oponente aún le observaba con más curiosidad cuando Axel dejó de contemplar al mago para centrar su mirada de nuevo ante su contrincante. El ser se encontraba entre un matrimonio separado por él, subyugado sin duda por su triple collar de piedras blancas, que como círculos hacían resaltar la oscuridad de su chaqueta y el blanco de la camisa.

Notó la fría excitación de las pupilas sin apenas vida de aquel ser que asexual pero cargado de una rabia o intento de hipnotizarle clavaba en él. Tan solo desvió su atención a la actuación un par de veces. Su interés estaba en comprobar la atracción de Axel por otros hombres o mujeres.

¿Cómo podía saber esa maldita persona que él amaba a los hombres al igual que a las mujeres, a todo género olvidándose de él? ¿Por qué notaba en su examen hacia él que sabía su preferencia, su elegancia en el amar, su singular visión de un amor generalizado?

¿Tanto se notaba?

Era imposible, nadie podría haberlo sabido a simple vista, y sin embargo el ser lo sabía.

Es una persona desalmada

De eso no había duda, dijo él negándose para sus adentros. Axel era probablemente el hombre más poderoso y grande de la habitación, y sin embargo si continuaba así corría el peligro de acabar hipnotizado, o eso le había parecido al ver al ser nada más entrar y chocar con él en la puerta.

-Oh, perdone-había dicho él tocando el suave codo revestido con una extraña chaqueta negra de piel que se quitó más tarde dejando otra más negra y rotunda aún. El tacto había sido inusualmente suave, y el perfume totalmente abrasador.

Axel cerró los ojos por alguna razón imperceptible. Sentía que se excitaba en un momento, aunque venía de ver a Laurio, no podía ser.

Había pasado toda la noche en compañía de aquel dulce chico músico que había conocido en una actuación, no podía estar echando de menos sensaciones que acababa de experimentar. Pero no pudo evitarlo, fue más fuerte que él.

-Has interrumpido mi armonía-susurró el ser, y Axel fue apartado de un manotazo.

¿Qué se supone que significaba aquello?

-Perdone, ya me he disculpado-dijo Axel entrando tras el ser que dejó su abrigo en la entrada tomando la etiqueta.

Pero el ser ya jamás se volvió para contemplarle, no como ahora. Se puso dos horquillas que alzaron su pelo negro aún más.

Se habían mirado antes de la actuación del mago, entre los cristales de las vitrinas con que estaba adornada la gran sala negra y roja. El humo de los cigarrillos les envolvió, y las charlas de la gente.

Ambos habían ido solos. Ninguno necesitaba a otra persona en aquellos momentos. Los dos eran seres solitarios, condenados a la singularidad, no encajando en el perfecto mundo borreguil que conformaba la época prohibida del alcohol.

Axel sabía que no venía bien vestido para la actuación.

¿Quieres tener a esa sombra, verdad?

Su interior le hablaba como nunca le había hablado, los demonios verdes a su alrededor entretejían palabras raras, en extinción, hermosas en adivinanzas que reflejaban el deseo, lo prohibido, lo ruin, lo despiadado, la belleza sin igual que veía en el ser.

Era como el opio, esa sensación. Axel se sintió borracho. Apoyó su mano sobre la chimenea, mientras un camarero se puso delante para ofrecerle una copa.

Los demonios seguían allí, hablándole, susurrándole obscenidades de la noche anterior.

Su pasado estaba olvidado, la noche anterior había sido olvidada.

Pero la aparente excitación corría de la mano de ese ser extraño que había venido a despertar pensamientos extraños dentro de él, más de lo habitual.

-¿Estás confundido, verdad?

De pronto, cuando había centrado su atención en dos de las chicas que le sonreían en una esquina como siempre le ocurría, sintió la voz neutra tras él. Se fijó en las chicas en un último intento de conectar con el mundo real: una era hermosa y la otra fea, la combinación básica.

Miró a la guapa, pero apenas sintió interés.

Retener la atención de Axel no era fácil, subyacía en su pequeño ego una tendencia a sentir admiración que precedía al deseo sexual que pocos lograban satisfacer. En los últimos tiempos solo había amado a dos artistas, los artistas.

Siempre estaban en su vida, presentes. Tenía fotos de él con sus rollos de una noche por todo su piso, en pequeños altares descuidados de copas y cigarrillos, pieles de manzanas, pasteles a medio comer sobre los que se posaban las moscas. Ya jamás volvería con su padre, a la gran casa, estaba cansado de correr y de esconder sus apetitos.

El hambre interior, ese era el precio que tenía que pagar por satisfacerla como un animal soñador. No quería tener control. ¿Para qué le había servido en todo ese tiempo?

-Déjame en paz-dijo Axel al ser al oler de nuevo ese perfume perturbador. Eran nardos, lo hubiera reconocido en cualquier lugar, o quizá, vainilla. No podía ser…había algo más, algo prensado, roto, que moría en su propio olor dentro del principal. El calor de sus sienes casi lo sacó de sus casillas.

Había tardado una eternidad en contestarle.

Eso había sido todo.

El ser se había alejado de él para acercase de nuevo, pero aún no sonreía. Le miró con aparente calma y le puso las dos manos en su rostro.

El ser se había remangado la americana ajustada que traía y las mangas largas de la blusa blanca interior se desplegaban ante él como dos mariposas. El ser permanecía allí, con una imagen estática, más estatua devorada por el frío y el calor a un tiempo, que la figura de alguien real. Sus ojos grandes, como dos antorchas sin fuego, celestes y transparentes, tanto como el cristal que comienza siendo como el cielo, iban perdiendo ese color primigenio precisamente. La mano de Axel había descendido hasta la manga del ser, pero éste apartó la mano ante el roce de la tela con los dedos del joven. Sus labios no reflejaban nada. Largos y delgados ni temblaron ni reflejaron emoción alguna.

Boca traicionera.

Ojos que variaban su color como lo hacía la corriente de un río, un río sin caudal.

¿Qué podía hacerse? Tan solo esperar.

Axel notó su piel tan fría como la muerte. Se habría ahogado en sus ojos de haber estado más tiempo allí y de haber dado un paso habría podido entrar dentro de ellos, de pronto vio dos cristales azules frente a él, cada uno a un lado en vez de los ojos, pero movió la cabeza, negando lo que veía. El ser extraño se marchó al otro lado de la sala con pequeños pasos.

Axel apuró la copa de champagne y la dejó a un lado, sintiendo el frescor de la bebida descender por su tráquea demasiado rápido para degustar nada. Sin la copa sus manos estaban vacías, pero aún sentía en su rostro el frío que el ser había imprimido, el roce de las pequeñas chorreras de su camisa entre sus dedos. Se frotó la mano izquierda en su propio jersey, pero sintió su interés aún. Estaba por ahí escondido, el ser extraño, buscando la más leve reacción, él lo sabía. El ser era diferente a todos en la mayoría de las cosas, pero idéntico en el acecho.

Aprovechando su ausencia una de las dos chicas que le habían echado el ojo apareció para complacerle.

-Hola-unos labios rosas y sonrientes le devolvieron a la realidad

Axel se atusó la barba. El flirteo había comenzado.

-Hola-dijo él aceptando la copa. Otra más.

La chica de labios rosas era realmente atractiva, pero carecía de misterio, de ideas propias, no había más que ver el vulgar vestido que traía.

Mierda, ahora todos serán eso, mierda

Si aquel ser que ahora durante la actuación le estaba perforando con los ojos tenía algo es que ya lo había hechizado. Axel se mordió los labios, incómodo.

El tiempo transcurría muy extraño. El pasado eran los pocos minutos que habían pasado desde que el ser le había tocado al comienzo de la actuación, cuando lo vio de frente de nuevo.

Sabía cuánto le iba a pasar de ahora en adelante. Todos cuantos conociera le parecerían vulgares, simplones y estúpidos. Los demonios retorcerían su mente con pasiones imposibles, incluso por cosas con las que hasta ahora no habría ni soñado.

¿Por qué sabía el futuro?

Después de haber visto a aquel ser, sí, lo conocía.

Se había olvidado incluso de sí mismo.

¡Qué idiota lo hacía sentirse!

Nervioso e inquieto, con miedo a que terminase la actuación y no pudiera acercarse para hablar con ese ser. Como si no tuviera 34 años, sino solamente fuera un adolescente que no podía contenerse.

El ser así lo creía, como ser pasional que era Axel ¡qué fácil era para aquella criatura extraña de ojos de cristal leer en él!

Y sin embargo, allí seguían sus ojos. Sintió el ser en él el temblor de sus movimientos, el reciente amor que había tenido, al notar el arañazo en su cuello.

Su polo gris perla, y sus pantalones de pinza oscuros que guardaban su sofisticada pluma, las llaves del coche y quizá alguna nota de aquellas dos zorras que reían con la actuación junto a él como dos muñecas bobas, sin ningún tipo de atractivo más que una buena bajada de ropa interior a cambio de nada era todo cuanto él tenía.

Ni idea tenía seguramente de lo que el ser andaba buscando.

El ser miró su cuerpo torneado. Hacía deporte, salía a correr y hacía ejercicio, por eso tenía músculos. Más parecía un matón que un fotógrafo.

Ningún sueño podía ser como aquel hombre en aquel recital de magia, ni como aquel ser que le subyugaba, y aún no había dicho siquiera las palabras del hechizo. El hechizo ya lo era el ser en sí mismo.

Desde ese momento dejó de ser el ser para pasar a ser el Ser, alguien con nombre propio para Axel.

El olor a algo caliente llegó hasta el ser entonces, y supo que debía de dejar la caza furtiva por una noche.

Habían servido comida en las mesas de atrás, y ya había tenido suficiente magia por un día. Recordó su casa lleno de mapas y llaves mágicas.

Qué horror. Un suspiro salió de su boca, sintió extenuación por lo que aún le quedaba por hacer antes de hallar la paz.

La chica de labios rosas habló a Axel:

-¿Te está gustando?

-¿Qué? Oh sí, claro-dijo él-es una gran actuación.

Pero su horror apareció frente a él cuando vio que el ser había desaparecido.

¿Qué le estaba ocurriendo? ¿Esa momentánea desesperación de dónde procedía? ¿Por qué no estaba allí, a dónde había ido?

Axel se mordió el labio. Necesitaba un whiskey con urgencia.

-¡Que guapo eres!-dijo a su lado la chica

¿Qué le ocurría?

Sacudió la cabeza, se sentía mareado. Necesitaba salir, pero si lo hacía seguramente ya no volvería a ver más al Ser.

¿Quién sería, qué querría de él?

Conocerle no, desde luego. El odio que había leído en su tacto y en sus ojos cristalinos le habían dejado claro que lo que quería de él sería mucho, pero no amor ni lujuria, y eso era lo que incluso ahora el Ser despertaba en él. No podía engañarse

-Necesito marcharme-dijo a la chica que trazó un círculo con sus labios.

Saboreaban el alcohol con una sed descarada. Desde la Ley Seca ya no había sido posible negar esa realidad de Los Ángeles.

-¡Podemos llevarte!-dijo la otra chica, la más gruesa acercándose.

-Lo siento, ya tengo…

De pronto sintió algo, no, de hecho no las tenía.

¡Las llaves de su coche!

Axel corrió hacia la puerta, dejando plantadas a las chicas.

Le preguntó al portero, si había visto a esa persona, de pelo oscuro, de blanco y negro.

Tres collares, complexión delgada, ojos indescriptibles, no una belleza extraña más bien clásica, apabullante para ser un hombre, demasiado fuerte en una mujer.

-Acaba de salir, señor-dijo el encargado del guardarropa

Axel llegó hasta la puerta principal del edificio, donde dos hileras de plantas le impedían el paso, dificultándole la visión total de la puerta y de quienes entraban y salían entre risas e interés mostrando la invitación al evento.

Su visión estaba borrosa.

¡No, ahora no!

Últimamente algo había atacado a su visión, no era capaz de poder hacer su trabajo bien, durante varios minutos al día sus ojos se volvían borrosos.

Es por la bebida, tiene que ser por la bebida

Se lo decía una y otra, y más veces de las que pudiera describirse.

Sintió un ruido familiar, el de su motor justo cuando llegó a la puerta y bajó las cinco primeras escaleras de la gran entrada blanca, propia de un palacio.

El Ser acababa de arrancar su coche, su precioso coche marrón.

Le había mirado y había sonreído.

-¡Te encontraré!-gritó con las dos manos alzadas Axel.

Sentía tanta rabia que no podía creerlo.

¿Sería real, o tal vez despertaría y vería que no era tal y como él lo había soñado?

Justo allí en la puerta, supo entonces que no era quimera, que una realidad desagradable se había apoderado de él.

Tendría que ir a ver al inspector Gómez, con quien ya había trabajado más de una vez en calidad de fotógrafo de los casos más enrevesados de Los Ángeles cuando pasaba algún tipo de calamidad y era llamado. Pocos tenían el estómago de Axel, eso era obvio.

Sus días pasados en antros que no tenían ni mención siquiera eran algo conocido por todos, la mala vida que tenía, los tragos de cualquier vaso infectado, las venéreas de cualquier prostituta a su disposición, el placer de comer en los restaurantes más baratos cuando estaba solo, o más caros si alguien le invitaba. De todos era sabido que el señor Anthony Anderson había dejado de pasarle el cheque a su hijo por rebelde y calavera hacía ya mucho tiempo, y que éste se había negado a participar de las actividades que su padre hacía. No había querido ser médico, como todos en su familia.

La estrella era su hermana, Clara, la favorita de su padre, la amada por su servicio, su prometido y sus amigas, a pesar de sus gafas de pasta y su carácter intelectual. Los últimos años en que Axel había tenido que vivir con sus padres habían sido una pesadilla. Echando más horas de las que le convenía para llegar tarde a casa y que su padre estuviera durmiendo, para evitar que insultara su trabajo.

Había estudiado fotografía en Europa con los mejores, y ahora había vuelto hacía ya tanto...y ni entonces el señor Anderson había mostrado ni el más mínimo interés en su profesión.

Al sentir que el coche era separado de él sintió que una parte de su pasado también era.

Sin duda el Ser se había llevado un coche lleno de recuerdos, como el de Axel encerrando a Clara en él mientras esta le miraba desconcertada. Lo tenía desde que era adolescente.

Pero el Ser lo sabía, por eso se lo había robado, no para quitarle el coche como método de circulación si no para hacerlo sufrir, sabía lo que significaba para él, o lo suponía. Sabía que tal vez lo buscaría.

La impotencia nubló su vista de nuevo.

Debía de ir al médico, eso era un hecho. Su padre le había llamado tantas veces para recordárselo que le dolía la cabeza de escucharlo. Axel se refugió en las primeras escaleras de la hermosa mansión.

Dentro, las ventanas brillaban de un amarillo limón, obra de las luces que subían y bajaban de tono según el segundo número del mago comenzaban.

Axel se quedó mirando las luces hasta que se apagaron mucho más. Odió ese lugar, y a todas las personas que entraban y salían.

Malditos todos

Si no hubiera ido a ese lugar aún tendría su coche. Sintió asco en la boca del estómago.

No había cenado bien. Nunca lo hacía cuando volvía de una de sus correrías nocturnas. Miró al lugar donde había estado su coche.

Había varios cristales rotos, transparentes que atraían la poca luz que retenía la noche y la sostenían creando una fantasía preciosa.

Se sintió impelido a tocarlos.

Hazlo, hazlo tócalos

Los demonios volvieron a asaltarle, dentro de su cabeza. Su brillo era deslumbrante, pero más allá estarían las heridas que le harían, la sangre que vertería, lo que succionaría su dolor. Era una advertencia, Axel lo sabía.

Si iba a buscar a ese Ser que le había robado sería como tocar esos cristales rotos y malditos que le había dejado allí, solo atraer el sufrimiento a su vida. ¿Qué haría?

La tentación volvió, era como una suave chaqueta roja que le cubría del frío, como el terciopelo más atrayente, rojo sangre, rojo fuego. El rojo había sido siempre su color favorito, casi todos sus amantes habían tenido el pelo rojo. Laurio lo tenía rojo.

¿Qué hago? Lo odio, odio lo que me ha dejado

Los ojos oscuros de Axel se fijaron más, y la fragancia entonces subió a él. Nardos, algo tan usual como los nardos, pero tan efectivo. Cerró los ojos y se imaginó la figura, los tres collares, el tacto frío...y decidió darse. ¿Qué era la vida para pasársela pasando privaciones? Tomaría lo que deseara, no importaba el precio.

Pero no era tan fácil, acercó la mano para luego quitarla.

Ah, ese Ser sabe lo que hace.

Tomó dudando, pensando que ¿y si era una maldición de magia negra lo que el Ser le había echado con aquellos cristales?

-No, no-dijo separándose

La sangre le latía en las venas, su corazón estaba moviéndose tan deprisa que tuvo que sostenerse con ambas manos a los lados.

Alguien le preguntó:

-¿Está bien, señor?

Axel asintió, sonriendo, poniéndose en pie.

Observó como la pareja se marchaba.

Entonces se acuclilló de nuevo y tomó los cristales blancos en su pañuelo, pero curiosamente no se cortó. Guardó varios. Su tacto era más suave y aún más frío que el del Ser ladrón.

Llevó el rebujo hasta su nariz, y aspiró. El perfume que emanaba le llevó a un mundo de sensaciones, de olor y de vida, de cuerpos desnudos, de más cristales, donde las mariposas se posaban y una mujer mayor echaba las cartas. Una tras otra, tras otra, mientras él besaba, amaba, y quería llegar tras el amor a la mesita a coger la copa con el agua clara que calmaría esa sed.

Dios, qué sed. Llegaba, llegaba, pero el Ser estaba allí tras él, aunque no era el mismo que le había robado el coche, era otra persona. No le dejaba tomar la copa, una y otra vez. Su tacto era áspero, pero atrayente, cálido. Era un hombre, su hombre.

Axel entonces sintió la llamada del Ser. Ni en esta vida ni en la otra podría ser suyo.

¿Acaso era eso?

La fragancia cesó cuando se liberó de los cristales metiéndolos en su bolsillo.

Movió la cabeza, estaba realmente borracho.

Más allá del destello una fila de coches entraba y salían de la mansión, a las afueras de la ciudad. Era como si le estuviera diciendo algo, como si realmente el camino estuviera abierto para él.

Axel encendió un cigarrillo y respiró con dificultad.

-Qué mierda, Dios qué mierda

Aquella maldita persona.

Tal vez no era nadie, tal vez todo fue obra de su imaginación desbordante y era tan solo alguien que le estaba vigilando para robarle. Y lo de los cristales, un cuento.

Un ladrón o ladrona, alguien profesional, y él había encontrado en sus métodos una sofisticación extraña, inquietante que le había excitado, solo lo inaudito conseguía atraerle hasta lo más recóndito de la oscuridad. La oscuridad que ahora delante de sus ojos se confundía en farolas y la ciudad del polvo en piedra, por la que comenzó a andar, tranquilizando su rabia las pisadas de los que iban por la calle.

Iría a buscar al Ser.

Ya no había niños, solo furcias, gente enfebrecida, gánsteres y aquellos otros seres solitarios que como él buscaban algo que no comprendían.

¿Tan solo había sido un juego?

Así era la vida en América

Capítulo 2: Lo extraordinario

Todas las personas son extraordinarias.

La frase flotaba ante sus ojos, como si fuera uno de sus preciosos cristales. El Ser la escuchaba sin asentir ni decir nada, apenas sabía qué pensar de ella.

Estaba de acuerdo, era verdad.

Lo sabía, las personas lo eran, pero por su dejadez en su respuesta, Luz volvió a insistir.

-Todas las personas son extraordinarias.

-Sí, por supuesto-dijo el Ser

Era el Ser alguien que todos podían ver, quienes todos podían tocar.

No tenía un gran poder, pero toda su diabólica grandeza descansaba en lo que hacía despertar en los demás.

Se había instruido en el poder de las mariposas, más que en de los cristales.

Luz lo sabía.

Pero había llegado el momento, no podía esperar más.

Luz encendió un cigarrillo, pero lo escupió casi sin decir nada más.

-¡No quiero tabaco!

El Ser la miró, sus ojos azules fijos en Luz.

Su superior se acercó a su lado, deslizándose como una serpiente.

Llevaba un hermoso vestido blanco, que revelaba sus formas femeninas.

¿Cuál era su verdadera esencia, masculina o femenina?

Era la que decidiera ser, la que ella o él escogiera.

A diferencia del Ser que tenía un sexo ya asignado, Luz no. La ventaja y las desventajas que su condición de hermafrodita le daban eran semejantes al libre albedrío que toda la humanidad tenía, recibía pero en un solo cuerpo.

Los ojos de Luz se posaron en los de su aprendiz, y durante un fugaz momento la atrajo hacia sí. Sus alas parecieron abrirse, esas alas que nadie podía ver y su aroma emergió.

Los demonios que habían asaltado a Axel parecieron hacerlo en Luz.

Luz hundió su rostro entre el cabello del Ser, preguntándose por qué, por qué esa era su arma. Pero el Ser puso sus cristales entre ambos manos de Luz que sobre la mesa los tocó y se arañó.

-No, no lo hagas-dijo Luz apartándose-no conmigo

-Lo siento, no podía evitarlo-dijo el Ser apartándose

Luz sabía lo que significaba. Ambas lo sabían.

La inevitabilidad era una realidad para el Ser, y ella se lo mostraría en un momento. Luz se acercó a la ventana vendándose con un paño que le dio el Ser su herida.

-Tu poder ha crecido-dijo ella-lo haces mejor de lo que jamás haya podido imaginar

-¿Qué debo de hacer ahora?-le preguntó el Ser sentándose sumiso en la mesa

-Vamos a alimentarnos ¿te parece?

Luz se colocó su peinado, mientras comió algunos de los dulces que les trajo el mayordomo cuanto tocó la campana.

-Me encanta esta ciudad-dijo el Ser-me gusta el sonido de los cláxones, el alcohol, el dinamismo.

-¿Te gusta trabajar aquí, no es verdad? Sabía que lo harías bien esta noche. Ahora háblame de él.

Luz se llevó un bombón a la boca. Sus uñas eran rojas, tanto como la granada. Hoy jugaría el papel de mujer fatal.

El Ser no podía apartar los ojos de sus uñas.

-Es un hombre rudo, mecánico, de fuertes pasiones pero difícil de despertar al mismo tiempo-dijo-rechazó a una hermosa mujer delante de mí.

-Lo extraño hubiera sido que no hubiera sucumbido a ti-dijo Luz-pero tú eso ya lo sabes, lo intentas incluso conmigo.

Los ojos cristal del Ser se clavaron en el siguiente dulce.

-No tiene nada que ver-dijo-me has pedido que lo defina a él, mi efecto sobre él es…

-Inevitable-dijo Luz

El Ser miró sus manos, de dedos blancos. ¿Realmente tenía que recordárselo?

Que era su familia, la única que había tenido, que fuera de ella ese mundo para sí estaría muerto. El Ser y sus miedo.

Todo Ser tiene miedo a algo.

También éste, el cual no se admiraba por su sexo sino por su presencia indudable.

-¿Cómo harás que venga?

Luz encendió otro cigarrillo cogido de la caja del fondo.

La habitación era clásica, no propia de 1937, sino amueblada como si fuera una casa medieval. Las tuberías y todo lo mecánico que había ido incorporando Luz venía todo muy retrasado. Apenas habían comenzado a tener luz eléctrica.

Luz siempre se había negado, pero no podían ignorar a la tecnología por más especiales que fueran.

-Le he robado su coche-dijo el Ser dejándole sus llaves allí ante sus ojos

-Tus métodos se están volviendo rudimentarios, no son propios de tu llamada.

Luz tomó las cartas del tarot y las dispuso sobre la mesa.

-La vida en esta década no es fácil, señora-dijo el Ser

-Axel es un hombre de difícil acceso, desconfía de todos, lo hará también de tus intenciones. Quizá denuncie el robo de su coche nada más. Y vendrán aquí todos esos polizontes idiotas a hacerme un montón de preguntas. Pero él no.

-¿Qué papel jugarías entonces, Luz?

El Ser encendió otro cigarrillo, pero abrió una ventana también a medida que se quitó la americana negra.

Notó el letargo de Luz, ya estaba cambiando de nuevo.

Escuchó a sus ropas rompiéndose, sus ojos parpadeando sin parar, su voz volviéndose ronca.

Pero no la miró, estaba ya el Ser familiarizado. A eso.

A eso nada más.

La metamorfosis fue larga en el tiempo, pero ruidosa y triste a sus oídos, atrayente al fin, ahora que Eva se había liberado ya de su fobia a ella. Pero jamás olvidaría aquellos mismos que desde pequeña sentía cuando Luz cambiaba de forma, cuando sus labios aparecían de pronto pintados, y los rudos pantalones de hombre como una larga falda. Los cigarrillos sin embargo siempre estaban allí.

Nunca de tabaco, siempre de droga. Y las uñas, siempre rojas cambiaban a negro, a nada. No faltaban los minutos que dedicaba a este cambio, mientras su voz se moldeaba como la arcilla de una figura que se está formando ante el tacto del artesano, moldeando su naturaleza al sexo que más le convenía. Como si alguien le arrancara la ropa gemía, siempre lo hacía, eso era lo que Eva más odiaba. Los demonios de su condición, las hadas también de la suerte, del cristal la envolvían.

-Eva...-susurró la voz de Luz

-¿Puedo ya mirar?

-Sí, puedes-dijo ella

Pero la sombra ya había cambiado, aunque Eva había bajado a media luz la lámpara. Apagó la del salón principal, y dejó la dos pequeñas que rodeaban al gran altar.

Había en el centro rosas, traídas siempre de Inglaterra para la consagración a su divinidad, la seguida por Luz pero nunca por Eva, la cual tan sólo estaba unida a ella por una alianza imposible de debatir, siquiera de cuestionar. Eva, el Ser.

Como todos somos seres, el Ser que era para Axel correspondía al de una mujer extraña.

De piel blanca, pelo negro como la noche, no había quizá un pelo más negro que el de ella, pero ahora debería de cambiarlo. Sería rojo, tendría que adherirse a su nuevo papel.

Sintió frío cuando las manos de Luz al no darse ella la vuelta tocaron sus hombros.

Al darse la vuelta y sentir el beso en sus labios comprendió Eva como su hermano mayor estaba allí, y ya no sería más la mujer fatal por esa noche.

-Haz un sacrificio conmigo, hermana-dijo

Para nosotros o para cualquiera dos hermanos, uno mayor llamado Luz con su cabello corto y rubio, sus largos brazos, sus uñas sin color ya, sus pantalones blancos y su pecho desnudo, y su hermana Eva, de ojos azules, tez tan consumida que podía haber sido un aire que pasaba se postraron y perdieron todos los escrúpulos ante el altar de flores de colores de Bellaria, la diosa inmortal de la tierra a la que rendían culto.

Ninfa eterna para Luz.

Asesina para Eva.

El Ser dejó de ser el Ser, cuando estaba en casa no lo era. Para ser quien era de verdad, Eva.

La mujer dotada de extraordinarios dones que le comenzó a dar a su hermana los cristales del jarrón que aventó contra la estatua de Bellaria, furiosa.

-¡Eva! ¿Cómo osas?

Luz estaba encolerizada, ahora sí.

-Jamás le rendiré culto a eso-dijo ella-¡no tengo por qué hacerlo!

-Hermana, por favor….

- No puedo hacerlo más, Luz.

-¡Si me dejas ahora nunca te liberaré!

La voz era ronca, más demonio que real. Sintió el frío sobre su piel, pero se dejó caer, furiosa.

Las espinas de los cristales de su piel se clavaron aún más profundo, y su sangre corrió escaleras abajo, dejando que el rojo mojase el altar bajo de Bellaria.

-¡Maldita seas, Eva, cualquier día morirás! Ríndete a mí, ríndete-dijo su hermano aflojando su látigo sobre ella

El látigo de sus tentáculos, de su poder, de sus espinas.

Eva soportó el dolor, clavándose su mirada en la de su hermano, en el suelo.

Ella era tan hermosa, tan débil…de pronto estaba usando su encanto de nuevo.

-¡No lo hagas, Eva!

Pero Eva le llevó al límite, al igual que Luz a Eva, todo en nombre de la ninfa diosa que le daba la juventud eterna a uno, pero se la había negado desde su nacimiento a la otra, porque no le rendía su amor, ni su devoción, ni su fuerza.

¿Quién podría vivir sin quién?

Eva dejó que Luz lo decidiera, pero aún así el miedo a la muerte como a cualquier ser la superó. Cuando ya apenas podía respirar asintió.

A cuatro patas, sintió el frío de la ventana que entró.

Respirando con dificultad vio los collares de perlas rotos en el suelo.

-Jamás te enfrentes a mí de nuevo ¿lo entiendes? -Luz la abrazó, sintiendo la pasión nacer en su piel. Su aliento jadeaba, pero horrorizado se separó de Eva.

Lo que ella hacía despertar en cualquiera…era peor que la misma muerte si él caía en la tentación alguna vez, y secretamente, Bellaria lo sabía.

No había nada que deseara más.

Después de todo Eva no era su verdadera hermana, la había adoptado desde que no era más que una niña sucia corriendo por la calle, buscando a una madre que nunca encontró, escapada sin duda por las crecientes deudas en una época en que los Estados Unidos de América comenzaban a crecer.

Aquella siempre había sido su casa, en la que vivían.

En el centro de la ciudad de los nuevos ricos.

Magnífica en su estilo Tudor, imposible de encajar en la arquitectura de ladrillo-piedra, de desierto, de numerosos vehículos que pitaban, de los estruendosos carteles cuyas bombillas se apagaban y se encendían simultáneamente mostrando los nuevos estrenos de los cines o las heladerías más suntuosas produciendo un ruido intermitente que en los oídos de Luz eran como bombas, el interior estaba esculpido en oro, ceniza y blanco.

Era la vida en la ciudad, en esa civilización en que los hombres habían construido sus casas, sus negocios. Las máquinas de hacer dinero se constituían en grandes almacenes que amenazaban con la competencia a las pequeñas empresas tal la ruptura de la Ley Seca.

Todos aquellos traficantes de alcohol ahora lo hacían con otros aromas, con sustancias que provocaban un letargo diferente, que adormecían, con otras que vestían y que calzaban. Había tráfico de todo cuanto se pudiera imaginar. Fábricas y fábricas clandestinas de todo tipo surgían de un lado y del otro.

Pero en la casa de Eva todo era oscuridad, brillante solo como su carácter lo era, pulida con el barniz de su esperanza en el cambio. Su lamentable esperanza.

A veces deseaba ser arrastrada por el poder de Luz sin más. Que sus planes se hicieran realidad y ella pudiera sobrevivir en el mundo de belleza compuesta por flores marchitas que su divinidad Bellaria provocaría. A fin de cuentas ella, Eva, no saldría malparada. Ella había sido fiel sirviente de su causa durante años.

Pero había algo en Eva que todos temían, que nadie sabría explicar. La misma Luz casi caía en su juego más de una vez.

Eva jugaba con Luz ¿por qué lo hacía? Apelaba a lo mismo que había apelado con Axel, a su sexualidad, en el sentido más primario. Tentaba al Ser en él no a la hermafrodita, al hermano de fuerte voz y pasos firmes, ni a la mujer fatal.

Luz se abría como un narciso oscuro ante ella, con sus gotas empapando todo de sudor, de placer reprimido, mirándola con un deseo a duras penas reprimido, tan solo la insistencia de Bellaria hacía que la soltara.

Eva entonces reía, y Luz se preguntaba mirándola quién era el que verdaderamente tenía el poder cuando era su hermano, y si Eva la deseaba cuando era su hermana.

La pregunta sobre qué identidad escoger radicaba solo en Luz, y según Eva solo Luz podría tener voz y voto en ese asunto. No obstante la inevitabilidad con que Luz la amenazaba era para Eva una realidad, palpable, auténtica.

Sabía que su vida estaba unida a la fuente del poder de la ninfa muerta. Dentro de muy poco irían a ver su tumba, a llevarle las ofrendas.

¡Sólo oscuros seres harían tal cosa!

Negros eran sus corazones, sus sofás y sus instrumentos.

Eva se apartó con brusquedad del abrazo de su hermano.

-¿Qué toca ahora?

-Iré a hablar con Lorenzo Méndez

-¿Con el director de periódico?

-Axel Anderson trabaja allí, tú ya deberías de saberlo

Eva cruzó la puerta y subió a su habitación.

Llamó a la doncella, y la humilló mientras la ayudó a llenar la bañera. Se sentía poderosa viendo a otro ser humano seguir sus órdenes.

Se odiaba también por ello. Pero conocía el castigo si se negaba a seguir con aquella existencia. Las canas ya amenazaban, pero seguía siendo un peón a las órdenes de Luz.

Esa noche vendría su divinidad a verla, como siempre, prefería no estar allí.

Las noches sedientas de alcohol no eran lo suyo, prefería la bebida a la comida, el agua manchada de alcohol a la carne, por eso tras tomar el baño espumeante cerrando sus ojos de cristal y dejándolos descansar bebió apartando las cortinas en su terraza, viendo el pulular de la ciudad, imaginándose a sí misma siendo libre y perdiéndose entre las gentes que se apelotonaban en los restaurantes, el muelle, las calles andando entre los coches, con el encendido navideño que tanto le gustaba ya tan cerca.

Tenía Eva una forma de ser que nadie comprendería jamás, pero su prisión era su fuerza.

Para Axel, un tormento. Ella sería su condena, él lo sabía.

Tiene que venir a verme, cualquiera vendría. El también

La luz de su habitación se apagó, pero cuando ya era madrugada en aquella casa oscura, cuya última luz fue apagada con el mayordomo Paris, algo sucedió.

Unos pasos hicieron crujir la hierba en el jardín, alguien andaba descalzo sobre el verdín, sus dedos estaban petrificados en el rocío de la madrugada.

Por ahí venía

Eva se paró ante el invernadero de su hermana.

Sabía que estaba prohibido traspasar la puerta, pero no le importó. Tras pensárselo bien dio un tirón.

Aquello significaba la profanación del recinto sagrado, pero quería algo que solo había allí.

La Flor de la Pasión Ardiente.

Aquella que transformaba en sangre las aguas más puras. Tomó las flores sin apenas hacer caso al gran sarcófago que palpitaba en luz en medio del gran jardín improvisado. Miles y miles de pequeñas estatuas le rendían culto en silencio en formas de pequeños hombres lascivos a Bellaria, cuyo cuerpo según la tradición estaba oculto en aquella estructura de metal.

Después Eva tomó un tiesto, y suavemente aplastó los pétalos con uno de los palos de otra planta, poco a poco. Cerró los ojos mientras lo hacía.

La noche era de ella y de aquella divinidad muerta, junto a su lado.

El sarcófago de Bellaria resonaba, levemente, eso lo había notado desde hacía mucho tiempo. Pero solo *Aquellos* podrían escucharla, los que eran diferentes, los que escondían un monstruo en su interior, los de las habilidades, los extraños, los malos.

Eva sabía que solo debía de cerrar los ojos para saber la verdad.

Lo hizo.

Cierra los ojos, ciérralos, hermoso ser.

Sintió la respiración entrecortada en la sombra, pero no sabía de dónde venía.

¿Habría alguien más allí?

Eva negó con la cabeza. Sabía dentro de sí misma que no. Tan solo la muchacha del servicio y el mayordomo, ya durmiendo. Incluso su misma hermana estaría descansando, siendo una lánguida mujer fatal, cansada del sexo que sin duda habría tenido las horas anteriores. Luz había dejado su virilidad a un lado para marcharse antes de la una. Ella había dormido tres horas, pero la había oído volver.

Los tacones en las manos, las largas piernas, perfectas, simétricamente el sueño de un escultor de la Antigua Grecia blancas más que su propio rostro, subiendo por las escaleras, paradas delante de su puerta, con esa obsesión que la caracterizaba, ya fuera ella o él.

Luz deseaba a Eva, en todas sus manifestaciones, en todas sus versiones, sus sueños, sus días y noches. Tan solo podía vencer a su atracción su devoción por Bellaria, ciega, rotunda como el universo.

Si alguna vez Bellaria demandaba la muerte de Eva en su altar ritual Eva sabía que el corazón de Luz podría hacerlo, pero no su mano.

O tal vez ninguno de ambos. Había observado como su deseo por ella crecía más y más, y cómo los intentos por controlarlo de Eva solo servían para que en efecto, Luz te tuviera más respeto y se retirara, pero también para que su deseo por ella aumentara. Era lo que pasaba. Sentía el dulce aliento de alguien a su alrededor, pero no la preocupó.

Luz no le haría nada, aunque lo intentaría. Vendría ebria, y siempre que estaba borracha solo decía tontería, su magia no servía entonces. Luz la odiaba tanto como la amaba, el odio y el deseo en ella eran uno mismo, una bola que tenía en su alma. Una enorme piedra fragante que no podía dejar atrás, pues era adicta a ella.

Toda la culpa es mía

Eva lo sabía, Luz sufría como Axel lo hacía. La belleza ideal que nunca se puede alcanzar, el deseo por quien se burla del tuyo, amor a cambio de burla. Los torturaba, los atraía, los intensificaba y luego los abandonaba, como sus antepasadas, las sirenas. Eso decía Bellaria, pero Eva no la creía, había algo en ella que Luz no podía observar, era una desesperación, un ansía que nadie podía evitar. Aún estando dormida.

Eva escuchó aún más. Los sonidos de los automóviles apenas llegaban. En el silencio de la noche, un crujir, y el pulular de un ave extraña.

Algunos grillos cerca, y la nieve que caía románticamente como una colcha suave sobre el techo del invernadero. Y ella….

Era como el de alguien que estaba haciendo el amor, como el gemir de una mujer bajo un hombre, era el respirar de una mujer divina. El de Bellaria, ambos eran uno.

Los ojos de cristal comenzaron. Eva se fijó en la efigie del ataúd pero apenas se acercó. Vio como la mujer coronada por flores tenía los cabellos cortos, a la altura de la mejilla, su pelo era muy actual. Sus facciones más que perfectas eran finas.

Larga nariz, demasiado para Eva, sus labios lánguidos y finos, sus grandes ojos, tanto como los de Eva, sus pies, que se perdían sobre el vestido de fresas, sus hijos, los conejos, los pájaros, los animales del bosque a sus pies, rindiéndole homenaje en su sueño.

Olió su féretro. Fue un trabajo largo pero dulce.

Allí estaba la esencia de los bosques, las frutas rojas, el poder y la riqueza. Toda una naturaleza destinada a florecer. Las mujeres ser harían más fértiles, los campos producirían más, como una nueva Deméter Bellaria traería la belleza, pero para ella los hombres serían flores, y las flores pronto se marchitan y mueren.

Eva acarició la piel de la efigie, pero solo notó el frío de su talla. Era realmente mágica.

Apegó entonces su oído a sus labios, y allí escuchó en palabras de la noche lo que Bellaria tenía que decirle.

-Deséame, como deseas el sol, necesítame como necesitas al agua, llévame el bosque y quédate allí.

Eva se apartó en cuanto las palabras terminaron.

Hablaba en la antigua lengua de las hadas.

-Exigua naturaleza ofreces, ninfa del bosque-dijo como toda respuesta Eva-solo traerás miseria a los hombres. No participaré, pero no me opondré a ti.

Naturaleza en extinción, ¿ese era el mundo idea que Bellaria traería para Luz?

Se apartó temerosa de su figura junto al ataúd.

Algo la tocó, primero por las piernas, luego por los hombros, y finalmente por los brazos. Eva se retiró, horrorizada.

Eran los demonios del deseo que acudían ante ella. Enviados por alguien, pero ¿por quién?

-Ah….

El suspiro se incrementó, más aún.

En la puerta, la alta modelo de pelo rubio y tacones negros.

-Así que tú también la has oído-dijo Luz desdoblándose en su voz

-No-dijo Eva acercándose a Luz suavemente, le puso la mano sobre sus pechos-quédate, necesito a mi hermana esta noche.

Los pechos hinchados debajo del jersey de lana negra sintieron un estremecimiento. Su ama también lo había sentido, y la misma Eva.

¿Acaso ella lo había sentido?

¿Había leído el interés de Bellaria o le daba igual, como todo?

Era mejor que la duplicidad no le sobreviniera de golpe, y a juzgar por el alcohol y el sexo que había tenido esa misma noche con un desconocido, podría ocurrir. Eso era lo que más atrapaba a Eva.

El mostrar sus dos caras, como Jano.

-Fui a buscarte a la cama, hermana-dijo Luz, pero no era ella, sino el hermano.

Eva tembló al machacar lo que quedaba de los pétalos a por los que había ido.

No, eso no. Por favor que no lo haga.

Eva sacó su mano blanca de su bata y empuñó la hoja hacia su puño. Una vez ahí se abrió un canal por el que su sangre cayó sobre los pétalos de la Pasión Ardiente.

-¿Qué vas a hacer?

La figura duplicada se iba acercando más a ella, pero Eva clavó los ojos en el suelo y lanzó los dos botes que tenía de cristal ante sí, pronunciando las palabras. Los cristales le sirvieron de escudo, de salvaguarda mientras hacía la labor que había ido a hacer allí.

-No te escondas de mí-dijo Eva, volviendo a ser hermana, para dejar de serlo-yo no lo hago más, este ser doble es quien soy, en uno solo.

-Déjame en paz, Luz-dijo Eva-ya le he dicho a tu ama que no me opondría a ella, pero sí a lo que tú quieres hacer conmigo.

El ser de grandes brazos de color encarnado se abrió sobre ella, chillando de rabia, pues no podía acceder al círculo que ella había realizado con los cristales.

-Quiero que vivas la vida conmigo-dijo Luz

-Ya lo hago, hermano, hermana-dijo Eva, llevándose a su cabello la mezcla roja. Era el tinte permanente. El pelo le quedaría rojo para siempre.

-¡No! ¡No!

Eva procuró centrase en las palabras de protección, los cristales aún la protegían. Pero la sombra de piernas delgadas, largos brazos, aliento frío, corazón derretido y dulzón sabor a alcohol y muerte se volvió oscuridad, para dejar de ser eso por lo que era conocido, por su nombre, por Luz.

-No puedes cambiar, hermana, te lo prohíbo-dijo Luz

-No, no puedes prohibírmelo. Yo soy libre para ser yo misma, y te agradecería que me dejaras en paz.

Sobre la melena negra, sentada en el banco blanco Eva se echó el tinte, temblando. La duplicidad de su hermana iba en aumento, si lograba traspasar los cristales podría atacarla, hacer aquel sucio ritual y luego matarla incluso.

-Te quitaré todo cuanto amas si me abandonas, te hago esta promesa esta noche, Eva

La figura se desprendió de su vestido, exponiéndose.

-¡Mírame, mírame!

El grito pasó a ser un simple alarido de animal herido, pero el demonio de los celos y del poder había entrado en ella.

Su sombra daba ahora, su verdadera imagen.

La perdición, el sonido de los que están condenados y mueren solos.

-Oh, no....

La soledad, la vida que siempre había llevado hasta ahora en su compañía.

-¿Quién eres?-preguntó Eva

Aquel ser hecho de cenizas, de arrugas, de tentáculos, de carne y sangre, piel oscura que se revolcaba por el suelo y que iba poco a poco arrancando los cristales que ella había consagrado, mientras lograba llegar hasta ella desnudo, en silencio, y clavar su gran cabeza junto a la suya, doblándola casi por la gran estatura solo la observó.

Los ojos azules del Ser contra los de aquella criatura solitaria, dulce antaño, y ahora infeliz, que la adoraba con una intensidad que la condenaría al infierno si ella no acababa antes con ella.

-Hermana-dijo ella suavemente

Se quitó su bata, la dejó caer ante la criatura, sentándose blanca como un nardo ahora entre su propia sombra, su pelo rojo ya.

La criatura hermafrodita y no descriptible depositó su cabeza sobre el regazo del ser. Sus manos ahora no parecían garras, ni su voz el sonido del resbalar de cadenas, del lapsus de la demencia antes de caer en la locura. Evocaba simplemente al de alguien cansado, dolido, traicionado.

-Te amo-le dijo a los pocos minutos.

Solo Dios sabe los minutos que tardaron en levantarse de allí.

Eva sentía en el llanto de su hermana lo mucho que lamentaba aquella situación. No podía evitar los cambios que estaban ocurriendo entre ellas. La diferencia de edad, de mentalidad, las sensaciones que Eva producía en cualquiera y más aún en su hermafroditismo, volviéndola cambiante, duplicándola, haciéndola desear lo que no estaba bien ni a los ojos de Bellaria. Lo profundamente herida que debía de sentirse Luz era algo que Eva se preguntaba, mientras la acunaba rendida a sus pies.

Hacía bastantes años había sido Luz quien la había acunado a ella, en las largas noches de invierno, cuando las calles de aquella tierra de las oportunidades aún no estaban tan decoradas por las fiestas navideñas como ahora sí que ocurría. La pequeña Eva, andando sin ningún destino, con sus botas negras y su batita de dormir, sin más abrigo que el calor de las bombillas de las farolas. Con sus grandes ojos de cristal, su pelo negro ahora cambiado para siempre, sus palabras extrañas.

Luz se la había encontrado al salir de un local. Siempre vestida de blanco, Eva le había preguntado:

-¿Eres mi ángel de la guardia?

-Sí, pequeña-le había dicho Luz entregándole uno de sus brazos largos enguantados

-¿Entonces me llevarás contigo? ¿Estaremos juntas para siempre?

Los ojos de la niña nunca habían brillado tanto como aquel día, salvo en la actuación del mago, Eva sabía que se había extralimitado con Axel, pero era algo superior a ella, era como…si quisiera acabar con él, como si quisiera seducirle para hacerle explotar el corazón al rechazarle y luego comer su carne, como las sirenas, en efecto, como ese pueblo del que siempre le había hablado Luz que Bellaria decía de ella.

Luz la había cogido, a su perla azul, y se la había llevado a su gran casa.

La había hecho arrodillarse ante el altar de esa hermosa mujer retratada, y darle flores, partirlas en pétalos y pronunciar no sé cuantas palabras extrañas, para luego darle una suntuosa cena compuesta por una tarta de chocolate y nata más alta que la misma niña, que sucia y hambrienta la había devorado.

Si no hubiera sido por Luz, ahora ya no estaría viva.

-Hay algo que no sabes, Eva-dijo la mano de Luz tocando su hombro-algo que siempre quisiste saber.

-Sé lo de mi madre, y lo de mi padre, hermana-dijo ella

-Por favor, perdóname-dijo Luz

Eva a lo lejos creyó oír un chapoteo, y sobre él una cabeza emerger, pero aunque sucediese, aunque se encontrasen ya era muy tarde.

La odiaría, sería inmortal, más hermosa, más fuerte, y tendría cola de pez.

Su madre, una diosa de las aguas, otra ninfa, otra súbdita en su día de Bellaria.

El destino, que Luz la encontrase en la ciudad siendo hija de quien era. Pero su padre, un ser humano, como ella ahora. Por eso caminaba por la tierra, y seducía con su mirada.

Debiera haber sido con su canto, como todas las hijas de las sirenas en tierra. Pero ni eso había heredado. Era humana, absolutamente, su alma no tenía nada de sirena más que la presencia, que había chupado toda su voz, todo el encanto, otorgándola la presencia más magnéticamente real e imposible de olvidar que pudiera existir.

Hija de una sirena, obra maestra de un marinero. Humana absolutamente. Y su madre, su madre perdida, según Luz... ¿estaría perdida?

¿O quizá las manos de Luz se negaron a que arrastrara a su hija a las profundidades y acabase así con su vida por el intento de retenerla egoístamente?

Recordaba a Luz con ella. También le había puesto un vestidito blanco, y ver a la mujer de ojos azules venir a su encuentro, con apenas unos harapos entre las piedras.

-Devuélvemela, es mi hija, Luz

-No, no lo haré, tú acabarías con ella. Se quedará en tierra sirviendo a la ninfa.

-Yo no creo en Bellaria, perdí la fe en ella cuando los hombres vinieron a esta tierra-dijo escondiéndose pues los hombres la estaban buscando.

-¿Te han visto verdad?

Luz retenía a su hija en sus brazos.

-Dame a Eva, es mía, solo mía. Yo la di a luz, tú no tienes derecho-dijo su madre

-Se ahogaría ¿es que no ves que está mejor conmigo en tierra?

-¡Ser deforme y antinatural! ¿Qué harías tú con ella? No puedes ser ni su padre, ni su madre, no eres nadie.

La arpía se había despertado en las palabras de la sirena.

-¡Eres un ser impotente que no es capaz de luchar por nada! ¡Sigues a Bellaria como quien sigue a un perro sin dueño!

Eva sabía el motivo por el que su madre la quería.

La espuma, la extensión del mar, el sentirse como la estrella principal en cada mito. Pensó en Grecia, en las naves griegas dirigiéndose a Troya, en Ulises, en Edmond Dantés, en los piratas de hacía dos siglos, siempre eran ellas, las sirenas, las grandes protagonistas, pues al morir su piel se fundía con el mar.

Y era en este espacio donde su madre quería que Eva dejara su ser, en las aguas. Por eso recordaba los insultos, el doloroso descender de Luz por el agua y enfrentarse a su madre. La mujer sin nombre que renegaba de Bellaria.

El oír el siseo y el griterío de otros que lloraban por la multiplicidad de pecados, la duplicación de Luz mientras ajena jugaba con su sombrilla blanca.

Un viejo asqueroso acercándose a la niña, mientras un hombre fuerte y decidido salía de entre las aguas, lleno de sangre, embadurnado.

-¡Deje a mi hermana en paz o le cortaré su vieja polla!

El hombre desapareciendo, y Luz secándose con su chaqueta a la que hundió tras un bulto que flotó para ser atrapado por las aguas, cuando ya se alejaba con Eva en sus brazos la pequeña algo así vio. Y ahora....ahora como siempre ocurría en su caso, la comprensión se apoderó de ella.

Luz la había salvado de una muerte cierta. Pero su madre había muerto a cambio. La duplicidad surgía entonces cuando se disponía a dar muerte a alguien, y ahora lo había hecho.

Eva sintió miedo y frío. El miedo, esa sensación que siempre era un susto, y luego el frío, la perdición y el abandono, el saberse amado era cálido, pero ahora se sentía de las dos maneras. Una lágrima cayó sobre las mejillas de Luz, que sin decir nada las bebió, como el agua del que Bellaria había dicho antes que quería formar parte, para tener a Eva.

Todos la deseaban, pero ella no deseaba a nadie.

Axel buscaba también una flor, pero él no tenía nardos en su jardín.

Su ama de llaves apenas le regaba las plantas. Había unas florecillas amarillas y otras rojas en algunas pequeñas plantas, pero ninguna olían.

Buscaba el olor del Ser, de aquella figura de pelo negro que lo había atormentado durante la actuación.

¿Cómo podría haberlo hecho? Le había robado el coche delante de todos y aún así, no podía saber si realmente era real lo que le había pasado o no.

Fue a la cocina, y buscó entre las botellas. Encontró whiskey, se sirvió una, la bebió sentado en la cocina mirando hacia la otra silla, saludándola, según era costumbre.

Como si Laurio estuviera ahí, y sin embargo se sentía aliviado de que el muchacho no estuviera. Solo le habría confundido aún más.

¿Era el Ser, acaso la excepción que cumplía la regla?

Una mujer, todo en ella era de mujer. Pero de mujer fatal, de mujer inalcanzable. Tenía todo cuanto él... ¿amaba u odiaba?

No deseaba encontrar su coche, deseaba encontrarla a ella.

A ese Ser que le había robado la paz, que le había sacado a su amante de su corazón en el último momento y había catapultado a su sexualidad a un punto del que ni él sabía salir. Siempre había amado a hombres y mujeres, de hecho ese era el problema ante su padre, pero no había jurado su amor eterno ni a unos ni a otros. Abogaba por la pluralidad no la individualidad, jamás había pensado en la misma persona más de dos horas seguidas, y ahora llevaba toda la noche. Pronto amanecería.

-Maldita sea

Ya no habría paso atrás. Esa quería algo, debería de publicar algo en "El Extraño", mañana llamaría a Lorenzo.

Y se enteraría de cuál era el nombre de la dama.

Pensó en Pamela, Lorena, Susana, Yvonne...este último le pegaba, pero su triple collar lo apartaba enseguida.

Odiaba su superioridad, esa manera de hablarle nada más conocerle, pero no sabía si era amigable o no. ¿Cómo se portará con su familia? ¿Entre sus amigos?

Había más preguntas que respuestas, y eso solo podría solventarse con un sonoro no.

No podía pensar más en ella, dejaría que la policía se ocupase, si es que lograba deshacerse del recuerdo de su aroma terrenal, de su tacto frío. Agua del mar, olor a nardos.

Tierra en su piel, agua en sus ojos. El viento era el destino que pronto los juntaría, él lo sabía tan bien como ella, y el fuego el que él debía de guardar, pues sabía que ella no lo deseaba. Hacía años que no entendía a esos seres femeninos, los masculinos eran incluso más difíciles de despertar, de enamorar pero eran claros, no eran una sinfonía hermosa y rara como las mujeres. Aún así aquella no era una mujer normal, era una de *Aquellas*, de las que su padre le había hablado, y si era así solo querría algo de él, algo valioso que nada tendría que ver con el amor. Quizá una prenda, un favor o una palabra.

Pero si era así ¿por qué lo había violentado?

Dejó los cristales envueltos en su pañuelo sobre la mesa.

¿Por qué sacudía su interior así, por qué lo torturaba?

Maldito ser, maldito....

Apenas había amanecido cuando en efecto el teléfono se deslizó por entre las corpulentas manos de Axel.

En el otro lado un trago.

Whisky al acostarse, whisky al levantarse, para sobrellevar el día. La tos de perro viejo de Lorenzo inauguró el sonido del choque del cristal contra la mesa de su escritorio.

-¿Diga?

-Cada día madrugas más, Lorenzo-Axel sonrió, posando sus piernas en la mesa también.

Las costumbres copiadas del día a día.

-Y tú cada día duermes menos, Axel-dijo su jefe

-¡Me has reconocido!

-Claro, mi tercer ojo ¿recuerdas?

-¿Has conseguido la exclusiva que buscabas?

-No, que va-dijo él-además el alcalde quiere hablar conmigo. Quiere que hagamos algo

-¿No te parece extraño?

Lorenzo no dijo nada. Fijó su mirada en el exterior de su ventana. El amanecer ya rompía

-¿Qué te ha pasado, Axel?

-Es algo muy largo para contar por el teléfono

-Hazlo de igual modo

-Bien, anoche fui a la actuación del Mago del Lejano Oriente como me comentase, un tipo muy atractivo por cierto. Tenía un encanto en su magia semejante al del cristal cuando es roto...

En su mente aparecieron los ojos de cristal del Ser.

-¿Te lo comiste?

Axel sonrió. Lo conocía bien.

-Estoy depurando mis gustos-dijo él

Luego un silencio incómodo entre los dos.

Axel lo rompió. Odiaba cuando una conversación quedaba en punto muerto.

-Había algo allí, es decir, algo....

-Te sucedió alguna cosa, dime el qué.

Silencio, unos cinco segundos.

No diría nada, nada dirá nadie más que él.

Axel suspiró saboreando el momentáneo alivio de que aún no le había dicho nada a su jefe del Ser...

-Alguien que se tropezó conmigo a la entrada y me habló con muy poca educación a pesar de mis disculpas me estuvo mirando casi toda la primera parte de la actuación.

-¿Y qué? Querría ligar contigo, igual era hasta uno de tus antiguos amantes-dijo Lorenzo

De nuevo el silencio.

Dios Mío, era como si ella se estuviera paseando alrededor de su pequeña cocina. Allí la veía Axel mirando por la ventana, asqueada por el paisaje, aquellos niños pobres de callejón jugando con cajas.

-¿Axel, has sido exorcizado o algo por el estilo?

-No, Lorenzo, claro que no.

-Bien, pues estoy intentando entender algo de lo que me estás contando y no el producto de una noche de orgías y de alcohol.

-Todo es real, Lorenzo.

-Entonces dime

-Esa persona me miraba, pero había algo en sus ojos que me hizo sentir diferente, distinta a las otras veces. No me dijo nada, solo se acercó a mí y me tocó la cara. Sus manos eran las más frías que haya conocido, y su perfume era….

-¿Qué te dijo?

-Cosas sin importancia, cosas incomprensibles, jefe.

-¿Cómo era?

-Era fuerte, tenía intensidad, belleza, pero lo sabía-dijo Axel

-¿Te hipnotizó?

Axel se sentó en la mesa, tomando el café caliente que tenía frente a sí.

¿Y aquella pregunta?

Era lo que lo había estado atormentando durante las pocas horas de sueño. Tal vez ella lo había hecho, ese Ser despiadado que lo había mirado.

Hipnotismo…sí, notaba los efectos.

Incluso ahora tenía que parpadear dos veces para que la figura de la mujer se diluyera.

No le gustaba, se tocó la cabeza.

-Oye, Lorenzo quiero contártelo en persona-dijo Axel-esa misma persona me robó el coche. Voy a denunciarlo.

-Muy bien, entonces ven pronto a verme. De todas maneras hay algo que necesito que hagas.

-¿Un nuevo caso?

-Sí, puede decirse que sí.

-Avisa a Joshua-dijo Axel-no creo que sea un trabajo solo para uno.

-Por supuesto, y hay algo más-dijo Lorenzo-quiero que lo dejes a él dirigir el equipo

-De acuerdo

-Sabes que es un poco más joven y tiene que ir aprendiendo a manejarse, pero tampoco quiero que se pierda ¿podrías cuidar de él, Axel?

-Sí, no se preocupe jefe. Pero Joshua es un chico tímido y educado, cualidades poco recomendables en este tipo de trabajos.

-Es cierto, pero aún recuerdo cuando tú llegaste a mi redacción. Un chico sin muchas luces, valiente pero ignorante de la realidad de la vida. Alguien consumido por las pasiones, igual que eres ahora.

-Mi instinto es lo que me mantiene vivo, señor-dijo él

-Y mucha suerte, tu padre no te aceptará si no la sigues teniendo

-Cuando voy a casa apenas me habla, aunque noto que quisiera poder hacerlo

-Dale tiempo a Robert. Te veo después hijo-dijo finalmente Lorenzo Méndez.

Luego colgó, sin esperar más respuesta.

Lorenzo encendió otro de los cigarrillos que había en su tabaquera mirando la fotografía enmarcada de su esposa, Lesley.

Le había sido fiel todo cuanto había podido, le había dado un hijo, los mejores años de su vida. Ella era su fortaleza, siempre lo había sido, pero Anna era toda su vida.

Casado por conveniencia, enamorado de una cortesana moderna. De una mujer que le había introducido en los ambientes más sórdidos y bellos de Los Ángeles.

Preciosos jarrones, alfombras persas, las prostitutas más sugerentes cuyo cuerpo aún no rehabilitado del tabaco ni siquiera por instrucciones médicas llenaban más y más de una droga que lo enloquecía de placer cuando Anna o sus chicas ponían las manos en él.

A su edad. Ya con 62 años, aún experimentaba el goce. De muy cuando en cuando, pero goce siempre había estado vinculado al nombre de Anna, su amante. La mujer que era la maldición de Lesley.

Su hermosa Anna, la sugerente e inalcanzable Anna, con sus largos cabellos oscuros, siempre esperando que el hombre diera el primer paso. Él la había mantenido cuando ella era más joven, pero ahora que tenía 47 años Anna tenía su propio negocio, su casa personal del placer.

El paraíso perdido se llamaba. El paraíso perdido del amor.

En aquel lugar Lorenzo había pasado las horas más felices de su vida. Mexicano de nacimiento, de sangre y de religión solo el Señor sabía que él había luchado toda la vida para ser reconocido dentro de la comunidad. En su mente no había bandas, ni gánsteres, ni muchos idiomas, sino que todos hablaban el mismo y la ciudad era toda la tierra.

Su carácter introspectivo era lo que le llevó a la investigación, al sueño de querer ser igual que los polis blancos que salvaguardaban la ley, cuando su padre no era más que un chupatintas en una oficina de correos. Lorenzo había apostado algo más que su vida cuando fue a la universidad, cuando pudo completar su formación periodística, haciendo los trabajos que harían vomitar a otros, yendo a lugares indescriptibles, dando respuestas a preguntas que todo el mundo se hacía pero que nadie se atrevía a reconocer, y mucho menos a contestar.

¿Existían las brujas?

¿El fin del mundo estaba cerca?

¿Las maldiciones eran ciertas?

¿Había demonios que succionaban las almas de los pacíficos ciudadanos mientras dormían inocentemente?

¿Qué pasaba con los marineros que no volvían?

¿Leviatán había existido alguna vez?

¿Había en Los Ángeles y en California espíritus de los caídos?

Preguntas que atesoraban mil respuestas diferentes, eso era lo que podía hacerles ricos.

Lo hizo cuando tiró su propuesta con 23 años en la mesa de Lucas Smith, el padre del actual alcalde, Anthony.

Lucas se había negado al principio, diciendo que los fondos no podían cubrir algo así. Pero buscaron un patrocinador pronto: su propio hijo, Anthony, el alma de las fiestas, la cara más bonita de la ciudad, el destino a cargar con el testigo de su padre en la política y en la cama de las furcias más famosas de la ciudad, el que aparecería en las portadas de los periódicos y la radio.

El hombre de los siguientes años.

Tony Smith representaba el hombre de la modernidad. Todo en él era una reforma de progresismo y tradición que pugnaba en sobresalir. Con un pañuelo blanco en su solapa, su sonrisa pillina y sus hoyitos de niño malo desde joven se había propuesto conseguir un objetivo: la alcaldía de la ciudad y no soltarla en mucho tiempo.

Y lo había conseguido, no había límite en los años que podía estar allí, como si por obra y arte de magia se pudiera hacer.

Anthony había financiado el periódico que había comenzado como un triste folleto de cuatro páginas, con entrevistas a chamanes con negocios en Los Ángeles, a tiradores de cartas, faranduleros y presuntos asesinos en serie que lograban no ser condenados, mujeres que no envejecían, niños que se hacían invisibles, incluso una vez hablaron con Robespierre y grabaron la conversación con una médium.

A Lorenzo le presentaron a una joven entrada en carnes, pero amable y dulce que se había cogido de su brazo en un primer momento y no se había ido de allí desde entonces. Lesley Bryant, la brillante Lesley, quien a los dos meses le había anunciado que estaba encinta. No había marcha atrás, y ya tenía edad de merecer:

-Nos casaremos, Lesley-le había contestado

Lesley le había abrazado, y desde entonces le había amado, y le había perdonado cualquier infidelidad o crueldad.

Como marido tenía mucho que reprocharse, aunque el trato diario era amable, de hecho era alabado por todos los amigos de Lesley, que era la hija de una familia de clase media. Había estudiado un año de literatura inglesa, así que la colección de libros de los clásicos universales fue su mayor dote para ese matrimonio. Su esposa llenó las estanterías de la librería en la casita que compraron, y para cuando su hijo Joshua nació toda la casa era la de una familia intelectual.

Podía haber sido un matrimonio feliz, pero fue tranquilo.

Su hijo podía haber sido tan brillante como Anthony, el hijo del alcalde, pero era un chico tímido y enfermizo.

Muy pronto comenzó a ponerlo con Carlos Rodríguez, el venezolano de la imprenta, pero aquello no era lo suyo.

Ni con Joseph Carpenter, el ilustrador.

Fue un par de años a la universidad y completó ilustración, pero no se llevaba bien con Joseph, le llamaba "huraño". El último que quedaba era el muchacho calavera y sonriente que siempre estaba yendo y viniendo, Axel Anderson, el hijo del millonario.

El hombre de los hombres, el galán de las mujeres. El amante del pelo rojo.

Joshua había trabajado tres veces con él y se habían hecho muy amigos.

-Déjalo trabajando con Axel-le había susurrado su esposa una noche tras la cena en que Joshua se fue corriendo a casa de Axel para una fiesta.

-No puedo mantener a un hombre como Axel Anderson en mi plantilla-dijo Lorenzo

-¿Acaso no te gusta el trabajo que hace?

-Es el mejor-había dicho él-pero Joshua nunca será así.

-Ya estás despreciando a tu hijo, claro cómo o es hijo de….

-¿De Anna? ¡Anda dilo!

Lesley se había ido a llorar a la salita de al lado. Pero sí, tenía razón.

Joshua se merecía una oportunidad, y por eso lo había puesto para los distintos casos que tratar con Axel.

Axel era un hombre peligroso, pero también leal, de buen corazón, valiente. No desearía una compañía mejor para Joshua, de hecho sabía que su hijo, natural sin amigos, desde su más tierna infancia se había pasado la vida mirando a las chicas y suspirando.

Con Axel había hecho algo más que mirarlas, por eso estaba en deuda con él también.

Joshua había podido hablar, derramarse con alguien de su edad casi, podía haber dormido con una mujer, haber conocido cómo sabe el alcohol, el tabaco auténtico, las sustancias que retienen tus sentidos, de un modo ordenado y libre gracias a Axel.

Había ido a dormir con él a su piso muchas veces, casi todos los viernes desde hacía mucho tiempo y su padre lo recogía el sábado por la mañana, seguro porque sabía que nadie en sus cabales se metería con un gigante como Axel, el cual había estado en la prisión durmiendo dos veces por partirle la cara a otros en el fragor de la batalla al defender a sus objetos de amor. Celoso de sus chicos y su verdadera sexualidad, Axel no cedía un ápice a los bajos instintos de los que practican una sodomía extraña aún en Los Ángeles para el modo puritano de pensar que incluso se imponía del púlpito a la mesa de los más escépticos, aunque estos negaran a Dios, a la Iglesia y abrazaran un progresismo tan lejano como el de la Antigua Grecia.

Y era el instinto de querer cambiar, de volverse mujer.

Todo en el rezumaba virilidad, era como un macho en alfa fértil que hasta ahora no había engendrado un potro como él de casualidad.

Y que sin embargo ahora imbatible, había perdido algo de su grandeza por culpa de aquella persona que le había hablado por teléfono, la de la actuación del mago.

Lorenzo no le preguntó si era un hombre o una mujer.

¿Acaso importaba?

Pero le preocupaba, quería oírselo al mismo Axel, lo que había pasado, y sobre todo cómo.

Su vida disoluta era lo que le precedía, su inmadurez a este respecto era lo que todos comentaban, pero ¡qué idiotas aduladores de su propio hijo en la redacción!

Alimentaban la llama de que Joshua era mucho mejor que Axel porque era de naturaleza heterosexual y seria, y porque carecía del don de ingeniárselas para conseguir la exclusiva que Axel siempre conseguía, ignorando el peligro, los chantajes y las amenazas.

No había fotógrafos suficientes para los casos de investigación en LA.

De hecho solo podía contar con Axel y su hijo. Pero ahora…si había algo que perturbaba a Axel tenía que oírlo. Por su redacción pasaba todo tipo de material. Desde las fotos de las furcias del alcalde y los senadores, hasta la de un cadáver cortado a trozos que no se sabía a quien correspondía.

En su memoria una llamada telefónica en esa madrugada:

-Quiero que vayas a sacar un reportaje a la mansión Parejo, allí existe un mausoleo que la dueña, una mujer de gran altura ha podido conseguir de un arqueólogo alemán a un precio estratosférico, quiero que hables con ella, es importante.

-¿Cómo se llama?

-Luz Jail, tiene una hermana llamada Eva.

-De acuerdo, señor.

-Se lo aviso es una mujer muy seria, intentará intimidarle. Pero hará lo que ella le pida

-¿El qué señor?

Anthony había permanecido en silencio.

Cosa mala, era una cosa mala. Eso seguro.

Y atrayente para todos los hombres que son miserables y curiosos.

-Es algo que tengo que dejarle que haga, y usted también, sino habrá consecuencias, pero no se trata de algo malo. Es tan solo un paso más para nuestra tecnología, nuestro pensamiento. Toda visión humana. Debemos probar algo.

-¿Es una orden del gobierno?

-Es algo que la élite quiere probar hace mucho tiempo, y yo me he ofrecido-dijo el alcalde-pero debería usted de sentirse feliz en vez de preocupado, su periódico tiene muchos lectores que confían en el trabajo de usted y de sus profesionales. No me decepcione, el dinero crecerá. Recuerde que si este periódico existe fue por mí.

-Sí, señor. Lo recuerdo.

-Vamos, Lorenzo. No quiero que usted se sienta en deuda, si este periódico ha funcionado ha sido por su labor, no por mi dinero, pero entiéndalo, estamos unidos en esto.

-Sí, señor

-Muy bien, todo irá bien. Tiene el aumento de sueldo garantizado. ¿Cuántos ciudadanos podrían decir eso en esta época? Además la señora Jail es increíble, increíble...asombrosamente hermosa y convincente.

Es una de sus furcias, entonces hay que hacerlo

Pero no parecía tan solo un experimento más de una de esas charlatanas de las artes oscuras, pues de eso se trataría su pequeño experimento, para complacer a su zorra. Había algo más profundo, más sórdido.

Pero debía tener paciencia para saber qué hacer. La humanidad ¿necesitar análisis?

¡Por favor!

Lo que se necesitaba era más trabajo honrado y más salud para un país que aún se estaba construyendo, más respeto entre hermanos.

Metió la cabeza entre las manos y esperó a Axel mientras pensaba que quizá todo era un castigo divino por lo de Anna.

Tenía un crucifijo muy grande en su puerta. Rezó pidiendo fuerzas, pero incluso ahora fue interrumpido. Ryan entró trayendo los papeles que había pedido, y para que firmara la impresión de la edición de la tarde, el número especial de Navidad.

Avistamientos de Papá Noel.

Por lo menos era algo más familiar esta vez. Las gotas comenzaron a caer en sus cristales, al igual que las letras de su oración salían de su boca.

Las personas que caminaban por las calles eran parte de la humanidad.

Una de ellas se paró frente al edificio de la redacción. El banco estaba junto al lado.

Eva se envolvió en su abrigo blanco. Tenía su melena roja al aire, sus piernas envueltas en las medias negras. Observó la puerta de entrada, en el que ponía "Redacción" e incluso subió por las escaleras hasta el tercer piso.

Miró el largo pasillo pintado de hortera pintura roja, y el suelo. Clavó sus ojos en aquellas baldosas que Axel habría pisado tantas y tantas veces y se sentó en el alto alféizar de una persiana mientras su mano derretía el cristal, dejando la huella de su mano allí, luego se marchó.

Cuando bajaba alguien la tocó en el hombro.

-Perdone, me he equivocado

Pero ella no prestó atención. Aún no era el momento.

Axel Anderson la había interceptado entre las escaleras largas y gruesas, pero el color de su pelo lo había hecho dudar. Sin embargo el olor a sal marina y nardos era el mismo.

¿Sería ese Ser?

En el fondo, lo sabía.

Capítulo 3: Civilización

Era ella, había sido ella, era ese Ser

Axel bajó las primeras escaleras pero no la vio, ni aún en el pasillo principal.

El portero, un tipo malhumorado y viejo le miró con la cara de espanto que siempre hacía.

Pero si era ella ¿por qué su pelo ahora era rojo?

Para atormentarme

Era obvio que ella sabía quién era él, y que querría robarle toda la calma, toda la tranquilidad y convertirla en preocupación, e incluso hasta miedo.

Algo se apoderó de él cuando dándose por vencido al no ver a la mujer entre la gente vio el cristal. Allí estaba, la marca de los delgados dedos, el cristal caído como por arte de magia solo ante esa figura. Desde fuera parecía un adorno de Navidad.

Pero ¿qué significaba en realidad?

¿Acaso vería cristales caídos en el suelo que le indicasen el camino como el de los niños del cuento que siguiendo las miguitas de pan encontraron el camino de vuelta a casa?

No, había algo más extraño y diabólico en todo aquello.

Eva desde la esquina del edificio de frente, los grandes almacenes para señoras, le observaba con astucia. Lo vio observar la huella dejada en el cristal de la redacción, y mirar confundido a la gente.

Era hermoso e inteligente, un espécimen perfecto para llevarlo bajo el agua. Pensó en su madre, no, mejor no debía de hacerlo. Ella no era una sirena, era simplemente una persona subordinada a otra por agradecimiento, pero sobre todo era….

No quiso pensarlo. Siguió su camino con los cristales ya en la mano.

Ahora hechizaría su entorno, vería a todos aquellos que le rodeasen y luego entraría en su vida.

Luz ya estaba preparando el contragolpe. Ataviada tras ella, el humo de su larga boquilla salió de entre sus labios delgados.

-Ah….hermana ¿está hecho?

-Sí, ahora es tu turno-Eva le entregó algo en la mano

Era su encendedor dorado.

Vestida de blanco también, como siempre era habitual Luz se ajustó las medias. Eva la miró admirada, las medidas perfectas, el largo perfecto. Eran negras con la línea delgada y negra en medio. Los zapatos de pulsera también blancos resaltaban la piel.

Era una señora, una flor blanca surgida de la semielegancia gris y desperfecta que aquella arquitectura de Los Ángeles poseía, si Eva admiraba Luz arrebataría.

Su pelo cogido en un alto moño y su maletín la hacían ser perfecta.

-Nunca te olvides de nuestra alianza, hermana-dijo la voz de Luz antes de dejarla

Pero no había sido su hermana quien hablaba, sino su voz de hermano.

La duplicidad de nuevo, Eva la odiaba, la hastiaba, la hacía sentirse acorralada.

Mientras como un gato olvidado en una esquina la veía irse, Luz notó su ánimo. Rápidamente se dio la vuelta.

La tomó por el cuello de golpe, con violencia y la golpeó contra el muro, metiendo su pierna entre las de ella. Su larga y fuerte pierna.

-No nos dejes, hermanas-dijo Luz

-¡Hermana, ayuda!

La voz de mujer peleaba con la voz masculina, pero Eva solo pudo asistir a su pérdida de respiración.

La duplicidad fue enviada por Bellaria, como un resorte para que se dieran prisa en su misión, por eso Eva la odió aún más.

-Hermana, recuerda que las dos somos tres-Luz pasó su cabeza por la de Eva, acariciando en el desnivel de su altura sus labios por sus ojos-tus ojos de perla han de ser solo para nosotras, nadie más deberá disfrutarlos jamás.

El apretón de su cuerpo hizo que Eva experimentara, allí bajo la larga falda blanca de Luz lo que escondía.

Su sexo al que se había negado a ver bullía como un volcán contra ella. Esa deformidad congénita nacida solo para no envejecer y privar a la cabeza que conformaba el mismo cuerpo de la cordura necesaria y envolverla en un abismo de pasión por su culpa era la verdadera amenaza del todo.

-¿Qué quieres de mí?-preguntó cómo pudo Eva

Pero las manos de Luz eran fuertes, mucho más que su mirada.

-Te quiero a ti, es lo que siempre he querido-dijo el ser hermafrodita.

Ahora las dos voces consistían en una mezcla infame y decadente de la misma. El tono lascivo y casi hiriente no era propio de Luz.

-¡Estás mutando!

Eva sintió entonces la erección. El toque ardiente.

Nacidos de la pasión del gozo para hacernos entrar en otra pasión

Ojalá mi madre me hubiera ahogado

Lo sabía, lo sabía todo.

La masculinidad de Luz ahora crecía, tanto como la espuma.

Muy pronto dejaría de ser su hermana para ser solamente su hermano, y cuando eso ocurriera Eva no tendría escapatoria.

-Déjame, Luz

Algo en aquellas palabras la detuvo.

Eva no quería sentir cerca aquel órgano, ni aquellos cuerpos lascivos.

Los apartó de un manotazo, buscando a tientas la libertad.

Se apoyó cuando Luz la soltó en la pared con ambas manos, intentando encontrar la respiración.

-Ambas sabemos que esto pasará, Eva-dijo Luz-pero ¡Tú no puedes dejarme por ello! ¡Te he querido toda mi vida!

Eva se giró enfadada. Su hermana lloraba.

¿Acaso tenía ese ser la culpa de ser un monstruo, alguien sin forma exacta, pero sí con sentimientos?

Ella no había pedido nacer así, ser expulsada del paraíso sin que su sexo estuviese anotado. En cualquier caso ¿qué era tener un sexo?

Eva había odiado todo tipo de etiquetas. Acunó a su hermana de nuevo, la abrazó y le limpió los ojos.

-Cuando te transformes, yo estaré aquí. Pero hay mucho que debes aprender

-¿Quién podría enseñarme?

Luz giró la cabeza con dolor. Su pintura se había corrido

-Te amo-dijo entre susurros cuando se iba

Pensó que Eva no lo había hecho, pero falló. Cuando su hermano estuviese ya con todos los hombres, cuando el cambio de sexo fuese absoluto la reclamaría incluso más que ahora, y ni con su vida podría satisfacer la pasión que provocaría en un ser como ella.

Tan sólo lo que quedaba era con lo que Luz se saciaría.

Eran dos seres, dos reflejos de algo que mejor estaría muerto.

Algo que causa sufrimiento.

Y la tragedia era que ninguna de las dos lo había deseado jamás. Ni herir, ni fingir, ni destruir. Aunque cuando Axel volvió a asomarse y vio entrar a Luz en el edificio Eva dudó.

Nervioso, encendió un cigarrillo.

Su mano había recorrido la huella dejada por aquel ser, ahora de pelo rojo, la misma persona que lo había dejado sugestionado durante la actuación del mago. Se imaginó unas llamas ardiendo en una hoguera, en las que él introducía su mano.

Nada, frío. Llamas frías, casi congeladas. Pero la suavidad no conocía límites….

No los conocía. Así era el tacto de ese Ser. El Ser.

Había ido a divertirse y a intentar ver a alguien que le contara alguna hazaña sobrenatural, quizá ir al coche y tomar su cámara para llevarle alguna nueva información a Lorenzo, pero ella se lo había robado.

¿Era para que la buscara o para fastidiarlo?

Ya no sabía que pensar, había en el Ser un intento de herirle que llegaba más allá de lo que cualquier deseo pudiera expresar. Quería que él la mirara, que él tuviera anhelos, que se mortificara, que sufriera. Eso buscaba.

¿Sabría acaso ella que su equipo fotográfico estaba en la parte trasera de su coche?

Ahora tenía que usar el caro, el que su hermana Clara le había regalado pero nunca había querido usar.

Axel no podía evitar estar orgulloso del pedigrí de su familia en Los Ángeles, pero tampoco podía dejar de odiarse por ello. El señorito rebelde, *el mierda*, como su padre le llamaba.

Axel entonces dejó el cigarrillo a un lado, en el cenicero de la redacción y se apretó bien la corbata oscura.

Aún no había ido a denunciar el coche, pero muy pronto lo haría.

Sin embargo por raro que pareciese era como si una amiga de la que no se fiaba en absoluto se lo hubiese llevado.

Se dirigió al despacho de Lorenzo.

Antes de entrar sintió sus gritos.

-¡Ya lo sé, no tienes por qué repetírmelo, Tony! Lo hare-dijo

Luego el teléfono. Lo había colgado con violencia.

Ahora la bocanada de humo

Axel sonrió. Sabía cada manía, cada paso.

No trabajaba para él cada mes, ni tenía una nómina al año gracias a él tampoco, sino pequeños trabajos puntuales. Esa era la tragedia.

Su sueño hubiera sido un puesto fijo en ese periódico pero Lorenzo no juzgaba a Axel como alguien con un perfil disponible para la empresa. Su vida calavera tampoco ayudaba, pero aún menos quien era su padre. Mientras el muchacho tuviera que lidiar con su pasado y su presente siempre estaría en peligro él y su trabajo.

Si por él mismo hubiera sido lo hubiera contratado el primero.

Cuando Axel abrió la puerta tras picar Lorenzo sonrió.

Hubiera deseado que él fuera su hijo. Alto, decidido, camorrista si era necesario, valiente, seguro de sí mismo, encantador, dulce.

Amante de todos, todos amantes de él.

No conocía ni a un solo hombre o mujer de esa redacción que le negaran algo a Axel.

Todos sabían de su amor por ambos sexos. Era como si ser bisexual te diera un atractivo especial en aquel lugar, en cualquier lugar siempre que tuvieras una piel blanca como la de Axel, un pelo y una palabra también como los suyos. Unos ojos que te miraban como si estuviera enfadado y lascivo a la vez.

No había nada en él que no fuera exuberante, tentador, pero al mismo tiempo otorgado por un destino casual. ¿Era el hombre más guapo de la ciudad?

Había oído que un director de cine le quería hacer una propuesta. Pero le había parado los pies Lorenzo.

-No, él no es de esos, él trabaja para mí

Ese era el gran secreto.

¿Tal vez él, Lorenzo Méndez, solo por tenerlo como fotógrafo en su periódico le había negado al muchacho la oportunidad de su vida al negarle una cita con un estudio de cine?

Tenía que decírselo, lo sentía en los huesos.

Lorenzo era egoísta.

¿Cómo su hijo era un quejica y un débil quería tener cerca a Axel? ¿Le dejaría parte del periódico?

Total a Axel su padre Robert le despreciaba y ¿para qué quería Joshua todo el periódico, qué haría? Era un inútil

Axel entró y se sentó frente a él sonriendo con socarronería.

Traía una carpeta bajo el brazo. Una oscura, de piel, con sus iniciales, AA.

Axel Anderson.

Regalo sin duda de su hermana, Clara.

Axel quería mucho a su hermana, Joshua carecía de una.

-Buenos días, jefe-dijo

¿Acaso aquella sonrisa que sin ser perfecta parecía recién hecha por un escultor, blanca como si el café, el alcohol y la vida disoluta no le pasara factura era la que el cine estaba buscando?

¿Aquel rostro era el de un hombre destinado a rodar y besar a las mujeres más hermosas, a protagonizar las gestas más épicas como el héroe revelación de Los Ángeles y él se lo estaba impidiendo?

No, él es mío.

Es nuestro, del periódico

Pero con lo que tenía que lidiar ahora….

Sus manos podían hacer algo sucio, pero no podía su alma aguantar tanta carga como la que venía sin un viso de luz.

-Axel debo confesarte algo antes de que hablemos

Sus ojos le miraron expectantes, sin denotar reacción alguna.

-En Hollywood han preguntado por ti

-¿Te refieres a un representante?

-Sí, hace mucho tiempo.

Lorenzo le ofreció un cigarrillo, pero Axel negó con la cabeza. Se acercó a la licorera.

-Me serviré un whisky

-¿Tan temprano?

Su atractivo con la gente común solo era un pálido reflejo de su belleza, de su efecto frente al reclamo de la cámara. No había nacido para ser un simple periodista.

-Sí, lo necesito

-¿Qué piensas?

-Me da igual-dijo agitando el vaso.

Axel pasó sus dedos por el fino cristal de la licorera, labrado, con flores.

Había sido un regalo de su padre.

Tal vez le gustaría a ella

-¿De verdad no te hubiera gustado hacer una prueba?

Lorenzo sentía su corazón expectante. Le importaba más su respuesta que la de su esposa al preguntarle si quería el divorcio por sus frecuentes infidelidades.

-¿Hablas en serio? -dijo saltando sobre el asiento-Busco un trabajo respetable y que sea interesante, siempre lo he buscado.

-Buscas la nada-dijo Lorenzo encogiéndose de hombros

-Tal vez el ser quien quiero ser sea el verdadero papel de mi vida-dijo Axel

-Nadie quiere representar ese papel, Axel. Ni un faraón lo hubiera querido ¿Ser uno mismo?

-¡Sí! Exactamente eso ¿por qué no me crees?

-Porque todo el mundo se odia en el fondo a uno mismo, por mucha que sea nuestra vanidad o nuestra confianza en nosotros más, siempre habrá algo que deseemos que otro tenga y nosotros no.

Axel miró las iniciales de la mesa.

El niño rico había sido tocado. Por fin.

No era fácil, pero por fin se lo había dicho, aunque su respuesta no era lo que se esperaba. Lorenzo se tocó la cabeza con entradas y se secó el sudor que le caía con su pañuelo.

Se quitó la chaqueta amarilla y la dejó sobre la calefacción.

Su indumentaria era la propia de un domador del circo. Su chaleco también amarillo dejaba entrever una camisa blanca.

Todos en Los Ángeles usaban camisas blancas y de una raya. Desde los gánsteres hasta los socios más ilustres de la Universidad, los hijos de los nuevos ricos, los que iban a ver a sus novias los domingos, los artistas y los de clases más bajas a diario, los matones y los santos.

Los Ángeles. El alcohol.

Axel se levantó y vertió más alcohol en su copa.

-Como usted, yo también bebo por las mañanas

Lorenzo dejó el pisapapeles sobre los sobres que estaba abriendo, y que resolvía firmando o no sobre la bandeja que más tarde la vieja Rut se llevaría.

-¿Qué te pasa en realidad, Axel?

-Escucho las voces de mis demonios-dijo él apoyado junto a la pared, negando con la cabeza

-¿Es por esa persona que te robó el coche?

-Ella ha estado aquí esta mañana, ha roto un cristal de la redacción, y encima la he visto bajando por las escaleras.

-¿Todo esto es real, Axel?

Axel le miró sonriendo y apuró otro sorbo. Sus manos temblaban, había algo en él, pero Lorenzo no podía percibir qué era.

Tal vez era un cambio.

El beber era algo corriente en aquella civilización de cemento. En aquellos muros de piedra que rodeaban el desierto que había sido consumido por las viviendas, los alientos humanos, el aire de sus pulmones, las voces, las pisadas, sus corazones latiendo y la tecnología que habían implantado en el paraíso seco desde hacía ya varios siglos.

-Es todo lo que yo había deseado-dijo Axel, encogiéndose de hombros-toda esta situación, pero no tal y como había soñado.

-¿Qué quieres decir?

-El robo, el misterio, la belleza, el desafío, pero sobre todo, el sentirme como nunca me había sentido, todo es…

-¿Perturbador? -Lorenzo le miró fijamente

Cada palabra de Axel era un hecho. Su alma estaba tan solo comenzando a sentirse torturada. Era quizá el castigo divino a su mucho desenfreno en todos aquellos años.

-Absoluto-dijo Axel concluyendo su estado de ánimo-me siento débil ¿entiendes?

-¿Por esa mujer?

-No se trata de quien sea, ni de qué sexo sea, se trata de lo que hace, de lo que está pasando, de lo extraña que es mi vida de un día para otro. Estoy borracho, confundido, desesperado. Algo está consumiendo mi vida y no sé lo que es, Lorenzo. ¡Siento que me estoy volviendo loco, que no puedo controlarlo!

Las venas de su cabeza se hincharon como las de un semental en celo.

Sus ojos se llenaron sus lágrimas.

-¡Creo que me volveré loco!

Su mano tocó el brazo de Lorenzo.

-¡Calma, hijo, calma!-dijo Lorenzo dando la vuelta a su mesa, sentándose en la mesa marrón y perfectamente acolchada que hacía juego junto a la que estaba al lado de la de Axel.

-¡Son los demonios, salen por boca de esa mujer!

-Debes olvidarla, Axel. Tal vez solo se trate de una maníaca, puede ser quizá una seguidora de nuestro trabajo juntos que quiere darte miedo. Si ella ha estado aquí y es la misma de la fiesta, la que te robó el coche, entonces debes denunciarla en la policía y olvidarte de este asunto. Todo lo que creas ver son ficciones urdidas por nuestro stress. Tal vez necesites darte un descanso, hijo.

-Ninguna cosa que haga fuera de este trabajo me traerá el alivio-dijo Axel-me desespero si no tengo que hacer algo más.

-Puedes trabajar en más cosas, vuelve a las clases de fotografía-dijo Lorenzo-iba a mandarte un trabajo con mi hijo, pero no sé si podrías hacerlo.

-No puedo ir a dar clase a otros que sí que harán esto que yo iba a hacer hoy por una psicosis, esto rompería mi corazón, Lorenzo.

Los ojos color miel de Axel no mentían.

El círculo rojo alrededor de la pupila hablaba de una búsqueda.

Lorenzo había visto esa rojez muchas veces. Sabía lo que significaba.

Le quitó el vaso y le dio una palmadita en el hombro.

-Bien, hijo. Entonces si crees estar preparado adelante, pero te aconsejo que si no puedes renuncies ahora. Luego no podrás dar marcha atrás.

-¿Habrá un contrato?

Lorenzo asintió.

-Aquí mismo, ahora llegará mi hijo para firmarlo también. Es de absoluta confidencialidad. Pero, Axel, si tuvieras algún tipo de duda, tan solo una leve, entonces por favor, por el cariño habido entre nosotros en todos estos años, te pido que no lo aceptes.

El rostro de Lorenzo hizo un gesto de preocupación. Luego sacó un puro que dejó en la mesa mientras lo cortaba.

¿Qué estaba pasando realmente? ¿Tan obvio era que todo no iba bien?

¿Cómo podía Lorenzo darse cuenta?

¿Acaso todos los acontecimientos recientes en su vida social se estaban entrelazando también con su trabajo? ¿Cada suceso, cada acontecimiento estaba relacionado?

¿Lo estaría también a partir de ahora?

Lorenzo miró a Axel, quien se sentó derecho.

-Trataré de hacer lo que siempre habéis querido todos-dijo él-quizá es lo que más me convenga.

-No se trata de hacer eso, Axel. Es de tomar la decisión que más te convenga

-Sí jefe, pero eso que has dicho....lo cambia todo.

-¿Sobre el ser tu mismo? Tal vez, pero aún así, tú has de hacer lo que más te convenga.

-Ser yo mismo me ha traído problemas, pero no hay posibilidad de ser otro de ninguna manera, así que ¿por qué desearlo?

-Los budistas estarían de acuerdo contigo-dijo Lorenzo

-¿Los budistas?

-El pensamiento humano, Axel, es uno. Si algo me ha servido el llenar las columnas que todos leen y admiten no hacer, cuya información todos se han preguntado alguna vez, ya sean príncipes o gánsteres, es que el ser humano piensa. De muchas maneras, pero todo se reduce a conclusiones. Directrices sobre lo que consideramos mejor y las aplicamos legalmente.

-¿Legalmente?

-Claro ¿quién escribió la primera ley? ¿Acaso alguien lo sabe?

-Entonces la importancia estribaría en qué son las leyes

-Son pensamientos, son ideas, son planteamientos sobre una situación. Las he nombrado como ejemplo, está el hombre y el mundo. Y todo cuanto el hombre piensa de él, y cada uno de los elementos y seres que lo componen.

-Entonces piensa en la armonía entre ellos, jefe-dijo Axel-¿quién soy yo entonces para cuestionar nada?

-Precisamente, eres un hombre. No eres inferior a aquellos que han suscrito lo que está bien o no. No eres anatómicamente diferente de un hombre santo, salvo por el toque de Dios, ni siquiera diferente de aquellos que son presidentes, reyes, príncipes en la Tierra. Todos tenemos un gran poder dentro de nosotros.

-Pero.... ¿acaso podemos proyectarlo, nuestra sociedad nos deja?

-No-dijo con tristeza Lorenzo, sentándose de nuevo y dando una triste bocanada al puro. Estaba triste, como si tuviera que hacer algo que no quería o tal vez decirlo.

-¿Te pesa lo del cazatalentos?

-Siento que te he robado un porvenir que te estaba esperando, Axel. En efecto, por mi deseo egoísta de retenerte y eso me hiere.

-Pero yo hubiera dicho que no-dijo Axel-el teatro, sus luces, las películas. No era algo para lo que yo estaba llamado.

-Axel hazme un favor, antes de firmar, por favor

-Lo que sea, jefe

-Mírate en el espero del fondo-pidió Lorenzo

Le pedía el reflejo terrible de una claridad. Sabía que si hacía aquello, que si le mostraba a Axel todo cuanto había perdido por su culpa seguramente se enfadaría con él para siempre. Pero si debía de cometer un pecado horrible no podía seguir teniendo más pecados anteriores. ¿Qué habría de su alma?

Ya le había confesado la noche anterior a Lesley su amor por Anna, cómo nunca la había amado, y esto había cambiado a su esposa para siempre. Pero era poco que ahora le decía a su mejor hombre como su propia decisión había cambiado su futuro.

Axel se miró en el espejo y vio su traje, su corbata. Sus grandes ojos miel, abiertos.

Su melena hoy estaba suelta, su barba ligeramente recortada.

Vio su robusto pecho, sus manos grandes.

¿Era aquel cuerpo el de un galán de cine?

-Mira la revista que hay a tu lado-dijo Lorenzo

Su voz sonaba como si estuviera muy lejos. Algo entre ellos se rompía, era inevitable, precisamente. Pero siempre había ocurrido, discrepancias por las fotos que el joven le traía, por los artículos, por los casos....para al final entrechocar dos vasos de whisky y llegar a un acuerdo. Pero esto...

Axel se quedó mirando durante largo tiempo a aquel hombre del espejo.

¿Quién era aquel poderoso desconocido? ¿Aquel hombre grande y serio que le miraba? Sus labios eran largos, la boca grande como todo en él.

Ineludible no fijarse. Era un hombre aquel del espejo que sobresalía de entre los demás para brillar, para guiar, para besar, para amar, para ser adorado por los seres inferiores, por los otros menos agraciados, menos dotados de su belleza, su carisma o su carácter amante.

Axel tomó una de las revistas que tenía al lado. Vio a Errol Flynn, en un artículo que hablaba de su estreno "El capitán Blood".

Vio al galán, con todo su esplendor. Un reportaje para él. Vio sus ojos, sus labios, tocando el papel como si a través de él pudiera tocar cada pliegue de la piel del actor, creyendo en el primer hombre, en Adán. Y mirando la Creación.

La Creación de Dios en la civilización que tras la salida del Edén los hombres habían edificado con sus propias manos.

No podía creerlo. Pero era verdad, allí estaba la prueba.

Oteó la hoja lentamente, mientras se miraba a sí mismo. Nada en la piel del actor era inferior a la suya, ni su altura o sus rasgos.

-Tienes la imagen de un héroe de cine-dijo Lorenzo tras él

El hijo que debí tener

Ya que todo estaba perdido que se perdiera de todo

Oh Joshua, que decepción, tu imagen ya es una afrenta para mí, hijo mío. Por el amor de Dios publico testimonios falsos de hombres jóvenes más avispados que tú. Pero odio sentirme así, odio no apreciarte ni contentarme. Tengo suerte de que no hayas terminado en una zanja o en la guerra. De que me quieras, y sin embargo, hay veces que estando junto a ti huiría por no verte porque todo en ti me causa una repulsión extraña. Te odio y te quiero, Joshua.

Axel se giró y lo miró en medio de su epifanía, pero con una pequeña sonrisa, que le hizo saber a Lorenzo que aún más fuerte que su grandeza física era la mental.

-Esta revista es vieja-dijo Axel-y yo no quiero ser actor, nunca lo habría deseado.

-Pero el futuro que podrías haber tenido, oh Axel. Incluso hice llamadas para que nadie se acercara a ti con ofrecimientos para hacer pruebas.

Axel negó con la cabeza.

-El único papel que quiero representar es el de fotógrafo como bien sabes, no comparto tu opinión acerca de ser otras personas, sino la de admirarles por tomar diferentes caminos, Lorenzo. No estoy enfadado contigo por lo que hiciste. Es cierto que no era tu decisión, pero ellos tampoco hicieron nada por acercarse a mí de otra manera.

-No tuvieron más opción.

Axel supo que algo había hecho, pero hacían más de diez años y ahora poco importaba. No debía de lamentarse, si fuera un hombre de lamentos jamás hubiera vivido con la bohemia con que lo hacía.

Se sentó en la mesa, mientras Lorenzo le miraba con atención. Firmó el contrato con su propia pluma, una gris que siempre traía bajo la chaqueta. Lo hizo con una rúbrica de mujer, larga y elegante que nadie podría entender. Leyó los puntos después, era curioso, detenidamente.

Luego el universo interior de Axel se desbarató viendo como su whisky ya se había acabado.

Puso la copia furiosamente ante los ojos de Lorenzo.

-La vida-dijo con violencia

-Así es, hijo

Lorenzo siguió entonces atendiendo a su correspondencia, pero la tristeza que ahora reflejaba Axel era aquella de los que están seguros de todo. Eran las dudas que pugnaban por destrozar la coraza.

Axel aceptaba su vida tal cual era, pero el atisbo de otra mejor planeaba ahora sobre su pensamiento, aunque sin llegar al horizonte. A Joshua le hubiera destrozado, pero a Axel como mucho la sola idea le arañaba su ánimo.

-Voy a denunciar a esa mujer esta misma mañana-anunció Axel

-Bien, es justo lo que debes hacer

Alguien tocó a la puerta.

-¡Joshua!-gritó Axel abriéndole

El joven sonrió con timidez, y le dio un abrazo a Axel.

Traía el equipo propio de un arqueólogo. Su padre le había aconsejado mil veces que no se vistiera así.

La gorra era algo normal, pero la camisa de rayas marrones y veis, los tirantes y los pantalones cortos, los zapatos.

-Joshua, hijo ¿recuerdas lo que te he dicho de la indumentaria?

-Sí, padre. Pero quería tener pinta intelectual esta vez-dijo él mirando a ambos con las manos en el bolsillo.

Axel se aproximó a la librería del señor Méndez, riendo.

-Nos vamos a ir a buscar algo extraño, una tumba, pero no al Antiguo Egipto, maldita sea, Joshua-rompió Axel antes de dar una sonora carcajada.

Se estaba comiendo algunas de las pasas que Lorenzo tenía en una cesta.

-¡Padre estoy ansioso!

-Firma aquí-le dijo su padre-es el contrato del que te hablé

Axel cogió una de las gabardinas de color oscuro del perchero de Lorenzo.

-Esa no, Axel.

-¿Por qué?

El jefe negó con la cabeza.

-Porque pareces más un policía que un periodista

Axel tiró de ella con más fuerza, y se la puso delante del espejo.

-Joshua-le dijo al muchacho antes de que se marcharan-Joshua, escucha. Quiero que hagas todo lo que yo te diga, por favor. Este trabajo es más delicado que los anteriores, y no quiero tener problemas con los dueños cuando vayamos a la mansión.

-Sí, claro-dijo el chico

-Lleva solo la cámara de base y la mayor. Yo cubriré el texto

Lorenzo asintió. Ese era el contrato. Nada esta vez de sacar las fotos simplemente. Si no de comenzar a escribir, de comenzar a contar desde su punto de vista el evento paranormal que se preparaba.

Esta vez todo era diferente. Lorenzo iba a hacer que Axel se saltara las normas, para eso estaban escritas.

Joshua intentó darle un beso a su padre, pero Lorenzo en su pobre gesto infantil le dio su mano.

-Buena suerte, hijo

-Padre

El chico decepcionado no ocultó su dolor. Se mordió sus labios y fastidiado fue empujado por Axel fuera del despacho.

-Iremos a la policía antes de ir a la mansión, me han robado el coche

-¿Quién ha sido, Axel?

-Alguien que también ha estado hoy aquí. Es una mujer-dijo él-o más probablemente un demonio femenino.

-¿Qué?

Los ojos azules de Joshua perforaron los de Axel por las escaleras.

-Sus ojos me recuerdan a los tuyos, aunque los de este Ser tenían cristales. Toda su alma es de cristal.

El muchacho impresionable movió su mano.

-¿Qué? ¿Te has prometido a Beatriz?

Joshua asintió.

Se enardeció como si fuera una joven y tierna flor.

Bueno, en realidad lo era.

Es tan joven aún, tiene el mundo a sus pies

Y tan a sus pies, pensó Axel. Lo miró con cariño. Seguramente haría varios artículos más para el periódico paranormal de su padre y se casaría con esa joven insulsa, luego tendría una pareja de críos que ella se encargaría muy pronto de darle para acabar trabajando de corredor de la Bolsa o vendiendo seguros, ganando mucho más dinero y con una profesión más respetada.

Su vida carecería de la más completa aventura, pero estaría a salvo.

-¿Por qué has firmado este contrato, Joshua?

-Porque el periodismo es mi vida, lo sabes. Desde que era un crío-dijo él

-Pero es demasiado arriesgado para quien tiene una familia. Estos tiempos son crueles-dijo Axel

-Mi padre también lo hacía, y tú lo haces-dijo Joshua

Joshua veía en la protección de su amigo y su padre un paño sobre su cabeza que le impedía ver, una debilidad había en él que todos apreciaban menos él.

Su madre, su padre. Todos.

Lo odiaban en la redacción por ser el amigo del jefe. Había notado los ojos impertinentes de Rut al decirle que no quería que lo anunciase.

Puto hijo de papá

Se notaba que destilaban odio. Por eso tenía que demostrar más grandeza que los demás, y sin embargo a pesar de dar lo mejor de sí sentía que no lo conseguía.

No había nada que Joshua no hubiera intentado ya en esta vida.

Incluso volar. Correr, ir a expediciones arqueológicas, tener sus propias columnas, con bastantes seguidores, por cierto. Pero ni todas sus correrías con mujeres, en museos, las conferencias que daba con espiritistas, supuestas brujas, vampiros, asesinos...valían para llenar un caché interior que era ambicioso o inconformista.

-¿Qué pasa, Joshua?

-Jamás seré como mi padre espera, como nadie espera-lo dijo apartando las puertas al salir.

Su gorra parecía haber volado.

-Importa lo que hay aquí, amigo-dijo Axel, con su mano puesta sobre su pecho-escúchame a mí que lo he sentido todo, que lo he visto, lo he escrito, lo he amado y odiado todo. Tan solo lo que late bajo tu pecho es lo que importa. Da igual si naciste ayer o hace mil años. Si eres hijo de Lorenzo Méndez o hijo del mismo rey de Inglaterra, como si una rana te engendró. No eres ellos, tan solo formas parte de ellos, pero tú eres tú y las elecciones que tomes. Nunca reniegues de ti mismo, Joshua. Tu padre no sabe lo que dice, ni lo que desea. Este caso no será fácil, pero si me haces caso y lo hacemos bien nuestra ficha crecerá y podremos optar por trabajar cubriendo columnas propias para siempre, e incluso en investigación policial.

Joshua sintió como su cascada se llenaba de agua de nuevo.

Su ánimo era una cascada.

-Gracias, Axel-dijo el joven abriendo los ojos

Sus manos, inexpertas se acercaron a la cantimplora. Bebió un largo trago de agua.

-¡No nos vamos a Grecia ni a Roma, Joshua!

Axel le ofreció un cigarrillo, el muchacho lo aceptó pero en dos caladas lo dio por finalizado.

-Bueno cogeremos mi coche, Axel

Fueron al pequeño coche cubierto de Joshua. Todo plateado, tres ochos había en su matrícula.

Por dentro era más confortable de lo que nadie pudiera imaginarse.

El coche del hijo del jefe.

La crema del mundo

La parte que más odiaba Axel de sí mismo salió a flote.

El señorito de la casa parecía hablarle por dentro.

Este era el nuevo coche de Joshua, no el viejo.

Era la primera vez que se subía a él.

-Es tu coche nuevo ¿es por Beatriz, no?

-¡Claro, nos lo montamos atrás!

Axel estalló en una sonora carcajada

-¿Qué? -preguntó arrancando Joshua-¿ya ni te acuerdas cuando te acostaste con una mujer verdad?

-Ehhh….

A su mente solo acudía una cosa.

El Ser mirándole entre las chispas del mago.

Los embriagadores cristales que no cortaban.

Su tacto frío.

-¿Qué?

Axel miró al frente, vio las calles. Cada mujer que pasaba la miró, reteniendo en su mente su imagen. Ninguna era ella.

-¿Estás pensando en ella verdad?

-Sí, así es.

-¿Te acostaste con ella o qué?

-¡No! Se me quedó mirando y se me acercó después a decirme cosas amenazadoras, pero yo…es como si no pudiera sacarla de mi mente.

-¿Crees que ha hecho algún hechizo contigo?

-No-dijo él

Axel estaba seguro. Ni aunque le dejara los cristales allí, cristales que él llevaba en su pañuelo aún.

Ni aunque le robara el coche o le hubiera seguido esa misma mañana.

-Ella es así, ese Ser ha nacido para atraer, nunca para matar, es algo extraño de explicar-dijo Axel

-Pero… ¿la deseas?

-Es lo único que deseo-dijo parado ya frente a la comisaría el coche Axel-no puedo evitarlo. Estoy condenado.

Joshua notó algo enigmático en sus palabras. Pero eran sinceras. Después de tantos años de amistad sabía cuando Axel siempre superficial y frívolo decía la verdad.

-¿Por qué condenado?

-¡Es una ladrona! -dijo Axel riendo-¡mi padre se pondría hecho una fiera, imagínate si me quisiera casar con ella!

-Y todos tus amantes masculinos ¿les invitarías?

-Oh, a Laurio sí, ¿quién sabe lo que pasaría con ella? ¡Ja, ja, ja!

Ambos amigos entraron juntos.

Así era como Axel lograba mantener el equilibrio, se dijo Joshua. Conjugando lo real con lo cómico. Era lo único que le quedaba.

De buena familia, libre, resuelto. Su vida entera estaba ya clara.

Aunque era demasiado dependiente de su hermana. Clara, ojalá ella le hubiera amado. Así hubiera sido para siempre cuñado de Axel. El círculo se habría cerrado con los hijos que Clara le hubiera dado.

Pero Clara era una mujer inteligente, arrogante, intelectual.

No quería como novio a un amigo de su hermano, por más que lo conociera desde niño y supiera que Joshua tenía más de formal que de bohemio forzoso. Había sabido verlo tarde, pues Clara ya estaba prometida en matrimonio, como él ahora.

Todo lo más que había podido sacar de aquella dulce muchacha era una taza de té y estúpidos juegos de niño.

Se había alejado de Clara durante su adolescencia, para centrarse en seguir a Axel.

Las correrías de Axel o el corazón de Clara. Lo supo el día en que la plantó para jugar al tenis por irse con Axel y los chicos al lago. La había perdido para siempre.

Algo en el corazón de la pequeña niña rubia con gafas se había cerrado para con el otro niño cuatro ojos, Joshua.

Y ya nunca volvió a perdonarlo.

No había hablado nunca de esto con Axel, pero estaba seguro de que su amigo lo sabía.

El día que planté a tu hermana

Ese sería un buen título para su vida, ya que su destino había cambiado para siempre. Ahora estaba unido al de Beatriz, una chica de California, a donde su corazón llegaba cada día en la forma de una carta y un ramo de flores, con el pago por adelantado con una floristería de allí.

La comisaría estaba ocultamente dibujada dentro del círculo de la nueva ciudad, en un edificio de color ladrillo vivo casi recién pintado, donde entraron ambos hombres.

A Axel se lo llevaron a ver a un inspector, al que le contó todo lo vivido, pero a cada palabra le parecía que una cortina que le impedía ver descendía.

Tuvo uno de sus famosos momentos borrosos. Se cogió a los mangos de la silla.

-Señor ¿está usted bien?

-Lo estoy

Les habló de la chica, de la fiesta, del coche, no de los cristales, ni de su deseo, ni de que la había vuelto a ver en la redacción.

¿De qué hubiera servido?

Les entregó la documentación que le quedaba del coche, una foto suya, su acreditación, su permiso de conducir y todo cuanto le pidieron.

Luego esperó más de media hora a que la denuncia fuera cursada.

Cursa la denuncia, pues ya te conozco lo suficiente

Escuchó la voz de sus demonios interiores, que le hablaban como si estuviesen allí junto a él.

Eva le hablaba. Su altar no era tal, sino una serie de ritos sagrados hechos a un elemento que controlaba, al que la había escogido, con el que se había criado. La adivinación, los deseos, el amor y lo siniestro que el mundo guardaba, siempre lo había visto reflejado en los cristales. Pero ahora que ya había avanzado en sus dones podía iluminar el camino, como lo estaba haciendo con Axel.

Él debía de encontrarla y no al revés.

Debía ir a su casa, estaba previsto. Pero muy en el fondo lo suponía, sabía que era cierto.

-Lo he hecho, aún lo hago

Axel habló, no sabía si estaba perdiendo la cabeza, pero en su interior el Ser lo escucharía. Debía saber que no tenía miedo, que todo estaba bajo control.

-¿Ya está? ¡Menos mal!

Joshua no podía esperar más, se había gastado casi media cajetilla de cigarrillos. Fumaba unos muy vulgares. El coche apestaba. Se había cansado de esperarle en la comisaría.

-Deberías cambiar de tabaco, Joshua.

Capítulo 4: Misterios

Los hombres viven en el mundo y todo cuanto crean en él para vivir, las normas, los refugios, las instalaciones destinadas a la educación, las demás actividades derivadas de sus reglas y sus leyes son la civilización.

Pero en ella hay cosas que no se pueden explicar, los misterios.

Todas las historias tienen sus misterios.

Esta es una de ellas.

Luz sentada en un café.

Lorenzo Méndez cruzando la calle, y ella apurando una copa de anís.

-Buenos días, señor Méndez

-Señorita Jail-dijo él besándole el largo guante blanco por los dedos

-¿Sus periodistas cubrirán entonces mi noticia?

-Sí, señorita-dijo él

-Por favor, pida-el semblante de Luz era deslumbrante. Jamás había visto a una mujer más hermosa. Ni Anna en sus años muy jóvenes, como buen amante de la belleza femenina tenía que decirlo: Es usted la mujer más hermosa de Los Ángeles.

-Gracias, señor. Pero usted no ha visto a mi hermana-dijo ella

-Si se parece a usted será como Helena de Troya-dijo el-¡camarero, un café con leche, por favor!

Ella sonrió, encendiendo su cigarrillo.

Lorenzo miró la larga boquilla. Era como una prolongación de su interminable cuerpo. Era el espécimen de mujer más elegante jamás visto.

-Espero que sus chicos hagan bien su trabajo y que respeten la reliquia-dijo ella-en el contrato con su periódico ¿fui lo suficiente explícita?

-Por supuesto, y se hará todo según sus órdenes señorita

La vio oler el anís. Como una sombra cruzó su cara. Sus rasgos parecieron endurecerse por unos minutos.

Ella sacó su maquillaje, se empolvó la cara allí, en el café. Todos la miraron. Sabían que era norma que las mujeres para hacerlo se retiraran.

-Es usted una mujer temeraria.

-¿Por qué lo dice?

-Osa desafiar las normas-dijo él levantando su taza al traerla el camarero

-Las normas de Los Ángeles no me importan, yo no soy de aquí-dijo ella

-Pero la mansión Parejo está aquí desde época inmemorial-dijo Lorenzo

-Uno de mis antepasados vino al Nuevo Mundo, pero nosotras somos de Alemania-dijo-aunque en los últimos tiempos solo hemos conocido Inglaterra. Mi hermana Eva nació allí.

Su acento era de un refinado inglés.

Era obvio que América no era su lugar de origen. Pero no había ni rastro de alemán en su manera de ser.

-Llevo Alemania en mi pelo-dijo ella finalmente.

Sus cejas eran largas, y estaban realmente bien alineadas en dos grandes círculos que convertían los ojos redondos en amenazadores.

Su aroma llegó hasta Lorenzo.

-Usted debería vivir en una mansión sí, pero con un trono-dijo él-es...perfecta.

-Debería de dejar su poesía para sus mujerzuelas, señor Méndez

-No tengo más que una-dijo él de pronto

Luego le cogió la mano de repente.

Vaya, la serpiente es atacada por el águila

Aquello la excitó, hasta estadios donde creía que ya nadie podía llevarla.

Lo poseeré, debo hacerlo.

Estaba decidido, se llevaría en ese día a ese hombre mayor de edad, pero dorado de palabra a la cama.

Sabía cómo halagar, como hablarle a una mujer, en una época en la que tan solo frases soeces salían de los hombres de los Ángeles hacia ella.

-¿Quiere usted que le cuente la segunda parte de mi contrato verbal con usted?

-Antes le daré algo-dijo él-¿o será mejor que lo haga después, señorita Jail?

-Antes, después no me hablará, no querrá dármelo-dijeron aquellos labios rojos y falsos

Ella mentía, él lo sabía. Pero su cintura era tan estrecha como la de una muñeca, y su busto como la de las bailarinas de salón expertas.

Quería tenerla, tenía que tenerla.

Jamás había estado con una mujer así. La piel debía de ser suave.

Tocó de pronto su rostro, apenas una pequeña caricia.

Su piel parecía suave, pero era áspera, sus ojos crueles por las cejas, pero eran más bondadosos de cerca.

Sus piernas, un sueño. Se imaginó entre ellas, recorriendo con sus labios aquel cuerpo interminable.

-¿Me pedirá usted algo horrible, verdad?

La tensión era insaciable entre ambos. El aire que los aproximaba, caliente y retenido. Ella no contestaba.

Mejor, ojalá nunca me conteste

-Sí-dijo ella tras pensárselo mucho

Lorenzo Méndez entonces se quitó su anillo. Llevaba un rubí en él.

Había sido un regalo de su esposa por su aniversario en el año pasado. Pero ahora que ya le había confesado a Lesley sus verdaderos sentimientos por Anna ¿qué podía importar? Su vida familiar tal y como la había vivido hasta ahora ya había terminado.

-Te entrego este anillo, como símbolo de mi admiración por tu belleza, Luz.

Compra mi cuerpo, me trata como a una furcia, pero también como a una mercancía rara y valiosa

Le perdonaría la vida.

Ella se puso el anillo en su dedo anular, sobre el guante.

-¡Le queda a la perfección!

-Usted tiene unos dedos largos y delgados. Me encantan en un hombre-en su oído apenas un susurro

Lorenzo tragó saliva, cegado.

-Ahora nuestro contrato: necesito que publique sus artículos usando diversos códigos que yo le indicaré, amor mío.

Lorenzo la miró, apartándose.

-¿Qué quiere usted decir? ¿Qué debo engañar a mis lectores?

-No, pero deberá sugestionarles, para que vengan a ver mi reliquia, para que se preparen para los tiempos que vienen.

La mano enguantada con la piedra verde descendió hasta sus piernas.

Lorenzo reparó en la gente que pasaba por la calle y les miraba a través del cristal.

Gimió ligeramente cuando la mano experta de Luz descendió hasta su entrepierna atrapando aquello que ya cobró vida bajo sus dedos como si fuera una mosca que luchaba para escapar luchando contra el cristal.

-Mire….

-Espere, no sé si podré hacerlo, tengo mujer y ya sufre bastante. ¡Oh!

Ella apretó el pequeño pastel hecho de capas de piel superpuestas una y dos veces, hasta tres.

Dime que serás mío

¡Como lo deseo! No sé qué tiene

Sobre la mesa, oro. Y dos papeles que ponían su nombre.

Dinero, riqueza, y además esa mujer.

Las amenazas con que Luz había ido preparada no habían hecho falta.

Ni la fotografía de su esposa golpeada hasta la extenuación y llena de moretones. Cuando Lorenzo volviera a casa que pareciera que todo era mentira, que le había mentido.

Eva se encargaría.

A Lorenzo Méndez le importaba Lesley, pero precisamente por eso quebraría de manera distinta su fe en ella, dejaría atrás también a Anna, solo la amaría a ella, a Luz.

Luz guardó entonces el cartucho de sus amenazas para más tarde.

Fue de vergüenza. Lo fue. Lo arrastró hacia su piso, en la calle Rosaleda.

Le dio de beber champagne agridulce, y apenas comieron un pescado con tarta de grosellas, tal era la pasión entre ellas.

Me dejaré llevar, me hundiré en él, en su encanto y su admiración, si yo pudiera ser más vieja le amaría.

Luz sumergió a Lorenzo en un laberinto de pasión especial para su edad. Lento, lento, como la miel al caer de la cuchara para manchar la leche….

Ella fue dulce, fue paciente, libidinosa. Le dio un baño, aplicándole masajes, perfumes, frutas sobre la piel que devoraba a cada toque de su lengua insaciable. Lorenzo gimió en la bañera como si estuviese ya dentro de ella y se vertió dos veces.

Se agarró a las piernas largas e interminables cada vez que se venía.

-Por Dios, mujer…

Sus entrañas ardían.

-Derrámate para mí, ensucia mi agua, ensúciame con tus ganas-las uñas rojas y terribles clavadas en la corpulenta espalda.

Pero Lorenzo ya era viejo. Tan solo tenía ganas de placer, pero el esfuerzo que ella le obligaba a hacer le dejaría cansado durante días.

-Ah….

El respiraba, respiraba y respiraba.

Intentaba recuperar su aliento, pero el pecado lo volvió a tomar, cuando ella desnudo se sentó a horcajadas sobre el redactor y despertó de nuevo al reptil que no paraba de escupir, reduciendo el corazón y el alma de Lorenzo a cenizas, mientras aquella rubia diosa se retorcía de placer sobre él, y en su arqueamiento el cielo era poco para Lorenzo, quien recorrió con sus fuertes manos su vientre, y buscó con sus labios los pezones morados.

La fuente de la pasión es un camino desconocido

Los cristales rojos brillaron.

Eva lo supo antes de escuchar al coche que se aproximaba a su casa.

Rió. Su hermana lo estaba pasando bien, el delirio había venido a por ella.

¡Una tempestad se desataría de aquello, pues tras el cristal rojo venía el azul!

Sobre la mesa de mármol blanco Eva suspiró. No podía dejar a Luz, aunque en el fondo de su corazón deseara hacerlo tanto como seguirla. Sabía de Luz mucho, pero de la Luz mujer, no del interior que conformaba parte de su todo. De la otra mitad que su sexo separaba, de aquello oculto que nadie más que sus amantes podían deslucidar. Por eso tal vez la oleada de sangre que fue dejada en Los Ángeles.

Eva sabía que podía ser ella, pero no estaba segura.

Su amor por los hombres había sido perfeccionado por ella misma, pero no así el que sentía por sus mujeres, no con la dualidad.

El paso a su hermafroditismo había sido doloroso para ella, pero no podía evitarse, al igual que no se puede evitar la lluvia durante el invierno.

¿Qué es la vida?

¿Qué es el mundo?

Eva no tenía respuesta para los cristales que custodiaba en sus manos.

En la ciudad de Los Ángeles hacía más de diez meses que cuerpos de mujeres aparecían a las afueras, en ríos, o en la montaña, en los prados, pero siempre en la humedad cerca de las flores. El cristal de las flores fue el que Eva puso ahora frente a ella.

Lo veía. Las flores de colores, el aire que las movía, pero también las gotas de sangre las encontró pronto. Como si fuera una cámara sobre el ojo del proyector.

Aparecieron como una oleada de agua, sin duda esos cuerpos no eran en consagración de Bellaria, sino la frustración de su amor sobre ellas. Luz en su estado primigenio cambiante. Habiendo nacido como mujer, como siempre le había dicho, pero su cambio a masculino en cuanto el primer llanto sonó.

Padres deformes, abandono como la misma Eva había sufrido pero a una edad más avanzada. Seres únicos, dotados de dones.

Abandonos, excluidos de no haberse encontrado el uno al otro. Por eso a Luz ella la quería como quería a su cuerpo, a su misma alma. Jamás nadie rompería esa armonía, ni aún la Luz masculina. Ella hablaba de un día en que su cuerpo recibiría por fin su completo cambio, Bellaria se lo daría como le daba ahora la juventud.

Su amada Bellaria, la mujer divina por la que hacían todo.

Los asesinatos habían sido cometidos por Luz, los cristales lo decían.

¿Tenía miedo Eva?

Tan solo se quedaba allí, sentada, sin saber qué hacer o decir mirando los sórdidos mensajes que los cristales le traían. Tocó los cristales que había tomado de la redacción del periódico "Lo extraño". Descansaba en una fuente.

Los sacó y los extendió sobre el frío mármol y vio el entorno de Axel. La redacción era un enjambre, pero había mentiras sobre un papel. Mentiras que contaban noticias del más allá que muy pronto iban a cambiar, mensajes que trastornarían a los lectores, era lo que Luz le había dicho que ocurriría.

Eva la había escuchado con miedo.

Sabía el secreto de su hermana, ahora lo había comprendido. Su corazón se encogía. Veía los brazos, los labios separados, los ojos abiertos, la claridad de uno de ellos la embargó de tristeza.

Ojos que no ven, labios que no pronuncian palabras

Eso era lo que Luz traía consigo cuando su tendencia cambiaba. Cuando su sexo se cerraba y el hombre se adueñaba de ella, poseía, y ante su imposibilidad arrasaba.

-Te amo-le había dicho a ella tantas veces

Solo mediante el yo masculino lo había dicho. Incluso cuando era su hermana, siempre la voz era de hombre.

La deseaba como hombre, como mujer, como todo cuanto era.

Ni siquiera los años sagrados en que la había criado como a una madre la habían cambiado, no la veía como a una hija, debido a su poder la veía como a una amante. Ese amor distorsionado y deforme, tanto como su sexo era lo que estaba conduciendo a Luz a la búsqueda errónea de un despertar que nada más que excesos, depravación y daño traería.

Eva sintió que formaba parte de aquel mundo que su adorada hermana estaba creando.

Si la matara…todo cesaría.

Pero ojalá pudiera. Si fuera capaz de hacerlo….

Pensó en las mujeres con los ojos abiertos. Ella podía andar, podía ver, podía amar.

Era libre. ¿Por qué las otras mujeres para cuyas muertes la policía no acababa de encontrar respuesta no podían?

Los periódicos tampoco hablaban nada de ellas salvo la noticia del día.

Diez meses de muertes.

No, no, yo no tengo nada que ver

Pero lo tenía. Era la hermana del ser que las había matado.

De Luz, el hombre, el asesino impotente, el ser que más la amaba en este mundo.

Eva se echó a llorar. Atrapada por el agradecimiento, y miedo a sentir que no encajaba en ningún lugar más que en esa húmeda mansión de Los Ángeles. Sin más amigos que los que había en esa mansión.

Paris, el mayordomo, su hermana Luz, su doncella, Emma.

Chicas sin nombre que echadas entre flores jamás despertarían, esas eran sus amigas. Sentía su fuerza, pero también su frustración a sus espaldas.

Entre lágrimas de dirigió entonces a una esquina.

Sabía que Axel vendría pronto, pero debía saber la verdad.

Cogió el cristal principal. Toda la sala se iluminó con el destello que entraba por la ventana, el sol invernal se cargó de luz.

-El amor-dijo

Vio entonces su rostro. Se movía, el pelo era negro de nuevo.

Los ojos cerrados, sentada en una barandilla de una casa. Dentro había un baile o una fiesta. Pero ella estaba sola.

Las primeras canas chocaban contra el cristal, y ella le miraba.

Eva sonreía. Cada palmo de su rostro, armonioso, contrastaba con el siguiente. Una mano fuerte le acariciaba el pelo, era verdadera adoración lo que ella sintió. Pero no era buena.

Estaba callada, ya no reía. Tan solo se puso en pie, al lado del ser que estaba junto a ella.

Su hermano Luz, vestido de negro le puso un collar de cristal en su cuello, que ella aceptó y besó con un beso en los labios. Luego los dos contemplaron el paisaje.

Era inusualmente verde, lleno de flores.

Pero ya no eran Eva y Luz, sino dos seres, uno amado por el otro hasta la extenuación, que era suyo, que le pertenecía, cuyo hálito de vida el más grande de ellos guardaba. Pensó en sí misma como una prolongación de Luz, y gritó.

Gritó Eva como nunca había hecho.

Sintió la monstruosidad de ser quien era. De vivir donde vivía, de consagrarse a lo que era.

La monstruosidad

No, no.

¿Era tan tarde?

-Oh….no, no. Dios Mío.

Sus manos, impotentes, alzadas al cielo.

Era inocente de la sangre vertida, de todo cuanto sus antepasados, de cuanto Luz hacía.

Vestida de rosa, sin enfrentarse más que a los fantasmas de quien era, que como haces de luz ataban sus pies y sus manos y la retenían en aquella mansión aislada de todo el mundo en las calles de Los Ángeles parecía flotar en su mente sobre la virtud y bañarse en el agua de los pecadores.

-¡No, no, no!

Eva se puso en pie.

La lucha era algo de la especie de su madre. Sabía que las sirenas habían luchado contra los pescadores toda su vida. Contra sus redes, sus lanzas, sus cebos.

Así ella lucharía en silencio, entre las sombras de sus cristales contra su hermana. No contra ella, sino contra aquella que la hacía hacer cosas espantosas.

El conflicto entre Eva contra Luz como hermano o hermana y el final de su amor cambiado tendría fecha y hora de resolución, pero no aquella influencia.

La joven bajó descalza escaleras abajo, y llegó hasta la primera planta.

El salón y el altar de Bellaria.

Eva miró hacia la figura blanca de la ninfa.

Destrozó los jarrones, traídos con flores frescas cada día por Luz.

Vio bajo ella los perfumes derramados, que no eran más que las libaciones de pequeñas oraciones de honra.

-¡Jamás te alzarás, lo juro, y si lo haces, te destruiré!

¿Cómo?

La voz de Bellaria.

A través de los tiempos, de las épocas.

-Yo seré tu muerte-dijo Eva

-Pero te necesito-dijo Bellaria

-Exacto

Era una sentencia de muerte prometida, pero no quizá cumplida.

Los criados abajo escucharon el ruido.

Paris, enfundado con su uniforme dijo que no a Emma.

No se entendían ni para ponerse acuerdo qué día libre tendría cada uno, pero estaban juntos en la tormenta de las hermanas.

No se acostaban juntos, pero tampoco se odiaban.

Eran dos jóvenes unidos por la amistad del trabajo en común, por la tranquilidad de la casa, pero también por la ruptura de su armonía. Esto había acercado más sus almas, y con frecuencia Emma, encantada de su trabajo con la señorita Eva se había refugiado buscando la mano de su amigo.

Paris, divorciado recientemente y sin hijos no confiaba en el mar. Pero sí en el trabajo y en la unidad.

Llevaba más de seis meses trabajando con Luz Jail y allí se quedaría.

Emma carente de amor salía todos los fines de semana, los tenía libres.

Eva podía prescindir de ella.

La cocinera había sido despedida. Hacía muy poco, pero esa era otra historia. Su cuerpo no estaba lejos, solo atado a otra vida si es que la había después. Eva sostenía el dolor de lo que estaba por venir con temor.

Partió todas las cosas que había para nutrir al espíritu de Bellaria. Los cazos, las fuentes tan antiguas como para tener siglos de edad, los vasos espirituales que llamaba Luz.

Todo sonó contra el techo de la cocina, y ambos trabajadores sonrieron.

Sabían que algo había ocurrido.

-¿Qué es lo que estará pasando?

-No lo sé, pero tengo un buen presentimiento

-Paris ¿jamás has entrado ahí arriba?

-Oh, no-el mayordomo se asomó a la ventana, y salió luego al porche a tomar algo. Era su hora libre.

El rompimiento de tarros, de cristales, resonó en toda la cocina.

Flores por todas partes, gritos y risas también de arriba.

La alegría incontenible de Eva.

Por fin se escuchó después el silencio, y los pequeños golpes de la escoba, que fielmente limpió todo cuanto había sido destruido.

Incluso la estatua de Bellaria iba a ser destruida cuando el claxon llegó hasta Eva.

-¡Están aquí!

Los periodistas.

Dejó la estatua arriba, y puso sus cristales ante ella, en un falso testimonio de que le era fiel a Bellaria y a su culto.

Debería de traer más flores, antes de que Luz regresara, pero esta vez sin avisar.

Miró su aspecto. Estaba horrible. Sus ojos estaban llorosos, sus cabellos revueltos.

Se puso un cristal en ellos y su abrigo negro encima, tan largo como era.

Ni la servidumbre de esa casa había entrado jamás en ella ni habían visto el altar ni ella se lo permitiría a los periodistas.

Sintió que el dolor de confirmar lo que ya sabía se apoderaba de ella. Pero la injusticia de fingir que no salía era realmente una necesidad de hacerse sentirse víctima para librarse toda culpa que rozaba con el egoísmo.

Se sabía de memoria los cabarets, los bares, pero iba muy poco.

Sus medias se habían roto de ir a buscar a Luz. Había sido invitada por los grupos de su hermana. Su hermano también había bailado con ella.

Pero Eva más intelectual subía al barrio alto y allí iba al teatro, a la ópera cada viernes, a disfrutar de su verdadera vocación. Las palabras, las miradas, los sentimientos humanos.

El escucharlos envueltos en arte, el evocarlos, el escribir sobre ellos.

Había tenido un diario no hacía mucho, pero Luz se lo había quitado. Luz siempre se había llevado todo cuanto ella había escrito.

Decía que se deleitaba con sus versos, que aplaudía sus ocurrencias, que le gustaba vivir ene l mundo que su hermana pequeña creaba.

Eva se había sentido siempre feliz por ello.

Pero ahora las cosas habían cambiado porque dentro de ella algo lo había hecho.

Todo cambia excepto el amor

Se lo había avisado Bellaria

Y tenía razón, así lo vería en los años sucesivos

Abajo, el pitido la llamó.

Eva salió, como si no se sorprendiera de verlos.

-Buenos días, señora....

-Buenos días, señores periodistas-dijo Eva sacando su blanca mano y ofreciéndosela primero a Axel, quien apenas podía articular palabra y luego a Joshua

-Eres tú-dijo Axel

-Me llamo Eva Jail, y soy la hermana de la dueña de esta casa, Luz-Eva le dio la mano ahora a Joshua mientras Axel sentía el frío en la suya.

Pero ahora estaba diferente. Su pelo negro había sido recortado ligeramente, y lucía un rojo oscuro que la hacían muy diferente incluso a la que había visto esa misma mañana en las escaleras.

-Encantado, señorita-dijo Joshua entregándole el contrato-debe firmar aquí, por favor.

-Por supuesto-dijo ella-¿les apetecería tomar un té?

-Sí, por favor-dijo Axel

-Entren-dijo ella

-¿Podemos tutearla o...?

Axel no terminó su pregunta.

-Oh, claro que pueden-dijo ella-podéis, espero que me dejéis hacer lo mismo. Hablar de usted es algo propio de las clases más altas. Me da cierta rigidez.

Los hizo entrar al salón que había en la primera planta.

-Paris, té por favor-dijo Eva cuando el mayordomo se asomó discretamente a mirar qué se les ofrecía.

-Sí, señorita

Eva firmó el papel.

Axel la miraba como si estuviera viendo la aparición de un fantasma.

Es ella, sé que es ella

Joshua le pisó disimuladamente.

-Díganos, señorita Eva ¿cuánto tiempo hace que tenéis esta casa?

-Llámame Eva, por favor. Hace mucho tiempo, desde que yo era niña. Supongo que mi familia la compró alrededor de 1912.

-La fecha del hundimiento del Titanic-dijo Axel

En su mirada el desafío. En la de ella, el cristal.

El mismo cristal que le había hechizado y que ahora parecía que no tenía fin.

Joshua tosió ante las miradas de calma de ella y de ataque de él.

-Dinos, ¿el culto a Bellaria existe en América?

-Existe ahora en pequeñas comunidades, mi hermana es quien mejor entiende de esto. Desgraciadamente no está aquí. Pero nació en Inglaterra, donde la ninfa hizo supuestamente las primeras apariciones, años más tarde en Alemania, de donde somos originarias.

-No tienes aspecto de ser alemana-dijo Axel

-Ni tú de ser periodista, más bien de ser un gánster, aunque en la fiesta también lo tenías-no sonrió. No lo hizo.

Si no que permaneció allí, ante la libreta en la que Joshua estaba escribiendo cada línea de la joven.

-No niegas que eres tú-dijo él

-¿Me has denunciado?

Axel sintió su sangre correr, volar, su mente se emborronó de nuevo.

Se cogió a la pared, y unos segundos más tarde allí estaban.

-Lo que te ha traído aquí no ha sido esa denuncia, sino los cristales que sin duda llevas encima-dijo ella

Axel sacó los cristales de su bolsillo, y era cierto allí estaban.

-¿Qué quieres de mí?

-Solo una cosa, una piedra que tiene tu familia-dijo Eva

-¿Eres el Ser?

Joshua la miró asombrado.

Realmente esa mujer no parecía ser de este mundo.

Una ninfa rindiendo culto a otra ninfa

-¿Así me llama?

Eva sonrió, levantándose cuando Paris trajo el té.

Lo dejó reposando en la tetera, y entregó cada taza a uno de los dos periodistas.

-Supongo que tendréis mucho que deciros, pero ¿podríamos hacer este trabajo, por favor? -Joshua miró a Axel, pero éste parecía enfadado.

Axel asintió, preguntándose si aquel té tendría veneno.

-Su coche está en el garaje, señor Anderson-dijo ella

-¿Qué piedra quieres que te entregue? No conozco el monopolio de mi padre si lo quieres es el dinero-dijo el bebiendo el té cuando ella se lo echó.

Ese aroma...ya no lo tenía.

Era ella pero no lo era. Qué extraño. Esa mujer de pelo rojo no era el atrayente imán de la fiesta, ahora parecía...mermada. Sin poder alguno más que el de las palabras.

Pero ¿acaso lo necesitaba?

-El té es de menta-dijo ella-el más exótico para mezclar con leche.

-Te voy a denunciar-dijo él-pero dime antes de hacer este trabajo ¿qué buscas de esa piedra?

-Su cristal-dijo ella siseando

-El cristal.....

-¿El culto a Bellaria exige cristal?

-No, solo flores. Pero yo tengo el poder del cristal, soy una persona dotada en ciertas artes, ciertos dones. Veo a través de él, llamo y comprendo situaciones a las que mis ojos por ser de cristal también me impiden tener acceso.

-¿Tus ojos no son auténticos? -Axel la miró

-Sí, pero de cristal-dijo ella sonriendo por primera vez

-Bien, el reportaje nos quedará con esta información perfecto-dijo Joshua, quitándose la gorra.

Eva se puso en pie y dejó que los dos hombres se tomaran las pequeñas barritas de chocolate que Paris les había puesto.

Axel no estaba nervioso, pero había algo en él de decepción.

-Podéis hacerme una fotografía en el jardín, o delante de la casa-dijo ella

-El té está delicioso-dijo Axel

Su corazón se detuvo un momento cuando ella sacó el último cristal, el de las víctimas y lo puso sobre la mesa.

-¿No os preguntáis qué otro asunto requeriría vuestra atención?

-¿Un reportaje sobre los cristales? Nos encantaría hacerlo un día, sí. Se lo propondré a mi padre.

Joshua miró a su colega, pero Axel parecía perdido en la visión de Eva. Esta negó con la cabeza. Se sentó frente a ellos a disfrutar de su propia taza.

-Como queráis aunque no me refería a eso, si no a otros asuntos de dolor y de flores-dijo ella- pero os daré este cristal como recuerdo de la adivinanza que os planteo.

Joshua tocó el cristal. Era cuadrado y estrecho, rayado con el dibujo de aguas.

-¿El agua es tu elemento?

Axel examinó el cristal pacientemente.

-Oh sí, mi madre me dio a luz en el agua-dijo ella

-¿Por qué en la fiesta estabas tan...diferente?

-¿Diferente?

Eva clavó entonces sus ojos en él. Su voz parecía sonar de la lejanía.

-¿Diferente, Axel Anderson? Siempre he sido la misma.

El rostro de Eva era delgado, tanto que casi parecía que la carne blanca desaparecería entre los huesos de su mandíbula y quedaría solo el cráneo. Y esas cuencas azules, azules....

-¡Axel! ¿Qué te pasa hoy?

Joshua le dio un empujón. Axel enseguida volvió en sí.

-Oh, perdón-tosió fuertemente

-En esta época del año deberías abrigarte más-dijo Eva-y ahora seguidme, os enseñaré el túmulo de Bellaria.

Se puso en pie y salió de la salita.

Axel miró alrededor, y cuando los dos hubieran salido fotografió cada esquina.

El sifonier, las pequeñas antorchas que jamás se encenderían, una bañera y a su lado, la armadura medieval, y cristales, más cristales que sin duda tendrían la marca de ella, o la de las aguas.

-¿Axel?

Joshua desde afuera le llamaba.

-¿Qué adivinanza nos ha dicho? ¿Qué casa es esta? -preguntó Axel al salir

Su coche estaba aparcado delante de la casa, las llaves las tenía en sus manos Eva.

-Toma tus llaves. Cuando la denuncia llegue yo me entenderé con la policía y la multa, no te preocupes por lo demás-dijo ella

¡Eso encima!

Hace que me sienta miserable, como si yo fuera el que la hubiera agraviado a ella

Miró su cuerpo delgado y caminar ante él.

No era tan femenina. No había uñas rojas en ella, como no las había habido en la fiesta, y sabía que su pelo era una provocación. Tenía grandes senos, pero ocultos, ahora se había dado cuenta, bajo el largo abrigo negro que no dejaba adivinar más formas.

Pero sus brazos y piernas eran atléticos. Preparadas para salir corriendo.

Llegaron hasta el gran invernadero.

Estaba bajo una cueva montañosa que tapaba solo la parte final.

El edificio blanco con columnas griegas alrededor les dio la bienvenida.

-¡Es extraordinario! ¡Jamás había visto nada tan señorial en toda mi vida!

-Haz fotos con el equipo, Joshua-pidió Axel tomando notas del complejo

-Es herencia de los Jail-dijo Eva tras ellos

Orgullosa de mostrar su propiedad, Eva dejaba entrever una de las partes más a reconvenir de su personalidad.

Era vanidosa en ese sentido. Exhibía su riqueza.

-Somos una familia muy rica

-Mis padres también lo son-dijo Axel sin mirarla

No, no la mires

-Tu coche no dice lo mismo

Hipnotizados los tres por el propio complejo Axel le pidió que posara.

-Por favor la dueña

Eva se puso entonces ante la cámara, mirándola como si fuera otro de los marineros a los que su madre seducía. Los ojos de cristal fueron retratados, y al fondo, como si las flores quisieran atraparla vibraba el culto a Bellaria.

-Oh…

Los ojos de Joshua quedaron tan atrapados como habían quedado los de Axel en la fiesta.

-Que hermosa eres….

Ella silenciosa, Axel respirando con antipatía.

Celos.

-Saldrás muy bien

Ella lo miró con odio, luego los hizo entrar.

-Yo no voy a entrar, dentro está el ataúd de Bellaria, muerta hace 800 años

-¿No crees en ella?

-No-dijo-me niego a rendirle culto

-¿Qué religión profesa?

-Soy católica-dijo ella-mi madre quería que así fuera

-Oh, de acuerdo-dijo Joshua-gracias por contárnoslo

Los dos hombres entraron, y poco a poco fueron llegando hasta el fondo. Las luces artificiales se encendieron, el fuego también.

-¿Hay alguien más aquí?

Joshua tocó el brazo de Axel, quien miró al exterior y vio a Eva con las dos manos en las puertas, una sombra.

-No, nadie-dijo ella

-¿Y las luces? ¿Las antorchas?

-Son el poder de Bellaria-dijo en la puerta Eva

-¿Y sigue sin creer en ella?-Axel no podía creerlo

Un olor a rosa se desprendió de las hermosas flores de colores que yacían frente al ataúd y a su alrededor, hasta que finalmente vieron a este.

-¡Dios mío es como la tumba de un faraón!

-Joshua, fotografía todo, las flores, cada palmo del ataúd, una frontal y otra desde atrás. Yo pondré por escrito la descripción de este lugar.

Oyeron agua.

Tras el ataúd una cascada natural rompió sobre un pequeño riachuelo que a su vez regó todas las flores. Había incluso algunas flotantes.

-¡Que hermoso paraíso!

-Tan extraño y exuberante como su dueña-susurró Joshua

-No, de eso nada. Ella tiene más de extraña que de exuberante-

-Y sin embargo es ¿El Ser?

-Sí a mi pesar lo es

Los dos hombres sonrieron, pero su estupefacción creció cuando vieron los labios entreabiertos de la efigie de Bellaria, convencidos de que allí no había nada.

Parecían preparados para que hablara.

Mi paraíso, amante

-¿Qué? ¿Has dicho algo?

-Tal vez-chilló la voz delante de ellos

Era como un suspiro, como si alguien quisiera decir algo y no pudiera.

-No ha sido ella, sino lo diría-dijo Axel en un susurro

Joshua sintió como su espina dorsal se doblaba, y él también.

-No sientas miedo, ya te avisó tu padre de lo que este trabajo significaba.

Joshua no podía apenas decir nada. Su cámara parecía congelada en sus manos, al igual que toda su figura.

Axel sabía quién estaba detrás. Pero no por qué.

-¿Dónde estás, Eva?

Eva ya no contestaba.

Cansada, se sentó afuera a fumar, mientras les esperaba.

Los horrores de sus demonios volvían a descender ante sus ojos.

-Grabadlo-dijo Eva desde afuera al fin

-Hazlo, Joshua-dijo-eso estaba en….

Axel miró hacia arriba pero Eva se había ido.

Maldita sea

-En tu coche-dijo ella trayendo una gran caja

No parecía que le pesara demasiado. Era el magnetofón de alambre.

Axel abrió la caja que ella dejó en el suelo, y echó una bocanada en su rostro.

De nuevo estaban reunidos.

-No se oirá lo suficiente-dijo él

-Oh sí que lo hará-dijo ella-Bellaria está anhelando ser amada, deseando ser admirada, como todas las mujeres.

-¿Qué debemos hacer?

Joshua miró los ojos de la mujer que se abrieron como dos espejos. De hecho lo eran, no parecían tener blanco ni azul, sino simplemente un trozo de piedra agrietada en la que ambos hombres se reflejaban allí en la oscuridad.

Eva tomó la mano de Joshua situándose por atrás.

Él sintió la suavidad, la frialdad, sin saber que decir. Axel vio que era real, que el efecto que ella le había provocado en la actuación del mago era real.

Pero la realidad iba implícita de rabia.

Dejó que como una mariposa, los brazos de su amigo se abrieran y que ella los fuera guiando sobre todo el ataúd de esa ninfa caprichosa.

-De la pasión nos traen para arrojarnos a la pasión -dijo ella

Axel se tensó. Eran sus palabras….

¿Cómo podría ella saberlo todo?

No podía ser más mayor que él ¿de dónde le venía toda esa sabiduría ancestral? ¿Todo aquello era real?

Es real, lo sabes. Todo lo que aquí se cuenta es real y te atrapa.

Quieres seguir sabiendo más y más.

La civilización, cada cosa en su lugar, incluso las del más allá.

Los brazos de Eva se separaron suavemente del joven, mientras él recorrió los labios, el rostro, el cuerpo de la efigie.

-Es hermosa, como ninguna mujer será jamás. Se encontrará dentro de ella, el amor que todos tenemos….se alzará cuando ya nadie lo espere, pero no será de mal su reino, sino de bien.

Axel observó a su amigo en un trance poderoso, idolatrando el largo y pesado ataúd.

-No entiendo lo que está haciendo

Eva le miró, amenazadora.

Un frío entró en la sala.

-Ponlo a grabar ahora

Axel se agachó e inició el equipo

¿Quién me llama antes de tiempo, antes de tiempo?

Las flores aún no han prendido en mi vestido, aunque muchas me han sido entregadas

-Dios Mío, no

Eva se alejó, horrorizada.

Así que había leído los cristales mal.

Los asesinatos estaban siendo cometidos por Luz como consagración, no por simple placer para ella misma. El horror de sus huesos no podía ser evitado.

-Oh Dios Mío-dijo Eva cayendo de rodillas ante los dos hombres, que con cuidado habían grabado el lamento del incognoscible ser que allí supuestamente descansaba.

-¿Qué ha pasado? -Axel tocó su brazo, pero Eva negó con la cabeza

-No pasa nada, caballeros. Ha sido la emoción, supongo

-Pero ¿no crees en Bellaria?

Axel la miró y sintió un estado de visión nuevo en ella. Se acaba de enterar de algo que no quería compartir.

-No, en absoluto-dijo Eva

-Pero lo tenemos grabado, señorita Jail-dijo Joshua-este caso se hará famoso.

-Eso espero, es lo que espera mi hermana. Pero el culto a Bellaria no es bueno, os lo puedo asegurar-dijo ella

Joshua le hizo más fotos a la efigie.

Tenía frío.

-¿Dirá algo más?

-No-dijo Eva-nada más, habla poco.

-¿Qué pretende, qué quiere? -Axel miró el ataúd horrorizado, consciente de que aquella propiedad sería ahora un lugar de peregrinación como ningún otro.

-Quiere ser adorada, incluso en la tumba-dijo ella-como cada espíritu vanidoso

-Pero si no crees en esto-dijo Axel-¿por qué estar aquí, recibiéndonos?

-Porque mi hermana lo quiere-dijo ella-Bellaria es para ella su principal razón, su culto hacia ella es muy profundo y ancestral. Las hermanas mayores de nuestra familia siempre han sido las sacerdotisas mayores.

Joshua se acercó a Eva, y desde su distancia miraron al ataúd:

-Su voz es suave, es hermosa-dijo él

-Ella es como un sueño, dulce, atrayente. Quiere algo que no puede tener, ese ha sido siempre el problema.

-La quiere a usted-dijo Axel tras ella

Axel y Joshua no parecían asustados. En ese trabajo ya habían visto de todo, como Eva conocía horrores.

Los tres tenían algo en común.

Habían hecho del horror naturalidad, la dulce inocencia de la juventud se había ido para dejar paso a la superstición hecha realidad, esa era su notable hermandad.

Eva se giró asombrada, pero luego frunció la nariz.

Salieron los tres del invernadero, no dejándose intimidar por el agua que salía a borbotones esta vez.

-¿Cómo lográis la cascada? La geografía lo hace imposible

-¿De verdad queréis seguir sabiendo cosas? Si el velo se descorre por completo solo quedarán horrores-dijo Eva

Cada mano en un hombre de los dos jóvenes hombres.

-Sois jóvenes no lo desperdiciéis estudiando fenómenos horribles como éste-dijo ella-no lo hagáis, pues podéis llegar a cierto punto del que no podréis regresar y el precio será muy alto.

-Todos los misterios tienen un alto precio, Eva-dijo Axel mirando su coche y mirándola a ella

-¿Podría invitarte a la redacción? -preguntó Joshua

-Ya tenéis todo el material-dijo Eva-pero me gustaría que nos volviéramos a ver

-El jueves que viene-dijo Axel-en la mansión Anderson. Mi padre dará una fiesta, me gustaría presentarte a mi familia, y Joshua vendrá.

Ella no dijo nada. Axel se subió a su propio coche mientras que Joshua lo hizo en el de él.

Estaban presos aún de esa tristeza que ella exhibía, y cohibidos por lo que habían visto y oído. Percibían el horror bajo sus pies aún así, en la naturaleza extraña que aquella ninfa enterrada les otorgaba.

Axel condujo mirando el paisaje.

Los Ángeles lucía más brillante que nunca bajo las luces del mediodía, de aquel día lluvioso en el que el sol se peleaba por salir con los nubarrones. La civilización hostil se perdía en los rostros de los niños que volvían del colegio, pero volvía a renacer en la de los rateros, las mujerzuelas y los hombres preñados de trabajo que lentamente andaban como seres grises.

¿Por qué ese Ser ahora le sumergía en la lástima, en la amistad?

Él nunca quería trabar amistad con alguien, y aunque recibía las tarjetas para las fiestas en casa de su padre jamás asistía.

Sabía que Clara se las extendía por simple cordialidad. Pero ¿por qué había invitado a aquel Ser que despertaba sus más bajos demonios?

No era poseedora de la creencia de su hermana en aquel ser enterrado entre piedra, flores y agua.

Piedra, flores, agua, sonaba hermoso.

La quería a ella, Axel lo había notado. Nada podría escapar al hipnotizante resplandor que despedía.

De belleza fatal a sirena desvalida, de mujer misteriosa a Ser sin forma.

Axel se preguntaba cómo sería su hermana.

Sin duda Lorenzo ya la habría conocido.

Joshua estaba deslumbrado. Querría tenerla también.

Rompería su compromiso con la desvalida Beatriz, y a su vez Eva le rompería el corazón a él. Pero Eva jamás podría ser de nadie más que de ella misma, ni de su hermana, ni de la ninfa, ni de él, ni de Los Ángeles.

El teatro era su hogar, desde luego.

Los cafés vacíos, llenos de grises intelectuales solterones y solitarios, como ella.

Ella…Joshua sin embargo no era preso tanto de su fascinación como del miedo ante aquella grabación, las líneas que habían tomado, las flores marchitas, la reacción de Eva, la voz del ente. Por mucho que se sintiese preparado para ese trabajo no parecía después de cada uno. Había algo decepcionante, algo de vacío tras hacerlo.

Volvía a casa y se sentía útil pues había ganado su sustento. Pero ¿por qué no era completamente feliz?

¿Qué era aquello que se le escapaba?

Siempre lo había sentido. Si por él fuera dejaría el periódico, pero a su edad ya había probado tantas cosas… ¿qué podía él hacer salvo formar una familia?

Una familia, traer más seres al mundo ¿para qué?

¿Para que se tuvieran que enfrentar a otros como ese de la voz? ¿Y si era verdad, si se alzara ese monstruo?

Le intrigaba la ninfa muerta tanto como la dueña de su casa, que no se amilanaba, que no tenía forma. Con razón la llamaba Axel Ser.

Ser, eso era, una parte de la mitología más que una mujer.

No tenía encanto femenino, tenía persuasión, hipnotismo.

A todos hechizaba, por todos era deseada.

Bellaria, la divinidad a quien despreciaba, por ser católica.

¿Y su hermana?

Ningún caso le había impactado como aquel. Se lo escribiría a Beatriz en una carta.

-Oh mi amor-dijo

Pero no sabía a quien se dirigía. Quiso pensar que a su novia, pero quizá era a Bellaria o a Eva, o a Clara, a quien súbitamente había recordado al decir Axel que acudiría a su fiesta.

¿Qué secretos guardaba un corazón?

¿Cuán lejos iría?

La Navidad estaba cerca. Los funcionarios del ayuntamiento ya ponían los últimos adornos de la ciudad.

Las luces rojas y verdes muy pronto devolverían a la ciudad del desierto, la piedra y el fuego la luz que parecía que le era robada durante el resto del año en aquella época, incluso en los días más luminosos.

Había algo que no parecía funcionar en su alrededor. Era como si un instrumento de su interior, como si un órgano estuviese averiado.

O quizá era algo malo que viniera.

Las palabras de Eva no habían caído en saco roto.

El día siguiente llegó, luminoso y cayó sobre Joshua quien al abrir los ojos vislumbró otra realidad a la que estaba acostumbrado. Sentía una sed por los acontecimientos del día anterior que debía de ser plasmada.

Bebió la poca agua caliente que tenía sobre su cama, y en roma interior dio un salto a su escritorio.

Tomó tinta y papel y escribió una larga carta a Beatriz:

Amada Beatriz,

Espero que no hayas olvidado las promesas que me hiciste. Cómo dentro de mí te sueño, te pienso, te sigo queriendo.

Te echo de menos, pero muy pronto seré paliado de ese mal, ya que te invito a que te unas a mí en la fiesta de los Anderson, en su mansión. Los padres de mi amigo y hermano, Axel Anderson darán una fiesta por Navidad y quieren que la alta sociedad, que los amigos más exquisitos e importantes estén presentes.

Te estarás preguntando por qué te invito, si tú no eres importante o al menos tu nombre no se conoce en esta ciudad. Pero yo te quiero, eres mi prometida y quiero que el mundo entero se entere, Beatriz. Que sepan que eres tú de entre todas las mujeres a la que más amo.

Se lo diremos a mi padre, aunque probablemente ya se lo imaginará. Y es que le he hablado tanto de ti, Beatriz, que seguramente no podrá esperar a verte en persona. Espero que las flores que te envío te lleguen cada día.

Quería hablarte de algo que nos sucedió ayer, querida. Fuimos a cubrir un caso especial que verás muy pronto publicado en nuestra revista, y por primera vez me asusté tanto como me fasciné ante la cantidad de información que recibimos sobre un caso que va más allá de lo policial. Una ninfa, una joven hipnotizadora, una hermana perdida, flores, agua, un jardín precioso, como el del Edén, donde todo era posible.

Pensé en ti cuando en un momento dado la dueña nos dejó a Axel y a mí hacer nuestro trabajo. Fue la experiencia más desbastadora y auténtica que recuerdo hasta ahora en esta clase de trabajo, Beatriz.

Busqué en mi interior algún momento más oscuro que aquel que vivimos, pero no hay ninguno. Axel lo sobrelleva mejor que yo. Después de los eventos a los que asistimos es increíble cómo no se inmuta, como nada parece alcanzarle al menos externamente. Pero hubo algo más apoteósico todavía: y es que la dueña de la casa, la señorita Jail conocía a Axel y adivina… ¡tenía su coche en su garaje, porque se lo había robado!

Por supuesto él le puso una denuncia, justo antes de ir a verla. Es como si supiera que ella lo tenía guardado en su casa, que la que le robó el coche era la misma mujer a la que íbamos a ir a entrevistar.

Noto una conexión entre ellos que me asusta, Beatriz. Ninguno de los dos hace referencia al otro a no ser que sea por mera cortesía, pero dentro de Axel el deseo y la curiosidad se han unido en uno solo, y ese solo sentimiento amenaza su vida. Siento que desde que conoció a esta mujer a la que él la llama "Ser "en la fiesta no es el mismo. Es como si ella hubiera hechizado no su alma, sino su raciocinio. Porque ella es hermosa, Beatriz. Pero no como tú o como cualquier otro hombre o mujer.

En ella todo género se pierde. Si la miras mucho tiempo da la sensación de ser de sal, una estatua cincelada como la mujer de Lot, para estar por siempre ahí mirando la Creación del Padre. Perdona mis palabras, Beatriz, esta forma de contarlo. Sé que es extraña pero no hay nada que pudiera explicar con más sencillez la pasmosa impresión que me dejó esa chica. Su nombre es Eva, y sus ojos no son humanos.

Es como un ente, como un ser perteneciente a la naturaleza feérica. Como un hada reencarnada u otra ninfa. Pero sus ojos son como espejos si la miras durante un período de tiempo prolongado. Ella trae la paz a una ciudad como ésta.

Imagínate, paz en Los Ángeles.

¿Es posible? ¿Será acaso que todos nosotros estamos llamados a ser amigos de esta mujer y que bajo su influencia todo irá mejor?

Pero no está ella, está su hermana. Una mujer más sociable y popular, conocida por su vida desordenada, llamada Luz.

No sé si ella traerá la paz como Eva, pero creo que no. Que trae el hacha de guerra, y que una es la sombra de la otra. Que han nacido para vivir y morir juntas, pero que pertenecen a mundos distintos.

Dice Axel que Eva es una mujer del teatro, de la charla sucesiva de intelectuales en un viejo café desmoronado de la parte de atrás de cada teatro, mientras que Luz es una mujer de cabaret, de luces rojas y de largos puros.

Ambas aman el whisky, pero una ama a la ninfa de la naturaleza, la otra no.

Eva es tan rebelde como sumisa a su causa.

Axel siente por ella una especie de extraña armonía. Hoy ha sentido el miedo de ella, pero también su rabia.

Nos mostró la tumba, y allí nos pasaron las cosas más impensables que puedan ocurrir a persona alguna hoy en día, incluso en nuestro trabajo.

Su mansión está construida desde tiempos inmemoriales. Es completamente blanca y dorada, tiene flores, cristales, y adivinanzas.

Espero recogerte el miércoles en la estación a las nueve de la noche. Escribiremos, leeremos a Shelly pasaremos la noche juntos, Beatriz. Entrégate a mí, pues yo lo haré contigo.

Recuerda que por encima de todo está mi amor por ti, en ese dedo.

Te quiero,

    Joshua Méndez.

Esa misma mañana Beatriz se desperezaba en su granja de Arizona.

Aún tenía trabajo que hacer.

Su madre, Marguerite, estaba cansada de tener que mandarle que fuera a atender a los animales.

Viuda antes de tiempo, había dejado en su hija todo el peso de los animales, mientras que los pocos jornaleros que podía pagar limpiaban el establo.

Los caballos regresaron pronto al redil.

Cansada de una vida sin atractivo, Beatriz soñaba con su amor más allá de los arbustos de secano de su pueblo.

Las vacas, los conejos. Todo podía esperar, era hora de escribirle la carta a su amante.

Querido Joshua:

¡Me he escapado de mis quehaceres para venir a escribirte!

Mi madre me tiene trabajando de sol a sol ¿puedes creerlo?

He recibido las flores rojas de ayer, hoy espero que las que vengan sean azules. Mamá las echó al fuego la primera vez, dice que se morirá si me voy, pero ¿quién es ella para impedirnos estar juntos?

Nos hemos conocido por alguna razón.

Sabes lo reacia que era a volver a enamorarme. El daño que Paul me hizo.

Afortunadamente ahora estoy renovada por dentro, y preparada para verte o que vengas, mi amor.

Mamá todavía no está lista para ayudarnos, para comprender como debemos casarnos y tener una familia propia.

Teme que el legado de papá se pierda si yo no estoy junto a ella.

Irme contigo a Los Ángeles, la ciudad de los maleantes como ella la llama no es algo que sea in mínimamente contemplable. Pero sabes que en el fondo no me importa.

Si sigo aguantando su tiranía es por dos cosas. Porque sé que se lo prometía papá, el ayudarla, y porque sé que tu vendrás por mí, y como te he prometido te esperaré. Pero si ella fuera una tía mía o una pariente lejana ya la hubiera dejado.

Me hubiera ido a servir a cualquier parte.

Heredar esta granja y estas tierras significa convertirte en lo que ella es. Un ser de barro, de agua caliente, de amarga arena.

No soporto su rostro, y su voz me quiebra los oídos. Soy como Cenicienta, pero Cenicienta nunca tuvo e poder de irse como yo lo tengo. ¡Oh, Joshua!

A veces siento que querría marcharme ya. Que sin decir nada cogeré mi bolso y abandonaré esta granja que grita y llora por mi padre en cada esquina.

¡Hasta las paredes de la casa parecen llorar de amor por él! e

Papá lo era todo, sin él solo tú me quedas.

Marjorie sabe todo lo que he pasado. Cada noche me escapo por la ventana y entro por la suya. ¡Una milla más lejos!

Llevo tus flores que se rompen por el camino en mis manos. Soy la pobre chica de las flores. Marjorie me acoge en su casa y me dice que te escriba, que me marche ya.

¿Qué debo hacer, mi amor?

La tiranía de mamá va a más. No te acepta, ni a nuestra relación. Me ha llegado a ofrecer lo que saque por la venta de unos caballos para que te deje. Quiere separarnos, y yo cada día estoy más llena de trabajo. No puedo ni llorar, solo Marjorie y Dios lo sabe.

Ya no voy a la Iglesia, Joshua.

Por favor, dime qué debo esperar, qué puedo hacer. Si debo ser una carga para ti lo seré. Sé que es egoísta pero es esta existencia vacía, este amor por ti que nadie en mi familia acepta lo que me hacer ser así.

Mi primo Julien quiere que me case con él.

Papá me lo llegó a insinuar una vez o dos, pero nunca lo tomé en serio.

Sé que no puedo exigirte nada, pero ¡Oh, Joshua! Yo te quiero a ti, más que a nada.

Más que nadie, más que a mí. Dime, que hacer.

Tuya, siempre

> *Beatriz García*

Su pluma terminó de escribir la última línea como solo su corazón hubiera podido hacer.

Vestida con su larga bata de flores estampadas de trabajo Beatriz como un junco solitario se dejó caer en la cama, tras echar perfume en la carta.

Era la carta para el amor de su corazón.

Tenía más de 20, no contaba con enamorarse así ya.

Beatriz era pura, era buena, era alguien salvable. Eso hubiera pensado Axel, eso hubiera pensado Eva.

Pero el camino de la vida sigue su curso y nadie podemos elegir nuestro destino.

El de ella muy pronto sería revelado.

¿Qué me deparará la vida, a mí, una chica mexicana en este lugar?

De pronto miró su piel. Morena, se puso en pie, sus ojos eran grandes y oscuros.

Sus labios, gruesos.

Era realmente una flor del desierto, eso parecía.

¿Qué había enamorado a Joshua?

Era su interior, sus ansias, o quizá como ella lo amaba. Eso lo había hecho enamorarse de ella. La manera en que Beatriz lo amaba. Como nadie más.

Beatriz vio su hermosa cabellera rizada, sus ondulados labios de muñeca que acercó al espejo, y el suspiro del amor al sentirse observada por los ojos verdes de su amado, que como a través de su anillo o de sus flores podía observarla, se ruborizó, dejando que el amor tomara el sitio de su voluntad.

Se hizo un ovillo en la cama y esperó.

Esperó a que la bruja la llamara.

Pero Beatriz no era una desconocida para la gente de Los Ángeles.

En su mano un anillo de oro, apenas una débil alianza con una piedra blanca que guardaba de su madre, la acompañaba como siempre lo había hecho.

Ella era Beatriz García, la hija de Dionisio García Cienfuentes, el apoderado de Los Bueyes.

Siempre estaría en deuda con su padre. De él heredó una gran casa, fuertes animales, un espíritu emprendedor para mandar a hombres y vender mercancías, el manejo de la camioneta, algo de letras inglesas, nada de latín pero mucha geografía.

De mamá apenas tenía unos débiles conocimientos de costura que no le importaban.

La bella Beatriz quiere irse

Su madre jamás lo permitiría, no ahora, ahora nunca.

La miró a través de la ventana, sus ojos como dos llamaradas parecían querer devorarla.

Mala madre, buena hija.

Incierto final.

¡Cuán distinta era la mañana! El despertar de unos, llenos de esperanzas y de sueños era el de sorpresa para otros.

Lorenzo permanecía tendido en la cama, durmiendo sobre el cuerpo blanco de Luz, quien le movió con su pierna, dejando entrever las uñas rojas.

-¡Vamos, señor Méndez!

Lorenzo abrió los ojos completamente y se quedó mirando a la hermosa mujer que había robado la poca compostura que le quedaba.

-¿Qué hora es?

-Son las nueve, señor-dijo ella

-¿Tienes whisky?

-En el hotel siempre hay, señor-dijo Luz levantándose poco a poco y yendo a hacerle una copa.

Vestía una camisa azul que no era de él.

-¿De quién es eso que traes puesto?

-De mi último amante-dijo ella

-¿Siempre llevas contigo las prendas de tus amantes?

Lorenzo la contempló con enojo mientras se vestía.

A su edad, con una amante ya establecida, volvía a engañar a Lesley, con una mujer a la que volvería a poseer allí mismo en la cama, pensó al verla con el pelo desordenado, la sensual voz, la esencia de la feminidad para él como nunca antes lo había tenido.

No poseía la dulzura de Anna, ni la comprensión de Lesley, su piel era fría no fuego como la de sus otras dos amantes, pero su sensualidad prometía un final que nunca llegaba, y que lo desesperaba por dentro.

-Oh, eres la mujer más hermosa de Los Ángeles-dijo él poniéndose sus pantalones.

No encontraba su ropa interior.....

-Yo tengo tu ropa interior-dijo la gatita a su lado-quiero tenerla cerca cuando me dé un baño de café como el de esta noche.

-¿De café?

-Café de Colombia, mezclado con especias del bosque, esas fueron las esencias que te emborracharon en la bañera, además del whisky, mi buen director, no podías parar de extasiarte, ni yo de pedir calma, calma, y más aún, más de ti.

Luz se había deslizado como un patín sobre el hielo, hasta llegar a su cuerpo, bajo la cama, donde él buscaba la ropa robada por ella.

-¿Qué dices?

Lorenzo la abrazaba, no pudiendo sentir más que pasión por esa mujer.

Para, has cometido una imprudencia, ni siquiera la conoces

La voz de su interior no se extinguía

Para, para

Pero sus sentidos se lo impedían.

-Luz ¿quién eres tú?

Las manos del viejo director subieron por los muslos solamente tapados por la pequeña bata rosa que la sensual mujer se había puesto.

Era indiscutiblemente más alta que él, pero todo en ella era amor, amor, y paraíso.

-Soy una mujer fatal, Lorenzo

-Pero yo....te quiero-dijo él sumergiendo en el abrazo de ella la cabeza entre sus rizos claros.

-Te daré lo que más quieres, pero tú firmarás en darme lo que yo quiero-dijo ella -será un pacto de sangre, de piel, de amor.

-De amor, de amor-dijo él poniendo una mano en la cabeza de la mujer, que liberándole de sus pantalones le hizo saber lo que era realmente el éxtasis hasta que se arrodilló arrepentido, convencido de que aquel dulce pecado no podía ser frenado con nada, ni con nadie.

Luz rompió bajo sus uñas la piel de su mano, y su sangre calló en el contrato que lo ataba al alcalde, y a Bellaria.

-Ahhh ¿qué me has hecho?

-Sellar lo que me debes, señor Méndez

Lorenzo se recostó al sentir otro clímax viniendo a buscar su piel, sus brazos, su cuerpo. Sintió temblor en los pies, cosquilleo en la espalda.

¿Qué le daba aquella mujer, que no podía parar?

Era como un súcubo, se estaba llevando todo su vigor.

Ese pensamiento lejos de horrorizarlo le excitó aún más.

Luz también estaba excitada, ese hombrecillo con poco poder la hacía sentirse tan deseada como ninguna de las otras personas con las que últimamente había estado, hombre o mujer. Como hombre había desarrollado sus pezuñas, sus maneras de mujer alejadas de su verdadero propósito, pero como mujer su hermafroditismo la ayudaba a ser más felina, a lograr con mayor facilidad sus objetivos.

Su dualidad le permitía estar más cerca de Eva, hermana y amante. O pronto lo sería. La perfección distaba mucho de sí misma.

Pero Luz cerraba sus ojos al hacerle el amor a Lorenzo, quería empaparse de su fragancia masculina, nunca llegando a tener suficiente, dejando que él le hiciera regalos, pues a partir de ese día se los haría.

Ahora ella sería la favorita, no Anna.

No quería pensar en lo otro, en la pesadilla. En todo lo que había hecho como hombre. Era Luz, la hermosa mujer que había conquistado a Lorenzo Méndez, con eso le bastó.

Su plan transcurría de una manera imprevisible, mientras Lorenzo abrazó su cuerpo, soñando con no volver a separarse más de ella.

-Eres perfecta

-No, no lo soy-dijo Luz saciada de su propia presencia-pero muy pronto o seré.

Le entregó tras la vergonzosa escena la copa de la que él bebió.

-¿Qué más bebidas te gustan?

-El ron, y la ginebra con soda-dijo él

-Licores fuertes, mi amor. Lo tendré preparado aquí, el próximo jueves-dijo ella

-¿Este será nuestro punto de encuentro entonces?

Los ojos de Lorenzo se clavaron en los de la hermosa cabeza que descansaba en su pecho de pelo blanco.

Asintió, mientras trazaba pequeños dibujos en su piel, y pronunciaba unas palabras raras, ajenas.

-Pagaré muy alto por este amor que me ofreces, Luz-dijo él

-Anthony también está enterado-dijo ella

Algo furioso entonces se apoderó de las manos de Lorenzo. Tomó su cuello fuertemente, como si ella le hubiera insultado.

-¿Es que también has sido su amante?

Luz apartó las manos del director del periódico con caricias. Tan solo bastaron dos.

-Le he hecho el amor hasta la extenuación-dijo ella

-¿Cómo has podido? -dijo él sintiéndose asqueado.

Dejó de acariciar el pelo de Luz y se cruzó de brazos.

-No me dejó otra opción, me ofreció mucho dinero para nuestra causa-dijo ella-y yo cuando quiero algo, lo logro.

-¿Tenías que hacerlo?

Ella rio viendo al macho alfa protegiendo a su más preciada hembra. A su edad, aún era el emperador absoluto. Después de todo tener un periódico propio, el apoyo del alcalde y el de ella, junto a todas las putas del local de la Calle Principal para él no era moco de pavo.

Luz bebía del agua de Bellaria, se ponía sus mascarillas, cuidaba su piel inmortal. Sabía cuál era su aspecto.

Había convertido a Lorenzo en un fiel sacerdote de su orden, que cuidaba de su reliquia Luz.

-¡Prométeme que nunca más lo harás, ni con él ni con nadie!

Ella se alejó de él para acercarse desnuda como una recién nacida al espejo. Se tocó el pubis ardientemente y lo hizo acercarse más y más.

Nada entre ellos quedaba ya por decir.

-Te demostraré como soy tuya, mi amor

Luz abrió el secreto ambivalente que su piel guardaba, mostrando tan solo su calidad de hembra. Lorenzo besó la húmeda cueva, mientras su hijo pensaba en la humedad de aquel lugar en el que Bellaria descansaba.

¿Cuándo lo publicarían?

Su padre no estaba en la oficina.

Sino con una de sus furcias, seguro.

Joshua fue al lupanar de Anna, pero no estaba allí. La amenazó y le ofreció dinero, así que ella le echó de allí.

Pero llamó a Axel, y por supuesto éste entró y una hora más tarde fue despedido por una hermosa mujer que le besó en los labios.

-No está aquí, Joshua.

Su padre miró a la sensual mujer.

-Soy tuya para siempre, mientras vivas, Lorenzo.

Luego Lorenzo abrazó su cuerpo, como si fuera un niño con su madre.

El tiempo y las mañanas pasaron muy diferentes para todas las personas conectadas en el intrínseco misterio de la vida.

Eva se cortó el pelo más, y se compró dos nuevos sombreros.

Ahora sí estaba a la moda. Se negó a recortar sus faldas y a dejar de llevar sus túnicas pero compró más cinturones, más broches.

Se fue de compras los tres días siguientes en los que su hermana siguió sin aparecer poseyendo una y otra vez al insaciable director.

Engañar a toda una población a cambio de la carne.

-Eres solo mía, si alguna vez dejas de serlo yo sería capaz de matarte

-Soy tuya-siseaba Luz

Luego Luz le había dado para comer fruta, solo fruta.

Nada de carne, ni pescado, ni dulces…

Luz y Eva.

Ambas distanciadas, pensando una en la otra.

Axel había estado revelando las fotos, preparando con Joshua en la redacción los artículos, sofocándose de miedo al oír la voz de la grabación, distorsionada, lejana.

Axel y Joshua finalmente dieron con Lorenzo. Cuando lo encontraron Lorenzo Méndez lucía agotado, pero feliz.

-He estado trabajado, chicos-dijo entrando en su despacho de la redacción

-¿Has llamado a mamá?

-Rut le mandó una nota de mi parte-dijo su padre sirviéndose ron.

¿Desde cuándo hay ron en esta oficina?

-Conozco esos ojos-dijo Joshua con impertinencia

-Y yo también, hijo. Los veo todos los días en el espejo

-Lorenzo, tenemos un material excelente que queremos que revises-Axel sacó algo de su maletín negro.

La foto de Eva, la puso sobre la mesa.

-¿Quién es?

Mierda, la había apartado para mí

-Es Eva Jail-dijo Axel

-¿Cómo? ¿La hermana de Luz?

Lorenzo se abalanzó sobre la foto y miró a la joven, largamente.

Joshua protestó, pero su padre le paró con la mano. Se dio la vuelta en su sillón y la observó largamente.

-Parece mentira-dijo Lorenzo-esta es la furia, la calma, el cristal...carente de sensualidad, fría, extraña, es aún más hermosa e inalcanzable.

Axel frunció las cejas. ¿Cómo se atrevía?

La posesión estaba sintiendo. Era eso ¿para qué engañarse?

-Papá basta ya, es obvio que vienes de una de esas fiestas de tus putas

-¿Cómo te atreves a hablarme así, estúpido? ¡Tú no estarías así si yo no te pusiera en este sitio! Son los hombres como Axel los que logran algo en la vida, tú no eres nada, no eres nadie-dijo él al final en un susurro.

La calma resultó ser mayor que la tormenta.

Así se sentía Eva.

Había cuatro cristales, el quinto estaba en casa de los Anderson. Todo estaba saliendo mejor de lo que pensaba, pero la frustración que sentía por dentro era comparable a la de Joshua ante las palabras de su padre.

Un cristal buscaba, de igual composición que aquellos rectangulares que tenía frente a sus ojos. A su toque entregaban a sus ojos su fuerza transparente, los ojos de cristal.

Sin ellos Bellaria no se levantaría, lo sabía ahora.

Eva compró el periódico en este nuevo día.

Otra joven asesinada, en el parque al lado de su casa. Miró la foto. Como siempre semidesnuda y los hombros lastimados.

¿Por qué lo haces, por qué?

Luz ¿a qué me obligas a participar?

Eva se cogió a la mesa y dejó que el llanto pudiera con ella, tanto que creyó morir de dolor. Abajo Paris no decía nada, miraba a la joven doncella pero pensaba que sería mejor que se marchara. De hecho, eso haría, por más que Eva se quejara.

Despidió a la chica en esa misma mañana. Tenía razón la señora Luz.

El cerco se está cerrando

Todo cuanto hay fuera de él morirá

Una nueva vida estaba comenzando. Sus compañeros vendrían muy pronto.

Capítulo 5: Vida

Beatriz llegó al mismo tiempo a Los Ángeles que Inno pisó el suelo arrugado y lleno de grietas del muelle.

Ambos posaron sus pies sobre la tierra mirándola firmemente esperando de ella un futuro mejor que lo que dejaban atrás.

-¡Beatriz! ¡Te has traído la maleta!

Joshua abrazó a Beatriz como solo un hombre enamorado podría hacerlo.

A Inno sin embargo no le esperaba nadie en cubierta, solo los escupidos repugnantes de un marinero borracho observándole al otro lado de la escala.

Inno subió aún mojado por las escaleras, mientras el viejo lobo de mar le miraba.

Tenía la piel llena de pellejos. Su pelo era largo y oscuro, y tenía una altura demasiado elevada pero por lo demás hubiera pasado desapercibido si no fuera por los pellejos verdes que se le aparecían sobre la piel.

Inno se paró frente al pescador, observándole con atención.

-¿Qué? -le chilló éste de pronto.

Inno acercó su nariz hasta la piel de su garganta. Olía realmente mal, como al orín de los niños en el agua podrida y llena de basura, donde sus primos los peces morían a causa del hombre.

-¿No serás ese cabrón que mata a las chicas no?

Inno de pronto le quitó la boina de un manotazo, y el marinero intentó golpearle, y falló, pero su botella salió por los aires.

Se golpeó la cabeza contra un clavo del suelo y se mató al instante. La sangre de su cabeza roja y llena de un calor extraño salpicó la goma del suelo.

Inno tocó su sangre y la olió. Sintió repulsión.

Pero no podía perder más tiempo.

Aquel apestoso le daría su ropa para buscarla.

Le quitó al gordo la camisa, los zapatos y la boina, y se los puso. Le quedaban grandes y como estaban sudados Inno los sumergió en el mar.

Luego se fue caminando, mientras el olor dulzón a carne ulcerada de borracho atrajo a los perros de la policía, y unió aquel desdichado cadáver a la lista de jóvenes que cada mes aparecían muertas, pensando quien sería el monstruo suelto en Los Ángeles.

Inno y Beatriz, dos llegadas a Los Ángeles.

Uno por deber, el otro por amor.

Como si el destino se hubiera empeñado en hacer de las llegadas destinos abatidos por distintas causas.

Beatriz abrazó en la estación de trenes a Joshua.

-¡Cariño!

Los labios de la chica temblaban.

Nunca más volvería a casa. Su madre había dicho que las desheredaría, pero a ella poco le importaba la seca granja de su padre.

No había obtenido de ella más que insultos soeces de sus trabajadores, casi una violación años atrás, moscas, mal olores y piojos.

¡Si no fuera por Marjorie todo cuanto sabía sobre costura se hubiera perdido!

Ahora estaba preparada para comenzar una nueva vida.

Joshua la llevó a un hotel.

-Aquí estarás bien, Beatriz, y después de la fiesta te llevaré a casa

La chica había puesto mala cara.

¿De verdad se trataba de eso? ¿Iba a llevarla a un mísero hotel y a quitarle su virtud para después abandonarla como si nada hubiera pasado?

Como hacían los demás, como hacían todos los hombres.

-¿Por qué no antes, Joshua?

-Ven, vayamos a tomar unos dulces-dijo él

Se fueron a merendar al café de la vieja Mary.

Delante de un chocolate se contaron sus preocupaciones. Joshua cogió su mano entre las suyas, y entrelazando los dedos le contó todo cuanto había sucedido en la mansión Parejo.

-¿Entonces es cierto? ¿Hay una ninfa enterrada allí?

-Mi compañero Axel tiene la cinta-dijo él-incluso podemos oír su voz

-¿Y qué hay de esa mujer de la que me hablaste, Joshua?

-¿La de ojos de cristal?

-Sí

-Oh ella vendrá a la fiesta ¿te gustaría conocerla?

-Claro, pero Joshua...no quiero que me dejes sola esta noche, tengo miedo-dijo ella

Sin duda habría oído de la oleada de crímenes.

-No tienes nada que temer, vendré a dormir contigo cada noche-el joven le dio un dulce beso que ella recibió sonriendo.

-Gracias por acompañarme, amor-dijo ella

-Tengo que presentarte a mis padres, aunque será mejor que por separado

-¿Por qué?

-Quiero casarme contigo-repitió Joshua firmemente.

Su corazón latía con fuerza. Había en él algo diferente desde lo de la mansión Parejo. El misterio de Bellaria y su publicación aún no se había producido.

Su atención estaba a la espera. El teléfono de su casa también. Pero Axel no acababa de arreglar las fotos, de escoger el escenario, de la redacción.

-La redacción es mía, Joshua-había dicho

Y así había sido. La había hecho y se la había entregado a Lorenzo, quien había examinado el papel una y otra vez.

Beatriz sintió los pensamientos de Joshua lejos.

-Príncipe mío....

Su mano atrajo su cara hacia ella

-No me llames así-dijo él sonriendo tomando un sorbo del chocolate

-Pero es que lo eres-dijo ella-y no me importa sonar cursi o desesperada. Tú me las liberado de una vida de miseria y servidumbre. A partir de ahora si sirvo será solo a ti y a nuestros hijos. Para mí nuestra pareja y la familia será lo único verdadero en mi vida.

Joshua observó con atención los ojos oscuros y francos de Beatriz, pensando en lo esclavo que había sido por seguir las bajas pasiones que siempre había seguido en ocasiones solo para complacer y ser como Axel.

Porque sus amigos se lo mandaban había dormido con chicas que ni siquiera le gustaban, ahora podía estar con alguien escogida por él. Pasaría sus vidas con esa chica mexicana que le quería, y a la que él sin estar una cama por en medio adoraba.

-Me casaré contigo el lunes que viene-dijo de pronto Joshua

No quería perder el tiempo, en casa de Eva Jail lo había visto claro. Lo oscuro, lo antinatural estaban ahí fuera, era una verdad y si no lo era en las mentes de los hombres sí, muchos creerían en la historia de la ninfa, y desperdiciarían momentos dorados para estar con sus seres queridos. Como él ahora hacía con Axel, pasando horas y horas examinando el metraje audio de la supuesta voz de la ninfa.

Creía y quería no creer, por eso en ese estado de negación por miedo a sí mismo, a lo que de verdad era su vida y su minada relación con su padre su ánimo le conducía a la prisa a querer terminar con algo y empezar lo siguiente. A alejarse.

Necesitaba una esposa. Era joven aún, pero quería establecerse. Comenzar con algo, arriesgarse. Sentía en Beatriz una devoción que nunca antes había sentido. Con Clara Anderson, la única que podía considerarse su primer amor sentía atracción, pero no conexión. Jamás ella había dicho nada que le hubiera dejado petrificado, pero Beatriz sí.

Le llamaba "príncipe" y algo dentro de sí se abría. Era una carencia de amor, era un sentimiento de realización que no podía dejar de perseguirle. Quería estar con esa persona, pero quería hacerlo bien.

-¿Por qué tanta prisa?

-Nos casaremos el lunes, Beatriz. Pero no te tocaré hasta entonces. Quiero que nuestra relación sea pura y honesta hasta el final, no quiero hacer lo mismo que hizo mi padre.

-¿Qué hizo?

-Se casó con mi madre porque ella estaba embarazada de mí, por obligación, y nunca jamás la ha respetado. Siempre la engaña con sus mujerzuelas.

-Oh, Joshua-de nuevo sus manos cálidas, el corazón de él sangrando-¡maldito viejo!

Todo el café les miró.

-¡Oye chico, si tienes algún problema empieza por resolverlos!-le dijo un hombre entrajetado detrás de él señalando a la muchacha.

-Ignóralos-escupió Joshua

-La gente de aquí no quiere a los que son como yo-dijo Beatriz

-Eso no es verdad, solo los estúpidos-dijo él

-¡Eh muchacho!-el hombre siguió insistiendo-me desazona ver eso por este barrio

-¡Pues márchese usted! -dijo Joshua

De haber sido Axel les hubiera metido una paliza por insultar a su novia.

Pero era Joshua. Se sintió pequeño, como si fuera un enano de los bosques, de esos a los que habían ido a estudiar una vez en casa de una vieja que decía que les daba comida todos los viernes y que se habían construido una casita en su jardín.

-No les hagas caso, cariño

La voz serena de Beatriz le calmó.

El hombre bebió su anís y airado abandonó el café.

El camarero miró a la pareja con reprobación, y Beatriz temió que estuviera a punto de echarles, pero ella le sonrió al barman y éste bajo los ojos.

Desde muy pequeña había comprendido lo que significaba la calidez de una sonrisa.

Y ahora allí estaba, con sus maletas bajo los pies, planeando su vida con aquel joven que de verdad la quería como ella a él.

-¿No te importa el color de mi piel?

-Solo me importa vivir contigo, Beatriz. Yo quiero estar contigo-las dos manos la atrajeron hacia sí y ella le abrazó con fuerza.

-Y yo contigo, Joshua

-Todo saldrá bien, ya lo verás. ¿Escribirás a tu madre?

-No-dijo ella-se presentaría aquí y no nos dejaría casarnos

-Eres mayor de edad

-Pero no quiero que sepa nada

-¿Alguien sabe que has venido?

-Marjorie, una amiga. Pero mi madre no sabe ni que lo es

-Bien, pues en una semana serás mi mujer, Beatriz

Ella pidió otro café, y un pastel.

Celebraron el hecho de que por fin ambos podían ser libres. Pero cuando Joshua le acarició el anillo unos ojos que pertenecían a alguien cuyo alto abrigo a causa del frío tapaban todo su rostro tan solo dejando como rastro el humo de su aliento cálido les miraba.

Allí estaba.

Una flor exótica de negros cabellos y piel oscura, para su colección.

No podría dejarla escapar.

Y no la dejó escapar.

Cuando Joshua la llevó hasta el hotel donde ella debía de quedarse, uno de precio módico, pagados siete días por adelantado, y se fue tras besarla en la frente y abrazarla en la puerta, el desconocido picó.

Beatriz abrió la puerta.

-Sabía que volverías....

-¿Lo sabías?

Tembló ante el abrigo color marrón que se arrojó sobre ella.

Fuera, desde la ventana del hotel unos destellos parecieron brillar. Varios transeúntes se dieron cuenta.

El hotel daba a una calle doble, de esas llenas de viviendas de la clase media, pero la mujer mayor que tejía en su balcón solo vislumbró un grito apagado.

La cabeza de Beatriz fue golpeada, y ella desapareció para nunca más volver, pensaron muchos. El hombre de marrón se la había llevado.

Beatriz había huido de la ruina de su vida gris hacia una mejor, para ver ambas interrumpidas por una prisión de agua, donde muchos estaban atados, con ese pequeño estanque ante ellos. Eran las catacumbas de algún lugar.

Un destino semejante ¿podía considerarse destino?

Al abrir los oscuros ojos estaba boca abajo, con una cuerda en sus manos. El fuerte golpe de la cabeza le dolía.

Pero suspiró tranquila, al menos estaba viva todavía.

Luchó para desasirse pero no pudo. El histerismo que la invadió fue como si nunca antes lo hubiera visto antes.

Forcejeó consigo misma, atados como tenía los pies, y no gritó, pero gruñó.

En estado de peligro la mente no emite gritos, sino ruidos guturales, el ser humano deja de serlo para darle la bienvenida al animal, a la sombra que era la suya, a la que se debatía como un gusano de pelo marrón por la falda manchada, la chaqueta rota.

Beatriz luchó y luchó, hasta que su vientre sintió un fuerte tirón, y se quedó boca abajo, derrumbada por el dolor.

Entonces gritó. La conciencia vino a despertar lo humano en ella.

Así despertó de ese largo letargo animal.

Fue cuando vio tras el largo tirón como ante ella había al menos una decena de personas que la miraban estupefactas.

¿Era aquello una prisión?

Había agua a su derecha, pero cuando miraba hacia arriba solo veía tuberías y cemento. Sus ojos veían borroso por el dolor. Tenía el vientre perforado, los pies molidos y la cabeza le martilleaba.

-Desátenme, por favor

Lo pidió una y otra vez, mirando primero a un anciano que como un alma en el purgatorio, triste e inconmovible la miraba sin decir nada, otras dos ancianas igual, que custodiaban a otra joven.

Estoy en el infierno

¿Habré sido arrastrada a él por abandonar a mi madre?

La superchería se apoderó de ella, y no supo qué pensar. Imaginó su casa, a lo lejos, y a su madre sonriendo.

Luego como pudo se sentó. Todos los demás observaban a *la nueva.*

La nueva se contorsionó, pidió ayuda, pero no se amilanó. No obstante todos vieron la clase de mujer que era: exótica, fuerte, aunque abandonada a un destino peor que el de la muerte.

-De aquí no escapa nadie, chica-le dijo alguien

Beatriz comprendió entonces que no era más que una maraña de pelo negro flotante, moratones y sufrimiento. Una esponja que atrae el mal, la desgracia.

¿Toda su vida junto a Joshua?

Un sueño

Siempre lo había sido. Tenía razón la bruja, ella siempre se salía con la suya.

Beatriz intentó mirar a las demás personas, pero nadie se adelantó a ayudarla. Cuatro personas más al fondo, tosiendo, incluso un par de niños pequeños estaban tirados en el suelo, esperando la misma muerte.

Resignación, no puede ser

Nadie luchaba, era ese ambiente enrarecido de aquella prisión extraña lo más tenebroso.

Beatriz se echó entonces boca arriba.

¿Quién la habría secuestrado?

Ella no era nadie.

¿Tal vez alguien de la familia de Joshua?

Sí, eso era. Querían matarla o venderla a un fabricante. Jamás permitirían que un señorito se casase con una mujer de clase tan baja.

Joshua no era de sangre limpia, como se consideraba en Los Ángeles. Pero era rico, tenía un trabajo, y era amado y aceptado por una sociedad que nunca lo hubiera hecho con ella a no ser que él la hubiera cogido del brazo.

Beatriz se puso en pie entonces:

-¿Dónde estamos? ¿Es que nadie va a decirme nada?

Nadie lo hizo. Derrotados la miraron en silencio. Las sombras les tapaban, eran más espectros que hombres.

Seguramente llevarían encerrados incluso años.

Beatriz miró los pies de una de las mujeres más mayores, tapados los blancos cabellos con un turbante, tenía una cuerda.

Una gran cuerda que le hacía tener heridas tan graves que estaban infectadas.

Oh Dios Mío

La noche llegó, y con ella el sufrimiento.

Beatriz buscó una abertura, la puerta por donde la habían metido, pero no la encontró.

Buscó una ventana, pero solo había dos pequeñas que daban al cielo, por la que era imposible ver nada, las claraboyas daban poca luz.

Buscó una llave, algo afilado, una de las tuberías, pero no encontró nada.

Luego se tiró al agua sucia, cientos de ratas flotaban en ella.

Aquel espectáculo era denigrante.

Buscó rasgarse las cuerdas contra los tubos que iban por debajo, pero a pesar de que rasgó un poco la cuerda no lo consiguió.

-Ummmh

Emitió un resoplido de desesperanza, ya toda ella perdida.

Obligada a sí misma a cumplir penitencia, tan pronto se había derrumbado su esperanza.

Pero algo de pronto cortó las ligaduras de sus pies, luego las de las manos.

Era tal el rayo de esperanza que sintió que salió del agua corriendo y se unió a la fila de espectros en la pared. Sentía miedo, pero también alivio.

Por lo menos ahora podría sentirse menos alimaña.

Beatriz no veía bien, vio una figura extraña salir del agua, y antes de caer desmayada (tal vez el tránsito previo para convertirse de humano en espectro incluida la muerte) dijo:

-Gracias

Su madre la había aprendido a ser agradecida, al menos tenía eso.

La figura se sentó junto a ella y la tapó quitándose la camisa.

Inno había llegado también a la prisión de aquel sótano inmundo, especie de catacumba.

Miró el cielo blanco, y sintió como la lluvia caía sobre las olas. Las olas, sus hermanas. Estaban enfadadas, había fallado.

Fallado en encontrar a una de sus princesas, a la más extraña. La de menos linaje de la mar, una mestiza de ojos cristal. Pero pronto lo haría.

Inno miró al resto, que se juntaron haciendo piña.

Solo la chica mexicana desmayada se quedó a su lado, y era porque estaba inconsciente.

El jueves llegó pronto, y todos acudieron a la casa de los Anderson.

Axel se había puesto su traje negro. Clara se lo había enviado.

Publicarían la historia de Eva al día siguiente, incluida la información de que tenían la grabación de una ninfa muerta.

Una ninfa muerta que habla

Qué original, sé que el lector pensará lo mismo, esa maldita, valdría para editora.

¿Acaso irá? Seguro que no, aunque afirmó que sí lo haría.

Axel sonreía mientras se colocaba bien la pajarita, no se la podía quitar de la cabeza, a ese Ser. Apenas estaba acostumbrado.

El teléfono sonó.

-¿Sí?

-Hola, deseoso-la voz era sexy, extrema, incitando a la pasión

-Hola, Laurio

-¡Me has reconocido!

-¿Y por qué no iba a hacerlo?

-No sé, en mi cama no dejaste flores, ni una tarjeta

-Creí que no eras de esos...

-Después de lo que te hice, y aún ahora te portas como un vaquero del salvaje oeste-en su voz había una mezcla de decepción y deseo.

-Laurio, tengo que marcharme. Pero te llamaré cuando venga

-Cuando vengas vendrás borracho de amor, como siempre dices que vienes de las fiestas

Axel se puso la chaqueta sonriendo.

Ver el reflejo de sus palabras en otro era como ver su personalidad ante un espejo.

Era un sinvergüenza.

-Ahora no tengo tiempo-dijo

-¿Temes que tu padre se enfade si voy yo también?

-Te has enterado

-Tu amigo de redacción me lo dijo-Laurio no disimulaba. Era el amante más osado que había conocido.

-Joshua-dijo Axel-no atravieso un buen momento.

-Sí, se lo de su novia, pero no se ha perdido nada-dijo Laurio

-¿Y eso?

Un silencio incómodo.

Tal vez Laurio era el más complaciente de los amantes. Pero Joshua era como su hermano.

-No deseo hablar de él, Axel, sino de nosotros. ¿Por qué no me invitas?

-No puedo

-¿Es por tu padre verdad?

-Sí

-Como si no lo supiera.

Ya comenzaba. A exigir compromiso, a buscarlo.

¿Acaso una noche de amor no es una noche de amor?

Es bella porque lo es, porque no se sabe qué pasará después.

¿Por qué ningún hombre o mujer lo comprendían?

-Mis apetitos no son asunto de nadie, ni siquiera tuyos, Laurio

Laurio no decía nada, pero Axel escuchó su respiración.

Se lo imaginaba desnudo, metido en la cama, desesperado, con una de sus manos posada sobre su cabeza y la otra enroscada alrededor del teléfono, desolado.

Todo era un drama para los compañeros de juegos eróticos. Se convertían a sí mismos en víctimas debido al encanto Hollywoodiense que desprendía de él del que no solo Lorenzo se había hecho eco.

-Escucha, Laurio. Fue una noche ¿qué quieres de mí?

-Quiero….

-Dilo, no tengo tiempo, tengo que colgar

-Quiero ir a la fiesta de tu padre, invítame

-¿Por qué quieres estar ahí?

-Quiero ver a quien amas-dijo Laurio

-¿Qué?

Axel le hizo la pregunta airado.

Sí, le sacó de sus casillas.

¿Cómo podía saber algo? Era imposible

-Sé que te encontrarás con alguno allí, seguro-escupió por fin como una harpía Laurio-¡sé que te encamarás con otro que te dará lo mismo que yo te doy y no te dará nada de amor! Conmigo podrías tenerlo todo...

Esto último sonó como un deseo de estos que no se cumplen.

-Está bien, ven. Se lo diré al secretario de mi padre. ¿Cómo te apellidas?

-Adams-dijo éste último

-Bien-Axel miró el reloj.

Tocó, eran las seis.

Las seis campanadas, el miedo, la desolación.

Se peinó la melena dividida con la raya en medio, la barba recién afeitada, todo en su sitio. Sus dientes blancos, su torso aún más fuerte.

¿Habría engordado?

No podía ser, vivía a base de naranjas, cafés, regaliz y nueces.

Llegó la hora, una segunda vez tocó aquel reloj de cuco que su madre había insistido en que se llevara.

Tomó su abrigo, y los regalos. Cuando se miró ni sabía cuántas cajas llevaba ni para qué.

Llamó antes al secretario de su padre, para que dejara entrar a su amante cuando llegara. A Laurio.

Luego dejó las varillas puestas, las que Joshua le había dado.

Para que su casa oliera a hojas de té y pudiera descansar relajado al volver. Pero ¿cómo podría? Ese Ser iría, allí estaría....

Y en efecto, allí estaba.

Fumando, sola, asomada al balcón.

Llevaba un vestido blanco que llegaba a su pantorrilla, una chaqueta negra, sus tres collares de perlas, como una reposición de los que había llevado cuando el número del mago.

-Axel, hijo-el señor Anderson le había dado la mano como si fuera a un desconocido al entrar a la fiesta.

-¡Clara! ¡Mamá!

En cambio su hermana y su madre se habían fundido en un abrazo con él.

Les había llevado a sus mujeres dos hermosos broches con sus iniciales de oro, que depositó en su solapa. Su madre lucía con el alto cabello rubio recogido en un moño triunfal, y su traje dorado de anfitriona sobresaliendo, con sus largos guantes.

Era tan hermosa...de no haber sido su madre se hubiera casado con ella, siempre se lo había dicho, y ella siempre le había contestado que jamás habría aceptado a un calavera como él. Era increíble, pero su madre era la representación más opuesta de su hermana Clara.

En la prensa decían que la señora Anderson era la mujer de más sobriedad y elegancia de la ciudad, incluso más que Lady Smith, la esposa de Anthony, el alcalde.

Su padre era la versión masculina de su madre. Alto como su hijo, fuerte, de pelo oscuro, herencia que dejaría a ambos hijos.

Carente del carisma de su hijo, tenía sin embargo hábitos considerados más saludables. Clara, al lado de su madre lucía como la chica fea de la fiesta. Sin más pretensiones que las de casarse con su novio Jonathan al que también saludó, le preguntó por Joshua en su oído.

-Lo va llevando, pero no sé cuanto aguantará-dijo Axel

Axel había acompañado todos estos días a Joshua, habían ido a la policía, llamado y preguntado a la madre de Beatriz y de su entorno, a la gente del hotel, al empleado. Pero todos tenían algo en común: nada sabían, era como si la chica hubiera desaparecido por completo.

La llamada a la madre de Beatriz había sido lo peor. Axel había notado en ese momento cómo era cierto, la triste realidad: no había madres locas, había madres que simplemente no amaban a sus hijos.

Era vanidad considerarlas no aptas psicológicamente, no amar a lo que surge de tu carne y de tu sangre no es locura, es una opción como las demás.

¿Acaso él podía amar a Laurio por mucho que le acosara?

¿Podría estar con otra persona que no fuera el Ser al que había entregado ya su interés?

¿Con otra que no fuera ella?

No tenía opción, tal vez la madre de Beatriz tampoco de no amar a su hija.

-No ama a su hija-fue lo último que dijo cuando la llamaron Axel, al sentir como el teléfono resbalaba por la cara dolorida de Joshua.

Era poco haber perdido a la que consideraba el amor de su vida sin razón, que a ello se sumaba el tener que soportar la humillación.

No, mientras él existiera, ni hablar.

El señor Anderson había desaparecido de la presencia de su hijo. Axel había hablado con las animadoras de la fiesta, mientras buscaba a Lorenzo, pero aún no había llegado.

Decidió llamar a Joshua desde la biblioteca. Le mandó venir.

-Ven a la fiesta de mi padre, anda.

-Siento haber publicado la noticia tan pronto, haberte obligado a consentir-dijo Joshua

Se refugiaba en el trabajo, era eso.

-No te preocupes

-De todas maneras mi padre habló con la señorita Jail y estaba de acuerdo-dijo

-¿Con Eva?

-No, con Luz

La decepción se apoderó del corazón de Axel.

Como nunca antes la había sentido. Apretó los labios y cerró los ojos durante algunos momentos.

-Axel….

-¡No te preocupes, los detalles no me importan! El caso es interesante y a la gente le encantará-dijo Axel-¡Por favor, ven, te estoy esperando, igual podemos averiguar más!

-El agente Maurio irá-dijo Joshua, incansable.

-Bien-dijo Axel

La voz de Joshua era temblona.

-Oh Axel….

-Joshua, sé fuerte

-La echo tanto de menos, no sé si podré seguir viviendo sin ella-dijo Joshua-todo llevaba su nombre.

-Lo sé. Cada momento pensabas que había una razón por hacer todo cuanto hacías, que había una luz al final.

-¿Cómo consigues siempre encontrar las palabras para mí?

-Porque sé como es este vil mundo.

Tan solo había sido un momento, y Joshua ya estaba conduciendo a casa de su amigo. Pero no podía hablar con nadie.

Su padre apenas le había querido ayudar, tan solo estaba consumido por el juego y las mujeres, no le hacía caso al periódico.

Axel temía quedarse sin trabajo después de aquel reportaje, pero era él quien prácticamente dirigía el periódico. Con Lorenzo enamorado y Joshua en agonía por la desaparición sin rastro de su novia, se había trasladado al despacho de Lorenzo. Había decidido tirar el reportaje el viernes por insistencia de Joshua, pero no sabía los detalles.

Aunque Joshua estuviera en la silla de su padre, todos acudirían igual a Axel, Joshua era muy consciente, y en circunstancias normales le habría dolido, pero toda su indignación e inquietud iban para los cabrones que se hubieran llevado a Beatriz, la belle mexicana a quien amaba.

Era su amor, era su vida, su alma.

La única persona a quien de verdad seguiría, con la que tendría una familia. Sería con ella o con nadie.

Palabras de fuego que se habían grabado en su mente de romántico imposible mientras la buscaba con Axel por todos los lugares con la policía.

Y ahora, mientras esperaba por su amigo, vio a Eva, sola, aburrida, fría y perfecta asomada fumando en su balcón negro. La orquesta tocaba un tango, abajo, provocativo.

Se comenzó a acercar suavemente, cuando de pronto como de la nada su padre salió y se puso a charlar con la mujer.

Axel se paró en la puerta unos breves minutos, observándoles. Cogió una copa de uno de los camareros y saludó a sus amistades.

-Sí, por supuesto sería completamente legal-dijo su padre-pero habría problemas para gestionar la herencia.

-¿Ah sí? No me sorprende, todo exige un precio, a veces demasiado caro-ella sonrió a su padre quien le devolvió el cumplido no mirando hacia otro lado ni dándole la espalda como siempre hacía con su hijo.

-Papá...

Al igual que su padre, silencioso como un gato llegó a la altura donde Eva se encontraba.

-Vaya hijo, por fin apareces, esta es la señorita Jail-dijo el señor Anderson

-Gracias, pero ya nos conocemos, incluso nos tuteamos-dijo Axel apuntando con su copa en dirección a Eva, quien encendió otro cigarrillo poniendo una cortina de humo como escudo indiferente.

El señor Anderson entonces lo notó. Vio la extrañeza que ella despertaba en él, vio en su hijo un interés especial. Sus ojos miel miraban a esa mujer parpadeando lentamente sin apenas hacerlo con él, como si nada más en toda la fiesta existiera.

Era como cuando le había mostrado la Señora de la Fuente, la hermosa figura de cristal que había venido con el ajuar de su madre hacía años, cuando tenía seis.

Sus ojos grandes, habían aumentado, como una pantalla de cine miel.

Su fisonomía a cincel, expuesta.

Su padre la observó también a ella. Marcaba los tiempos. Se apoyó en la pared y miró hacia el interior del jardín aplaudiendo a la orquesta que ya acababa el tango, y Axel la siguió, apoyándose también, pero no observando a la concurrencia, sino a ella.....

Era su reflejo.

-¿Cómo estás?

-Bien, ya me ha dicho mi hermana lo de la publicación de mañana

-¿Mi hijo ha trabajado con usted?

-Sí, será el fotógrafo de nuestro reportaje-dijo ella

-Y dígame, ¿las fotos son buenas?

-Todo el material lo tiene mi hermana, es ella la que ha querido todo esto-dijo Eva-yo eché un breve vistazo.

-Y sin embargo fue ella quien nos recibió y nos dio toda la información-dijo Axel

-¿Le gusta el trabajo de mi hijo?

-No-dijo Eva apagando el cigarrillo en el cenicero de la mesilla de al lado-me parece repugnante, no debían de existir revistas ni periódicos así, que jugaran con el morbo de las personas.

-¿No crees en seres del más allá? ¿Estás segura, Eva?

Axel la observó paso a paso. Ella sonrió débilmente, pero sus facciones se endurecieron tanto que el señor Anderson pensó que iba a enviar a su hijo, el hipnotizado, al infierno.

Los pómulos delgados de la muchacha se abrieron paso, y sus hombros huesudos se encogieron.

-Creo que existen monstruos y demonios, pero son engendrados por el hombre, en este mundo, en el real. Salvo éste y el de Dios no creo en ningún otro-dijo ella-cada día es un regalo, disfrútelo, joven.

Tomó la copa de la mano de Axel y bebió un poco de champagne.

-¿Qué atributos considera usted más negativos?

Los ojos de Eva se volvieron dos espejos mirando al señor Anderson.

Mi padre no me dejará con ella ni un minuto

Su padre estaba atrapado, él lo sabía.

-La avaricia, el deseo de querer a otros de rodillas, de querer verlos perdidos, de mostrarles tu cara más cruel y ver que ellos parpadean mientras tus terribles ojos descienden sobre sus cuerpos, equivalente de sobre su alma, y demostrarles cual poderoso y dotado de cualidades eres en este breve tiempo que estamos andando sobre el mundo de los vivos. Odio la frialdad del mundo, y a los escogidos, el cómo el resto deben adorarlos.

-Curiosa contestación, pues no me ha contestado, pero no ha dicho más que verdades, son ambigüedades, sus hermosas palabras me han inspirado-el señor Anderson cogió sus manos-es usted muy atractiva.

Luego rio avergonzado, mirando a su hijo y a la chica.

-Déjalo ir-Axel le susurró

Eva entonces sonrió, y las alas de cristal parecieron desplegarse para parpadear y desaparecer.

El señor Anderson se inclinó y dijo:

-Debo buscar a mi esposa, el alcalde estará a punto de llegar y debo saludarle, gracias por venir a los dos.

Abrió sus dos manos y los juntó. El movimiento fue innato en él.

Mi hijo interesado en una mujer, como jamás lo había visto interesado en ningún otro ser viviente

¿Se cumplirían los sueños después de todo?

-Le caes bien a mi padre. Ve que me gustas y que desprecias mi trabajo y a mí-dijo Axel asomándose del todo.

Eva no dijo nada más.

-¿Por qué lo retenías?

Ella se encogió de hombros.

-Me ha servido de ayuda-dijo

-¿De qué hablabais?

-De mi apellido-dijo Eva-quiero desligarme de mi hermana

Se lo he dicho ¿por qué lo he hecho?

-Pareces orgullosa de quién eres ¿por qué cambiar?

-Tendrías que ver a mi hermana, ella sí que tiene orgullo-dijo ella suavemente. Tal parecía que su voz tomaba una inflexión diferente, cambiando igual que su aspecto.

-¿Tu hermana?

-Si yo te parezco misteriosa, si yo te parezco una criatura extraña, hermosa y terrible, deberías de verla a ella-dijo Eva-nada puede detenerla. Nada puede calmar su sed, nadie puede pisotear sus deseos, sus aspiraciones, su poder. Todo cuanto tiene es a ella misma y a él mismo. Es un ser pero dos al mismo tiempo, o al menos es como si lo fuera. Tal es su poder de día, más aún de noche.

Axel quedó sin aliento.

Eva era perturbadora en su aspecto, pero escuchar sus palabras…era aún más cautivador. Nada en este mundo podría haber hecho que ningún hombre o mujer prestara atención a otra cosa. La sinceridad formaba parte de su discurso. Axel como periodista podía verla en sus ojos, sus labios, su cristal.

Incluso en aquel que parecía estar en su espalda y que nadie más que él podía ver.

Eva era una estatua de piedra.

-¿Va a venir hoy?

-Así es-dijo Eva-con Lorenzo Méndez

-¿Qué?

-Son amantes-le susurró ella, y Axel tuvo acceso al perfume de nardos que le había enloquecido la primera vez. Pero ahora la situación era más fría.

¿Lo sé, son amantes? Eva dudaba de sí misma

Eva alejó su rostro lentamente, con la mirada azul clavada en sus facciones, su boca endurecida, su figura más seria que nunca. El desafío estaba aún presente entre ellos, lo notó por el leve odio que su cercanía le transmitía. Era una mezcla impactante entre amistad y odio.

Quiere ser mi amiga y confiar en mí, pero no se atreve

Debo hacer que me cuente más, más, más….

Solo podía pensar en más.

Solo puedes pensar en más, pero lo sabes, por eso sigues ahí.

Quédate, te dice en modo seductor, su voz como un río de dulce pecado al que no puedes evitar caer.

Quédate y descubre, te quedarás a mi lado y lo sabes

-¿Lo son? ¿Y Leslie?

-Leslie estará destrozada, como siempre-dijo Eva-pero no más que Anna

-¿Qué? ¿Por qué dices eso, cómo sabes….?

-Mi hermana es su amante, y lo sé-dijo Eva

-¿Y aún así solo puedes sentir lástima por Anna? Es por su culpa que su matrimonio con Lesley no sea feliz.

-Existen muchas clases de infelicidades aquí en Los Ángeles, Axel, sería egoísta poner a una por encima de otra, y lo sabes.

-También es cruel hacerlo-dijo él dando un paso adelante, con las cejas arqueadas

Ella sonrió.

Está realmente enfadado, al fin

Así que los demás, su amor por ellos es lo que más le duele, sus más allegados

Luz pagaría lo que fuera por esta información, ¿Quizá el quitarme mi apellido?

Negó con la cabeza.

-¿Eres malvada, verdad?

Eva le miró de nuevo, pero no dijo nada.

-¿Te importan los tuyos más que los demás?

-Sí-dijo él

-¿Cómo aquel joven que nos mira?

La sonrisa de Eva creció, a medida que sus ojos se tornaban más y más cristal.

Delante de ellos, en la puerta apareció Laurio quien los observaba como si estuviera viendo el último acto de una ópera trágica, como si hubiera pillado en la cama a Axel con otro.

Axel tenía una mano sobre la espalda de Eva, y la otra en la barandilla, mirándola como los marineros habían mirado a la madre de Eva hacía siglos.

Más, más, más, más de su crueldad, de su olor, su perversidad, su juego

Los demonios lo llamaban, los del agua

-¡Axel! -detrás de él Laurio comenzó a llamarlo-¡Axel, por favor!

Eva miró hacia el joven, y lo atrajo hacia la mitad del salón, mientras los demás invitados charlaban amigablemente.

-¿Quién es?-preguntó Laurio suavemente

-Soy Eva Jail-dijo la chica, alzando su mano, haciendo que Axel bajara la suya, sintiendo descender el nublado.

-Laurio Adams

-Tienes la piel suave, Laurio ¿permites que te tutee?

-Claro-dijo el joven echándose su pelo hacia atrás-ya que compartimos al mismo amante

-Laurio, ahora no-le susurró Axel, aún confundido en el hechizo de aquella extraña mujer

-¡Oh no! Eso no es verdad, no somos amantes, apenas nos toleramos-dijo Eva

Por alguna razón desconocida Laurio la creyó.

Ha sentido su desprecio por mí en sus palabras

Axel miró a Laurio de nuevo, quien se limpió una de las lágrimas que le caían, pero su rostro apenas podía disimular su gran tristeza.

-Cuando te conocí sabía a lo que me enfrentaba, a tu fama, pero me dije a mí mismo que quizá por una vez podía ser diferente.

-Axel se esfuerza mucho en tener seguros a aquellos a los que ama, así que si de verdad te ama, te cuidará-dijo Eva

-Tú no sabes nada de mí

Axel abrió los ojos, y se los frotó. Su corazón estaba dolido por lo de Joshua, y ahora esto. La infidelidad de Lorenzo hacia su esposa doblemente con su hermana, eso explicaba mucho.

Eva puso su mano en el corazón de Laurio, pero Axel se la quitó, con lo que puso rápidamente la otra.

-Él no te ama, nunca lo hará, esa es la verdad. Él solo es capaz de sentir lujuria y sentimientos bajos, como el polvo, así es y así será siempre. Solo alguien extraordinario podría hacerle cambiar, si ese ser eres tú continúa, si no te romperá el corazón con solo volver a mirarte.

Axel no escuchó las palabras, pero sabía que Laurio sí.

Laurio se quedó quieto, consternado. Asintió y se alejó lentamente de ellos.

-¿Qué le has hecho ahora?

-Le he mostrado la verdad, tan solo eso-dijo ella

-¿Sobre quién?

-Como si no lo supieras, señor Anderson

-¿Cómo te atreves?

Una tensión creciente surgió entre ellos. Axel tomó su brazo fuertemente, no dejándola marcharse tras Laurio. Seguramente iría con él y le enloquecería también, como hacía con él, como hacía con todos.

-Me atrevo porque es mi cometido-dijo ella-mostrar la verdad a aquellos que ciegos malgastan su vida con ilusiones falsas como ese joven. Le he hecho un favor, tú jamás le amarás.

La gente a su alrededor les miró por la violencia que notó en el gesto de Axel.

Axel peleando con una mujer, después de haberlo visto casi meterle mano, con su mano en la espalda, con su nariz metida en sus cabellos rojos durante varias veces.

¿Era así?

¿Realmente era posible?

Axel peleando con una mujer, interesado por ella hasta el punto de perder todo decoro incluso en una celebración familiar.

-Señorita ¿todo va bien?

La voz de Clara tras ella la hizo sonreír.

Johnny los observaba boquiabierto entre la multitud.

-Oh, sí-dijo Eva

-Te prohíbo que te acerques a nadie de mi familia-dijo él

-De acuerdo-Eva capituló, Axel la soltó.

-Mi hermana lo hará entonces-dijo ella

Eva miró de pronto hacia atrás, cuando una mujer preciosa, alta como una torre y de la mano de Lorenzo Méndez fue presentada a los primeros invitados por el señor Anderson.

-No sabes lo que has hecho, el pacto que estás firmando-le dijo en voz baja Eva-al depreciar mi protección sobre ellos, Luz no será como yo, ella no tendrá piedad de ninguno de vosotros.

-¿Qué sois?-preguntó Axel soltándola

-Somos lo que el mundo crea-dijo Eva-creaciones del mundo.

-¡Hermana! ¡Ven, por favor!

Luz llamó a Eva quien se acercó a ella como una gata, y apoyó su hombro sobre la alta mujer, que vestida de más blanco aún que Luz hacía honor a su nombre.

Sus ojos sin embargo carecían de la belleza de los de Eva, y su figura de la hipnosis que Eva transmitía. Eva miró a su hermana levemente al rostro. Luz siguió sus movimientos como Axel lo había hecho primero, y una se deleitó con la otra.

Eva dijo algo al oído de su hermana, y luego se acercó suavemente a Axel.

-A Beatriz se la llevó un hombre, alguien que tú conoces-dijo con dolor

-Dime quien-dijo él

Eva entonces miró hacia atrás. Luz parecía divertirse en los brazos de Lorenzo, cogiendo comida de las bandejas plateadas.

-Si lo hiciera tan solo verías de mí mi sangre-dijo Eva

-¿De qué tienes miedo, Eva?

Axel miró tras ella

-El hombre es poderoso, por favor tenlo en cuenta, es muy poderoso en esta ciudad

-¡Eva!

Luz la llamó, era obvio que no podía estar alejado de Eva mucho tiempo.

No poseía la belleza de Eva ni por asomo, pero tenía algo más provocativo, más rotundo. Su altura, su desenvoltura.

Lorenzo estrechó la mano de Eva.

-Así que tú eres la hermana de mi musa-traía las gafas puestas

-Sí, soy Eva Jail-dijo ella

-¿No es cautivadora? -los largos dedos de Luz recorrieron el pelo teñido de Eva, quien sonrió con violencia, era una sonrisa falsa.

Luz no lo notaría.

Entonces Axel lo supo.

Es su presa, presa del amor, como me recrimina a mí

Luego se marchó a buscar a Joshua. Ya habría llegado hacía rato. Y estaría….él sabía dónde.

Siendo consolado por Clara, mientras que nadie lo haría con Eva, cuando en realidad era la más atrapada en toda una trama de poder oscuro que Axel no lograba desentrañar, pero en la que había comenzado a creer.

No eran las fuerzas oscuras contra las luminosas, ni bien contra el mal, sino personas perfectas, o mejor, seres perfectos contra otros imperfectos.

¡Qué injusticia!

¿Cómo debía de considerar a Eva ahora, víctima o verdugo?

La cuestión era que era las dos cosas a la vez, como todos, al fin y al cabo, a pesar de su poder hipnótico era tan humana como cualquiera.

No así como su hermana.

Axel miró fijamente a Luz. Ella era la encarnación del sumo mal. Lo supo ahora.

Supo que de alguna manera estaba involucrada en la desaparición de Beatriz y en la muerte de todas aquellas chicas que habían aparecido.

Maldita fuera.

Pero mucho tiempo pasaría antes de que pudiera averiguarlo, y muchas cosas seguramente. Aquella certeza le desdibujó su calma.

Joshua estaba en la entrada, tal y como Axel había supuesto, charlando con Clara.

Traía un abrigo negro que Axel le retiró.

-Joshua ¿cómo estás?

-He venido porque no sabía ya donde ir-dijo él mirándole. Parecía estar bizco, la angustia le había hecho adelgazar muchos kilos-...ni qué hacer Axel.

El árbol de Navidad estaba en la entrada, y luego el más grande estaba al aire libre, abajo, aunque comerían a buen resguardo en el comedor.

-Mañana iré contigo a revisar de nuevo las pistas con la policía

-El inspector Lynch ha tomado las riendas del asunto

-¿Qué?

-Así es-dijo Axel mirando a su amigo

Sabía que esto no le haría feliz. El inspector Lynch era un detective eficaz, pero odiaba todo lo que tenía que ver con oscurantismos y falsedades. Por un testimonio poco creíble mandaba encarcelar, por varios ataques a su propio nombre consiguió una vez que un lechero de Nueva Jersey que se había peleado con otro al traer la mercancía a Los Ángeles que era su socio, estuviera tres meses en su prisión sin apenas cargos.

Claro que al final la leche no resultó ser eso, sino whisky. Era como si o Lynch hubiera tenido muy buena suerte o si se lo oliera.

El inspector Lynch era todo un perro sabueso, sabía encontrar pistas de donde nadie más tenía ni idea. Los gánsteres eran su pasión, con largos seguimientos de micros y amenazas había logrado coger a más de uno, hábiles como anguilas, pero cada vez menos.

En todo aquel amasijo de detenciones, de investigaciones, el detective Lynch, de unos 50 años ya, echaba de menos lo que él llamaba "un desafío", es decir, una bocanada de aire en su carrera. Estaba cansado de detener a traficantes y proxenetas, buscaba algo más.

La serie de asesinatos de chicas que había comenzado hacía menos de un año y que enfurecía a la vez que atemorizaba la ciudad habría constituido para él una bocanada de aire fresco, pero el caso no se le había sido asignado, sino que otro inspector venido a menos lo llevaba.

Lynch había tenido dos noches a Lorenzo Méndez entre rejas, le habían encontrado en tiempos de la Ley Seca en un garito de la zona, desde entonces había considerado basura a su periódico y a su familia. Habían pasado varios años y ya apenas se recordarían, pero sin duda si llevaba el caso de la desaparición de Beatriz debería de volver a verse la cara con Joshua, y por contado por Lorenzo, si es que tenía tiempo para algo más que no fuera su nueva amante.

Pero ya la carencia de alcohol estaba lejos y los tiempos ahora eran otros.

-Sé que te costará aceptarlo, Joshua, pero es el mejor detective de toda la ciudad y lo sabes

Le ofreció un cigarrillo, que Joshua declinó.

Se sentó derrotado en una silla

-¡Qué va, Axel! Hace abuso de poder y lo sabes mejor que nadie

-Sí, pero dicen que es como un perro, no hay rastro que no encuentre. ¿Has cenado?

Joshua negó con la cabeza mirando hacia abajo. Ya no lloraba, pero su rostro contraído por la preocupación y el sufrimiento se contrajo.

-¿Ya estará muerta, no? Como las otras

-¡No, no lo está! -dijo Joshua

-¿Cómo lo sabes?

-Bien, si no me crees aquí en esta fiesta hay alguien que podría responderte a eso-dijo Axel-alguien que ve a través del cristal

-¿Eva, ha venido?

El joven se irguió como un poste ante la mención del nombre de la mujer.

En sus ojos hirvió algo así como la esperanza.

-Entonces, vamos-dijo tomando del brazo a Axel

-No es tan fácil-dijo Axel-está con su hermana Luz, y con tu padre

-Con mi padre y su amante. Así que es su hermana-concluyó él

Durante una semana lo había sabido, pero era como si sus ojos se hubiesen cerrado, como persianas que se bajan al dejar atrás una casa para siempre. Sus oídos habían oído de la boca de su padre las palabras "Eva", "reportaje" y "hermana", junto a "amor", pero por alguna razón su juicio nublado se negaba a entretejer tales términos, otorgándoles la calidad de vocablos no de palabras que aludían a una dura realidad.

Así es la mente del que busca.

Así es tu mente, busca.

Al mirarle, Axel no supo cómo actuar.

-Vamos a cenar con el resto de invitados, saludaremos a mis padres y después buscaremos la compañía de Eva.

-¿Estás enamorado de ella, no?

-No, qué estupidez, Joshua. Además...

Axel miró el final del pasillo y el vestíbulo.

-Laurio pidió que le invitara, tuve que incluirle a última hora-dijo en voz baja

-Laurio ¿tu amante?

-Sí, pero Eva le ha hecho algo-dijo él-temo por su vida

-¿Y qué le ha hecho?

-Lo ha sumido en una especie de trance, ella dice que le ha suministrado la verdad, que le ha aclarado mis verdaderas intenciones, pero lo dudo.

-¿No crees en su poder?

Axel se irguió agitando la cabeza en señal de duda, y tomó dos copas del camarero que pasaba.

-Señor

-Toma una, Joshua. Te vendrá bien.

-Apenas he dormido en una semana-dijo él-pero no me has contestado. Si quieres que le pida ayuda para lo de Beatriz dímelo.

-Me ha dicho algo de Beatriz, pero sin duda a ti te dirá más.

-¿Qué? ¿Qué te ha dicho?

Joshua se agarró a la chaqueta de su amigo, y lo sacudió desesperado.

-Escucha, Joshua. Antes de nada debo decirte que sí, que creo en el don de esa mujer, pero al igual que el inspector Lynch abusa de su poder ella tuerce y deforma ese poder para conseguir lo que ella y su hermana desean. Por eso no podemos fiarnos de ella.

Las venas se le transparentaban a Joshua en la nuca.

-¡Como si el mismo demonio le concede su don! ¡Dime qué te ha dicho! ¡Yo la creó, la creí en su casa, y tú también deberías después de presenciar lo que hicimos!

-Está bien, dijo que un hombre poderoso de la ciudad se llevó a tu novia. Que le conozco yo-dijo él

-¿Quién, quién puede ser? ¿Te dijo si Beatriz estaba viva?

-No, Joshua. Lo siento, llegó su hermana, y se la llevó. Eva es para su hermana como...

-Es como la concha de un caracol. Su hermana Luz no puede vivir sin ella, porque no estaría completa si lo hiciera.

Axel le miró cuando se desasió y se colocó frente al espejo de la entrada a ponerse bien la ropa.

-A veces Joshua, me sorprendes

-Ya la has visto-dijo él-no hace falta tener mucha inteligencia, Axel

-Hoy la he visto con mi padre-dijo él-apenas podía separarse de ella

-Tiene el don, Axel

-Lo sé, pero no me fío de ella. Me provoca sentimientos encontrados. Por un lado me atrae, tanto que creo que reventaré, que la empujaría contra la pared y la poseería allí mismo, en cualquier esquina. Siento que toda la sangre se me sube a la cabeza y me posee un deseo que ni yo mismo puedo medir, me da miedo que salga, descontrolado, y que pierda la razón-Axel tomó un sorbo y dejó en el parador la copa, asqueado-temo que ella me controle más de lo que ningún ser lo ha hecho jamás. Y sé que dice la verdad, que tiene honor, pero también hay algo oscuro en ella, muy oscuro. Es deseada por todas las entidades que la rodean, yo soy solo el menor de ellos. La desea la ninfa muerta, su propia hermana, a la que ella obedece y sigue, pero de la que desea escapar a la vez. Todo en Eva es diferente y extraño.

-¿Crees que es humana?

La pregunta hizo que a Axel se le helara la piel.

¿Si era humana?

¿A eso habían llegado?

¿Con quiénes tratamos? -dijo Axel

Fue un pensamiento, más que una pregunta real.

-Con personas poderosas, con un don tal vez-dijo Joshua en voz baja

-Son creaciones del mundo, según Eva-dijo Axel

Tras él alguien les miraba fijamente entre las cortinas.

-Iré a saludar a tus padres, pues ya he visto a Clara, nos vemos luego-dijo Joshua tomando la bolsa que había escondido bajo la silla de entrada

Llevaba en ella el regalo para su madre y su hermana, y un detalle para Robert, su padre.

Joshua se alejó y saludó brevemente a Laurio, quien se quedó tras las cortinas, observando tristemente a Axel.

-¿Qué?-le preguntó Axel sintiéndose observado

Se sentó en la silla del pasillo.

Al fondo, el gran árbol dorado y plata refulgía.

-No es otro de mis amantes-dijo Axel al ver que Laurio llegaba y descendía ante él con las manos puestas en sus rodillas, y ladeando la cabeza apoyándola en ellas.

-Lo sé, es tu mejor amigo, jamás dudaría de vuestra relación

-¿Qué quieres de mí, Laurio?

-Te quiero-dijo brevemente-aunque sé que tú a mí no, y nunca lo harás

-¿Es por lo que te ha dicho esa mujer?

-Sí, pero en el fondo lo sabía

-¿Por qué la crees? -Axel se levantó maquinalmente

-¿Y tú me lo preguntas?

Laurio se quedó en el suelo, mirándolo, hasta que Axel se marchó.

La cena comenzó pronto.

Lorenzo tenía a un lado a Luz y a Eva, y junto a ella se sentó Anna, la otra amante de Lorenzo, quien había ido sin acompañante, como Eva, y justo a su lado Clara y Johnny.

Axel se sentó a la cabecera de la mesa, junto a su padre.

Era la tradición. Al menos la de los Anderson.

No importaba donde la hija se sentara, pero el hijo, por más vicioso y despreciable que fuese según su padre, debía de presidir la mesa junto a él.

Además Axel a pesar de las habladurías tenía una presencia de macho alfa magnífica de la que su padre estaba orgulloso y por tanto jamás renunciaría a que su hijo tuviera las puertas abiertas siquiera para hacerse las falsas fotos familiares oficiales que saldrían en la crónica social.

El escándalo de la vida amorosa de su hijo y sus excesos con el alcohol sería menor así, suavizada por el abrazo y el aplauso paterno.

Robert comenzó la tomar la sopa de marisco con cuidado. Ni el príncipe regente de haber habido uno en América hubiera sido más estúpido en la mesa que su padre, que a fin de sus raíces nobles europeas tenía gusto por lucir unos modales y una etiqueta de la que América carecía, parecía en palabras de su propio hijo Axel "un personajillo peculiar, sacado de un cuento de hadas pretencioso".

Se lo había puesto por escrito a su hermana Clara una vez, en una de tantas broncas como había tenido con su padre, y por supuesto el señor Anderson lo había leído.

-Tu hermano es un desgraciado

Fue lo único que tuvo a bien decir.

No se ocupaba de los asuntos legales familiares, y encima ahora, mal vivía en un pisito pequeño y hacía la vida de soltero que quería.

Laurio había venido, uno de sus chicos.

Clara le miró atónita a través de las gordas gafas de pasta, pero vio los ojos de su hermano clavados en Eva. Iban de esa mujer a su amigo Joshua, una y otra vez.

Tal vez se preguntaba algo pero ¿qué?

La mujer no miró ni una sola vez en dirección a su hermano. Le importaba un huevo, eso estaba claro, pero el pobre Axel subsistía con poco, en el amor aspiraba a tanto que nada tenía y con eso se conformaba. Pero la verdad era que le llevaba seis años y todavía estaba soltero. Si ese estado se prolongaba ya sería un marido inútil, un viejo al que ninguna chica joven querría, y se vería obligado a casarse con alguna divorciada o viuda con hijos.

Acabaría criando a hijos de otro hombre. Clara se lo había advertido mil y una veces, pero él no lo admitía.

Aún así había algo de excitante en la vida bohemia de su hermano.

Clara tenía la llave de su casa, lo había pillado en la cama con sus amantes más de una vez, casi siempre hombres, pero alguna que otra con una mujer entre medio de ellos dos, como le pasó una vez.

Ella reía en el pasillo esperando a que los otros se vistieran y como tomates salieran tras saludarla abruptamente escaleras abajo.

La vecina holandesa entraba en cólera y pegaba en el techo de su hermano con la escoba, llamándolo cerdo.

Su hermano desnudo en la cama encendía un cigarrillo mientras le pedía la fruta que ella le traía.

-Vives como un ermitaño, Axel

Axel no era un hombre que gustara de comer o beber bien, pero sí de lucir presentable.

En eso había salido a su padre, pero su letargo pasional ya estaba durando demasiado. O cambias de vida o la vida te cambia a ti.

Todos probaron el segundo plato, un pato a la naranja tradicional.

Luz charlaba animosamente con Lorenzo, señalando la comida y riendo armoniosamente ante los comentarios sarcásticos del viejo, y viceversa.

Eva charlaba con la otra querida de Lorenzo, Anna, para quien el abandono no significaba demasiado. Ya tenía su negocio bien instalado, una casa de citas en la Calle Principal como ella la llamaba, negocio que no hubiera podido hacer sin Lorenzo.

Todo el harén de Lorenzo estaba allí, y la gran ausente, Lesley, estaba, pero no físicamente, sino en la boca de todos.

Hacía bastante tiempo que Lorenzo no iba por casa decían unos, tal vez acabará volviendo en cuanto deje a esta nueva mujerzuela, decía otro.

La belleza de pelo rojo y ojos de color mar ¿quién era?

Todos estaban confundidos, pero junto a Luz resaltaba por su sobriedad. No era explosiva, pero era el centro de todas las miradas. Tenía un algo en su manera de proceder que a todos sorprendía.

-Tu nueva amiga me ha pedido asesoría legal-dijo finalmente el señor Anderson a su hijo

-Sí, sobre su apellido-Axel probó el pato, sabía como siempre, agrio. Como si la carne dura del ave tuviera algo que le parecía repulsivo en su boca. Se transformaba de un bocado tostado y crujiente a un trozo de piedra que no podía ni sabia tragar, solo masticar y masticar.

-¿Te ha pedido una consulta secreta?

-Sí-le susurró su padre-pero no puedo decirte más, hijo. Pero tal vez tú puedas hablarme más de ella. ¿Es tu novia?

-No

-Claro que no, pero aquel infame chico de pelo rojo seguro que sí ¿eh?

Axel le miró con cara de asco. No podía más, el bocado se le hizo insoportable. Lo sacó de la boca, hundiéndolo en la servilleta.

Leyó en los labios de su hermana la palabra cerdo.

Luego vio a Johnny darle un codazo y a ambos reír como si el mundo fuera a acabarse. Por lo menos Clara era feliz.

Axel la saludó con la mano. Aprovechó y le echó un vistazo a Eva, quien comía el pato como un pajarito, con bocados tan pequeños como si no tuviera dientes.

Su hermana le susurraba algo aterrador por la expresión seria de su rostro.

-No, no, hijo. No me engañas, tú estás enamorado de esa chica-dijo su padre-me alegro de que por fin te haya ocurrido.

-¡No estoy enamorado de ella, padre!

-Hay algo...algo más. ¿Quién más lo ha notado? ¿Tu hermana?

-Ha sido Joshua-dijo él

-Hijo mío, ven-dijo su madre al ver que no iba a comer más.

La señora Anderson llevó a su hijo abajo, donde el árbol de la familia estaba puesto por esa noche ante la clemencia del tiempo de ese frío día.

-Quiero darte algo-dijo ella-pero lo he cambiado un poco.

Axel abrió la caja, ante él apareció un cristal único, como si fuera una hoja que estaba cruzada.

-No es lo que esperabas, pero así será mejor.

Su madre se lo puso en la solapa, traía una especie de pincho detrás.

-Así te queda perfecto-dijo ella

-Pero mamá yo pensaba que....

-No, es éste, no el de mi ajuar-la señora Anderson le llevó hasta el espejo más cercano.

-Yo también os he comprado broches

-Sí, pero no como éste-dijo ella-parece un diamante o rubí incluso, pero es vidrio, el cristal de Santa Mónica, que siempre ha estado con los hombres de mi familia.

El cristal...

¿Eso querría ella?

El cristal de Santa Mónica, dueños sus antepasados de él

-¿Cómo lo obtuvo tu familia, madre?

-Por una subasta pública-dijo ella

Axel dejó escapar una risotada triste.

Qué decepción, por dinero. Por un momento dado el misterio y la creencia de una vida del más allá aquí entre los vivos por su trabajo le había dado alas a su mente y había pensado que él también descendía de alguien quizás dotado de cierto poder oscuro.

Eso hubiera sido muy interesante, y a él lo hubiera vuelto más excitante para sí mismo. ^

Pero no, había obtenido el cristal su familia por dinero.

Su mente volaba hasta estadios extraños, en los que en el siglo XVIII un hombre entrajetado había conseguido el broche para sí, uno de sus bisabuelos.

Era lamentable.

Axel acarició el broche.

-Naturalmente el cristal está recubierto por otra joya-dijo la señora Anderson

-¿Qué?

-No importa, fue un trabajo de un gran orfebre. Pero dicen que este cristal llamaba a las hadas, por eso creo que te dará suerte, hijo. ¿Recuerdas cuando fotografiaste tres en el jardín de una niña y me las trajiste para que las viera? ¡Que reales parecían!

Axel asintió.

Ah, aquello

No era nada comparado con esto

-Comprendo que tengas reticencias en llevarlo, toma-dijo su madre entregándole una pequeña caja negra-protégelo con tu vida si es necesario.

-¿Qué piensa papá de que me lo hayas dado?

-No lo sabe, porque no tiene que decir nada. Es mi tesoro, mi regalo para ti-dijo ella-¿Sabes Axel? Por un momento pensé en romper la tradición como mi padre hizo conmigo y dárselo a Clara en vez de a ti, aunque sea mujer.

-Entonces dáselo a ella-dijo Axel extendiendo la mano con la caja a su madre-tal vez tenga un hijo algún día al que dárselo.

-No, aunque podría-dijo la madre mirando la caja-¿crees que es lo mejor?

-Yo soy tu único hijo varón, por eso te sientes obligada a dármelo, pero yo te eximo de tal obligación. Sé que piensas que mi hermana Clara es mejor, y mejor es-dijo él-dáselo toma.

-No-su madre tras la larga tentación, con los ojos clavados en la caja dudó y dudó pero al final la empujó contra él-¡por esa razón debes de tenerlo tú! ¿Acaso crees que si se la hubiera ofrecido a Clara ella habría dudado o vacilado siquiera?

-¡Vamos, mamá! Clara es la que más se preocupa por todos nosotros-dijo él

-Pero no es generosa, Axel-dijo su madre

Axel miró la caja, y pensó en Eva.

No podía ser que él tuviera aquella joya, ni su familia, sin duda ella se la querría arrebatar y se la entregaría a su hermana que traspasaría su corazón con ella si fuera necesario.

¿Era Eva una esclava de su destino, una amante hermana, un peón en todo aquel juego o la reina pensante?

Podía mostrar a los hombres la verdad o la mentira, tenía un poder increíble, una belleza perturbadora, hasta el punto de hacer enloquecer a cualquier hombre y mujer, y sin embargo no abusaba de ellos. Quería huir de su hermana por detrás, pero abiertamente le demostraba apego y devoción.

Su hermana....oh su hermana.

Al volver a la mesa con su madre, el postre ya estaba servido.

-¡Casi os lo perdéis!

Era una tarta helada. La porción que le habían servido a Axel en el plato se deshacía por momentos.

Desvió la mirada hacia Lorenzo, y allí estaba, discutiendo con Joshua detrás de todos los invitados que les miraban, mientras su amante, la hermosa Luz hablaba con Eva.

Le enseñó algo en sus manos. Eran joyas, anillos, y varias pulseras.

Eva no rió, solo las acarició, sintiendo el destello de la luz a través de ellas, sintiendo la fuerza.

Llegado un punto que se eternizó para los ojos de Axel Eva cerró sus ojos y un rizo rojo cayó sobre su rostro. Era por la mano de Luz, que deshizo su peinado, observando la trayectoria de éste como un niño observa el arco iris por primera vez.

Vio como la quiso acariciar una segunda vez y Eva abriendo los ojos la miró, para apartar su rostro después.

Luz clavó sus manos en la mesa, y bajó la cabeza, disimulando suavemente, y cogiendo el tenedor comenzó a saborear la tarta.

Deseaba al ser que tenía al lado, lo amaba, lo idolatraba, quería más y más. Estaba Luz perdida en su hermana, como Lorenzo se perdía en ella.

¿Acaso era verdad ese amor antinatural que Axel podía notar fluir entre ellas?

¿Eva la correspondía o tal y como había visto la despreciaba?

Luz se puso en pie, y fue a buscar a Lorenzo.

-No me creo que me estés hablando así, hijo

-¡No has hecho nada por ayudarme a encontrar a Beatriz!

-Lorenzo ¿qué pasa ahora?

-¿Y tú por qué te metes?

Joshua miró a alta acompañante de su padre

-Te prohíbo que le hables así-dijo Lorenzo-sé que estás dolido, Joshua pero debes comprender por eso precisamente que uno no escoge a quien amar.

-Ah ¿estás enamorado de esta mujer, que podría ser tu hija?

-Tu padre tiene sentimientos por mí, Joshua-dijo suavemente Luz-pero por ahora solo nos estamos conociendo.

-Está casado con mi padre, puta maldita

Joshua pronunció estas últimas palabras suavemente.

En su interior podría haber bullido un volcán, tenía sitio para ello.

Todo lo que había sido su vida ahora se estaba desmoronando. Veía en su padre una determinación que nunca había visto, ni siquiera con Anna.

-Sé que para ti es difícil-dijo Luz con voz baja-pero creo que este no es el lugar ideal para discutir nuestra situación. Yo me crié con mis padres separados, mi madre se fue con otro hombre. Pero me salvé porque tenía a Eva.

-Tu hermana-dijo Joshua-la habíamos invitado a ella, no a ti.

-Vengo como la acompañante de tu padre, Joshua-Luz se apoyó en el hombro de su padre

-¿Y qué hay de mi madre?

-Tu padre me contó bajo qué condiciones se casó con ella, y creo que los problemas actuales por los que tu madre atraviesa son los que ya atravesó en el pasado. No tenía que haber obligado a tu padre a casarse con un embarazo. Esa vieja trampa.

Esa vieja trampa

¿Realmente soy el fruto de eso?

-Aún así, ya que él fue tan calzonazos según tu teoría para hacerlo ¿no le convierte esto en responsable por la infelicidad de ella?

-¿Su infelicidad? -Lorenzo sonrió, bajando la mirada-si no fuera por Lesley yo me habría casado con Anna.

-¿Y te habrías divorciado de ella para seguir a Luz?

-Sí-dijo Luz-así es el amor y la vida.

-¿Qué puedes saber del amor?

-No sabes quién soy, muchacho-dijo Luz

-Escúchame, Joshua, tenemos que hablar, yo voy a pedirle el divorcio a tu madre. Me quedan pocos años por vivir, pero los que me queden no quiero seguir haciéndola infeliz ni saber aprovecharlos para mí mismo.

-No quieres desperdiciar el tiempo-dijo su hijo

Sabía que el matrimonio entre sus padres estaba roto, y él mismo le había aconsejado a su madre que se separase, que buscase su felicidad en otro lugar. Lorenzo lo había hecho, pero Lesley, había dejado todo para seguirle, tenía miedo de dejar a su marido, su casa, por otros brazos, otros hombres quizá peor que Lorenzo, que la golpearían, la someterían, por otra casa cuyo servicio no conocía…

Lesley amaba su vida entronizada, a su hijo.

¿Cómo se tomaría su hijo el que ella conociera a otro hombre, que olvidara o fingiera olvidar a su padre tan pronto? ¿Acaso la vería como un monstruo, una prolongación de su propio marido?

La odiaría por ello.

Me odiaría.

Sentada en el porche de su casa veía caer los primeros copos, y helada se metió dentro, junto al árbol. Esperando por aquel sinvergüenza.

¿Con quién estaría hoy?

Lesley frunció su nariz, era como si pudiera escucharles.

Pensó en su marido. Era como un caballo, fuerte pero viejo, de corta estatura. No entendía qué veían en él.

-Tu madre no ama a tu padre, Joshua-dijo finalmente Luz-yo sí le quiero. Ha traído a mi vida algo que pensé que ya nadie lograría traer.

-¿El amor? ¿La pasión?

-Estaba marchita-dijo Luz-he tenido una vida muy desgraciada

-Está bien-dijo Joshua-haced lo que os dé la gana. Yo ayudaré a mi madre.

-Yo también la ayudaré, le dejaré la casa y una pensión decente, hijo. Pero ya no puedo seguir con esta vida que llevaba.

-Tu hermana está hablando con Anna, la amante de mi padre-dijo Joshua

Luz miró hacia atrás. Se puso sus largos guantes blancos.

Luego sonrió con cinismo.

-Anna ya no es mi amante hace mucho tiempo, cuando la visito es por cortesía

-Mentiroso.

-¿Seguirás en el periódico?

-Por supuesto, mi trabajo no tiene que ver con esto, si has decidido romper con tu familia ¡hazlo de una vez! Pero no creo en esta historia de amor

-¿Por qué?

Luz notó como el cambio le sobrevenía. Miró a Eva, quien se puso en pie, para marcharse.

-Porque tu hermana no lo cree tampoco.

-Espere no se marche-dijo Anna

-Iré a verla, mañana, al atardecer-dijo Eva dejándola en un susurro.

-De acuerdo, la espero en mi casa

Joshua se alejó de su padre. Lorenzo solo hacía que abrir la herida aún más.

Axel llevó a su amigo a casa, mientras Eva se largó de allí tan solo despidiéndose de Clara y Johnny.

El juego seguía.

Capítulo 4: Animales

El cuerpo estaba boca abajo.

La chica tenía un traje rojo, acababa de venir de una fiesta. Las hojas cubrían sus pies, y las dos manos estaban enterradas entre las flores, como era habitual.

El comisario anotó algo en su cuaderno, mientras todos los demás policía prestaban declaración.

Sabía que tenía que cederle a Lynch el caso, otro no sería capaz.

Las víctimas ascendían a unas veinte, era demasiada la oscuridad a la que estaban sometidos en aquel caso espeluznante. La cara de la chica estaba mirando hacia abajo, pero el comisario creía comprender su expresión: lágrimas, el maquillaje destrozado. Era como si aquel sujeto que les hacía eso a esas chicas tan hermosas que aparecían frente a las flores las hiciera sufrir de algún modo horrible, pero no por maltrato físico, sino por dolor, como si las hiciera llorar.

Lynch había insistido en llevar ese caso, y se lo daría.

Aquello ya era demasiado, los cadáveres cada vez eran más y tenían menos pistas.

Sin duda el inspector Lynch era el hombre para ese caso.

Además estaba estudiando una desaparición de una chica, que ¿sería acaso aquella?

Le llamó desde comisaría. Pero tardó en coger el teléfono.

Entre las sombras el nuevo día se abría paso.

Hoy estaba especialmente nublado. Sería un mal día, se dijo Eva para sí mientras bajaba.

Paris salió a su encuentro.

-Señora hay algo que tengo que decirle.

-París ¿has puesto el anuncio?

-Sí-, pero….dijo él

Tan solo estaba él como parte del servicio de la casa.

-No, espera-dijo tras ella una voz en el primer piso de la escalera-ya no contrataremos a nadie más. ¿Puedes encargarte de todo como te dije?

-Sí, señora-dijo Paris a Luz quien observaba a su hermana desde la parte alta de la escalera.

-¿No vas a permitir que tengamos más servicio?

Hoy Eva vestía de azul. Luz observó el corte de su vestido.

Le llegaba por la pantorrilla, los zapatos negros eran cruzados, como el alto moño que se había puesto.

-Te pondrás el pelo de tu color-dijo Luz bajando las escaleras-por favor, retírate, Paris.

El mayordomo se alejó.

-No-dijo Eva-no pretendas gobernar el mundo, Luz.

Eva encendió un cigarro y se alejó de la mesa de la entrada para buscar el espejo.

Notó las manos de Luz en su espalda.

-¿Qué quieres ahora?

-Tú estás en mi contra, y eso es peligroso Eva-dijo ella

Eva le cogió su mano con fuerza, tanta que Luz se mordió el labio inferior y frunció el entrecejo, con dolor.

Su cara se contrajo en una expresión de pregunta.

-¿Crees que yo arriesgo algo?-le preguntó Eva arrojándole el periódico a la cara.

Luz lo tomó y le quitó el cigarrillo de la boca dando grandes caladas. Se sentó en el sillón, Eva pasó a la salita también y cerró las puertas.

-¿Cómo has podido hacerlo?

Los ojos de Luz se ensombrecieron aún más.

-Recuerda que si yo caigo, tú también lo harás. Si ella lo hace, te llevaremos con nosotras-Luz movió el cigarrillo con fuerza.

-¿Cómo podrían acusarte?-dijo Eva con sorna

Su voz sonaba ronca, del frío de la noche anterior

-Sé quien lo hecho-dijo ella-nuestro hermano Luz.

-Nuestro hermano, sí-dijo Luz mirando las cortinas. Ese día entraba poca luz del día, pero podía sentir el corazón de Eva, palpitando con fuerza. El suyo también. Era como si todas aquellas muertes las sintiera en su estado más femenino como algo inherente a su propia naturaleza, pero al mismo tiempo odiara hacerlo porque precisamente algo le decía que había un horror en ello escondido que al encontrarse con su propio horror solo dejaba en su interior lugar a la oscuridad, a la ignorancia, se sentía perdida. Era como un gusano cuando Eva la atrapaba, cuando la confrontaba, como si fuera un ser con dos cabeza y cada una dijera o hiciera algo diferente de la otra, y al final las dos explotaran llenas de sangre-pero has de saber que yo no apruebo sus métodos. Lo mío es la seducción, lo suyo es falta de…él sufre mucho.

-Vamos, Luz, estás enferma. Nuestro hermano eres tú-dijo Eva-a él jamás le seguiré, pero no es justo que por tu condición te hundas. Aunque no te trataré como alguien diferente percibo en ti dos almas. La que cambia conmigo, la que es amable, la que poderosa y me acogió.

-De no haberlo hecho, tu madre te hubiera matado de un modo horrible, bajo las aguas tan solo habrías encontrado la…

-¡Basta!

Eva abrió la doble puerta y pidió café a Paris.

-Contrataré a alguien para el servicio-dijo ella-no todo el mundo menos Paris puede irse en esta casa.

-Es que ahora esta casa ya no será jamás tan solo nuestra casa. Por fin nuestra anfitriona tendrá los discípulos que se merece.

-Ah, el reportaje, se habrá publicado hoy

-Lorenzo me dijo que lo harían en la edición de la tarde

Paris entró y sirvió los dos cafés solos.

-¿Qué haces con ese hombre, Eva?

-Él nos está facilitando la tarea, él atraerá las riquezas hacia nuestra bienhadada Bellaria

Eva clavó sus ojos en Luz

-¿Entonces por qué lo atormentas? ¿Por qué lo has enamorado así?

-¿Y tú me lo preguntas? Recuerda que no estás en una posición mejor que yo

-Axel no está enamorado de mí, solo cree estarlo-dijo Eva

-¡No sabes nada!-escupió Luz por su boca, adelantándose hacia Eva, quien desde su posición sintió como su garganta no valía nada al tenerla entre las uñas largas de Luz. Sus dedos eran como cuchillos llenos de laca blanca, sus tendones, fuertes y atléticos de hombre la arrinconaron-¡Después de todo este tiempo!

Eva entonces supo que así había hecho con las otras, el ser húmedo y horriblemente impotente que escondía su hermana. Vio en sus ojos los de las de decenas de otras previas a ella.

-No, no....

Luz sintió su horror y se apartó de ella.

-No puedes dejarme, Eva, no hasta que nuestra obra esté completa-Luz de espaldas a ella miró a su alrededor-de la última, la chica del vestido rojo, apenas soy consciente. Solo siento de ella su mirada, su miedo, como el tuyo ahora. Es algo que hago, algo que no tengo más remedio, por este mundo, por este cruel y vil mundo, por no lograr lo que quiero, porque no puedo controlar el yo de mi interior que emerge, no puedo evitarlo y debo aceptarlo porque también soy yo, pero tú eres el único nexo que me ata a la cordura. Y Bellaria. Ella me curará.

-¿Qué crees que pasará cuando ella despierte, Luz?

-Que me hará quien soy verdaderamente. Mi naturaleza dual quedará restaurada, seré un hombre y una mujer completos.

-Nadie queda ya de tu raza, Luz, mejor sé el último, no hay ya cabida para los tuyos, ni siquiera para los míos-dijo Eva, volviéndose y cogiéndola por sus muñecas-¡escúchame bien, Luz, porque solo te lo ofreceré una vez! Hay una manera de que dejes de hacer daño a las personas, y de que estemos juntas. ¡Vayámonos de aquí, hoy, ahora! Olvídate de Bellaria y de su culto. Está muerta, pues que siga así. Su tiempo ya ha pasado-los ojos de Luz se clavaron en ella, oscuros, perfectos-por favor, renuncia a tu ambición y quédate como la hermana que eres, que siempre has sido conmigo, buena, protectora. Nada tenemos aquí.

Luz entonces conoció el dolor del desamor, nunca como hasta ahora lo había visto siquiera. Era como un transeúnte al que conocía todos los días del café, uno bien vestido y encantador que siempre la miraba de lejos, pero nunca se había atrevido a acercarse, tan hermoso y bien vestido, pero de pronto lo hizo solo para clavarle un cuchillo en su corazón, así se lo estaba clavando Eva ahora, mostrando cómo jamás podría amarlo como él la amaba.

En el amor Luz y Luz era un solo ser, tenía razón Eva. No había hermano, él era ella, y ella era él. Como mujer sentía deseo de ser su hermana, pero el amor por Eva no tenía sexo, la amaba más que como una hermana. El deseo del varón en Luz se filtraba a través de sus poros, y sentía la decepción. Cortó sus entrañas como un cuchillo.

Tan solo se daba cuenta ahora ¡qué ceguera había tenido!

Ni Bellaria en su poder podría hacer lo que él deseaba, que Eva le amara como él quería.

Y digo él porque él se puso de pie y miró a Eva, quien notó la dualidad y vio el Resurgir, pues así se llamaría de ahora en adelante. Notó como se marchaba Luz para que Luz volviera, el hermano asesino, aquel que mataba por ella, el que destrozaría toda la tierra si era necesario, el cual entraría algún día en conflicto con la misma Bellaria para tener a Eva si era necesario.

Hija de sirena, hija de marinero.

Maldecía con amor eterno a todos cuantos la miraban

Así era ella pensó su hermano Luz, el cual bajo el vestido blanco se sentía inferior y ridículo.

-Jamás me amarás-dijo él-yo no quiero huir contigo, quiero que seas todo para mí. Mi hermana, mi amante, mi cómplice, mi amor, mi amiga, mi gemela.

-Siempre seré tu hermana-dijo Eva desde el suelo

Notó como su piel se erizaba al sentir el contacto de Luz, su hermano.

El Resurgir ocurría cada vez más.

-Eso no me basta-dijo él-seguro que me abandonarás de igual manera

-Nunca, mi hermana siempre estará en ti, y yo en ella-dijo Eva-en todo te ayudaré, pero cuando reclames lo que no puedo darte te lo negaré

-Entonces prepárate pagar las consecuencias-dijo él

Cogió el cuchillo y se lo pasó por su cuello, la sangre cayó sobre el vestido de Eva

-¿Acabaré como tus muñecas?

-¿Mis muñecas?

-Tus pobres y estúpidas muñecas, a esas a las que no puedes satisfacer por eso acabas con ellas-dijo Eva

Luz sintió su propia alma perdida, ya hacía mucho tiempo.

La lluvia mojaba sin piedad Los Ángeles.

Hija de sirena y marinero

Maldecía con amor eterno a todos los que la miraban

-Pues acaba conmigo ya en lugar de amenazarme-dijo Eva-siempre hallarás a la hermana en mí.

-Pruébalo-dijo Luz

-Está bien, dime qué tengo que hacer

Su hermano tenía la voz ronca, pero los modales ante ella eran elegantes, suaves. Se recogió la falda con seriedad. Estaba ridículo vestido de mujer.

-Quiero que consigas de tu amiguito Axel el cristal de Santa Mónica

-¿Lo tiene él?

-No te hagas la estúpida, Eva. ¿Conoces la historia del alfarero Histrión?

-No-dijo ella

-Era un hombre, de la Antigua Grecia, por supuesto. Siempre estaba llorando porque su mujer nunca paraba de pedirle cosas y él no podía complacerla, hasta que un día el dios del mar la arrastró al fondo, y la convirtió en una de sus sirenas, luego se la devolvió a Histrión a petición de éste, pero Poseidón le advirtió "tened cuidado con vuestros deseos porque sí pedís ser un ser de las aguas y vivir bajo el mar jamás volveréis a la tierra para siempre". La mujer se ahuyentaba cada luna llena porque le salía cola, y el resto de días no hablaba ya como antes para pedir cosas. El dios del mar había cumplido su palabra, pero estaba todo el día cantando. Su marido no podía soportarlo más.

Le pidió a Poseidón que le quitara la voz, Poseidón lo hizo, pero entonces jamás decía nada y se aburría con ella, sin contar con tantas ausencias. Aburrido y desesperado se arrojó al mar y pidió a Poseidón que se cambiara por ella pero que le dejara bajo el agua para siempre. Histrión se convirtió en un tritón y su esposa en una mujer normal. Ella intentó rehacer su vida, incluso se casó con otro hombre y tuvo hijos, pero tampoco ellos podían soportar sus exigencias y la abandonaron. Entonces ella se tiró al agua y rogó a Poseidón que le llevase junto a su primer marido, y el dios del mar lo hizo. Así él volvió a tener su odiosa compañía, y ahora por toda la eternidad.

-¿Insinúas que jamás podré librarme de ti aunque quiera? Pero yo no quiero eso-dijo Eva, sus ojos iban tornado en brillante cristal-solo quiero que mi hermana me ame como mi hermana, a la que jamás abandonaré. Al igual que la esposa de Histrión no le dejó, pero yo no seré tu esposa.

Está bien, maldita, te probaré

Luz entonces asintió, y la dejó ir

Las tazas en la mesa casi llenas se derramaron ante el gesto de rabia de Eva.

No podía tolerar cuando había víctimas, no podía soportarlo, pero sabía que si intentaba pararlo sería peor para ella.

Pero por fortuna pronto terminaría, y eso nadie lo sabía, aunque primero pasasen muchas cosas.

El ser dual entonces escuchó la llamada, cada vez más débil.

Pronto, mi preciosa Luz, pronto

Se quedaría sin Bellaria si Eva no conseguía ese cristal pronto, pero su culto la mantendría mientras.

Esa misma noche los primeros visitantes, invitados por el hechizo del artículo de prensa vendrían, y esa misma noche Lorenzo Méndez le diría a Lesley que su matrimonio estaba acabado.

Por ella. Si Lorenzo podía amarla Eva también lo haría, sino sería su propio fin.

Así era el amor, todo el mundo lo sabía. Los mayores crímenes habían sido siempre cometidos por amor, por motivos pasionales. En la realidad, cuando no se podía tener a la persona amada ¿cuántos casos había habido en la Tierra de personas que habían matado a sus seres amados por negarse a corresponderles? El saber que muertos ya no les engañarán, o en la que egoístas mataron a su rival, o a toda una casa si era necesario…como había presenciado en siglos pasados.

¿Acaso no ocurría incluso en las largas jornadas teatrales a las que Eva acudía sola cada viernes? ¿No había matado Otelo a Desdémona porque creía siquiera que ella lo engañaba, lleno de pruebas que el celoso Yago le traía?

¿Y Don José acaso no había asesinado a Carmen?

El corazón era egoísta, el amor extraño, pero si él no tendría el amor de Eva no dejaría que el mar la reclamase. En ausencia de su madre mandarían a otros, conocía bien a las gentes de las aguas, el agua tiene memoria. Nunca la dejarían marchar, pero Bellaria aún menos.

Y aquel hombre de la fiesta, el protegido del que el estúpido Lorenzo no hacía más que hablarle, de Axel Anderson.

¿Sería una amenaza?

Aún podía ver su brazo sobre la espalda de su hermana, y a ella observarle con cierto interés en hechizarle. Pareciera que fuera la primera vez que disfrutara haciéndolo.

Maldito

La trama se confundía en la mente febril de Luz, donde dos corazones se fundían en uno, y se calmaban ahora que escuchaba la voz de Bellaria, pero que le daban la razón ambos al motivo de su autoconvencimiento.

Nada hay en el mundo sin ese asesino llamado amor

El amor, por él se perdería todo, lo sabía. Aquella historia no podría tener buen final para todos, pero por ahora cada uno desempeñaría su parte.

El amor, el amor.

Tal vez eso era lo que hacía que Beatriz en aquella apestosa prisión aún no hubiera dejado de respirar. Se tocó la cruz en el rosario que su madre le había dado.

Era el único recuerdo que tenía bueno de ella. Lo tenía allí, junto a cuello.

Era todo y no era nada.

Se lo había dejado el día que le había dicho que amaba a Joshua, pero antes, habían pasado un gran momento juntas.

-Llévalo siempre, hija, te protegerá de todo mal-dijo ella

Beatriz lo apretó. No era gran cosa, pero su madre se lo había dado, y ella no había tenido a bien poner el rosario en otro lugar más que en su pecho, cerca de su corazón. Ahí quería llevar al Señor, cerca de su corazón.

Cerró los ojos y se concentró en la oración.

-Padre Nuestro, que estás en los Cielos…

Frente a ella el extraño hombre de antes la observaba, metido en el agua, en un lugar que ya no lucía apestoso, era como si a su contacto la porquería se perdiese.

Escuchó otra poderosa oración al mismo tiempo

¡Era ella! ¡La de la princesa!

En efecto, Eva estaba en el reclinatorio de la iglesia junto a su casa, rezando poder hacer justicia algún día.

Si obedecía a su hermana quizá parasen las muertes, y luego que la policía de alguna manera pudiera dar con ella, pero antes debería de conducirles hasta ella. Debería poder cambiarse el apellido, poder huir, a un sitio donde comenzar de nuevo sin cristales, sin poder, sin grandes sueños, tan solo con el sol delante de sus ojos por el día y la luna encima por la noche viéndola dormir.

Contaba con escapar, con empezar de nuevo, pero por ahora. Si se marchaba…estaría traicionando a esa Luz primera que la acunó en sus brazos y fue su salvadora, pero también a las otras chicas. Veía muchos destellos, gente que iba y que venía, almas que estaban en peligro. Ella delante le impedía el paso a su hermano.

No lo permitiría.

Debería de arrastrar a la ley ante su hermana para que esta pagara por sus crímenes y su alma quedara purificada de nuevo.

Su oración se perdió en los labios de Beatriz.

Ocurrió por casualidad, son esas cosas que ocurren sin pensar.

Inno se acercó ahora en la oscuridad a la chica y observó su piel canela. Los gruesos labios pedían a Dios la liberación.

-¡Oh Dios Mío!

Inno supo que la asustaría, pero no tanto.

-Estás aquí-dijo él

-¿Es el infierno?

-No, aún no has muerto-dijo el hombre sentándose a su lado

-¿Qué lugar es este?

-Es una prisión-dijo Inno

Sus ojos miraron al resto de presos.

Sucios, de todas las edades y sexos, sin motivo, sin una explicación.

-¿Hasta cuándo nos tendrán aquí?

El hombre no contestó, pero miraba el agua, con fijación.

-Me llamo Inno-dijo él

-¿Qué nombre es ese?

-Haces muchas preguntas-dijo él acercándose al borde del pequeño lago que aquel vertedero destilaba.

Metió la mano y sacó milagrosamente tres piedras verdes que puso delante de sí.

Sus ojos eran extraños. Aterraban, pero también parecían de cristal. Era como si hubiera perdido sus auténticos ojos y le hubieran puesto esos.

-¿Cuánto tiempo llevas aquí?

Beatriz intentó escapar a los perros de la desesperación que ansiaban con morderla con su curiosidad por este nuevo compañero de prisión.

-El sol se puso un día antes de que te trajeran a ti-dijo él

¿Qué respuesta es esa, acaso además de ciego estaba loco?

Inno se retiró de las piedras tras mirarlas sin descanso varios minutos.

Está loco, seguramente lleva aquí más tiempo que yo y no sabe lo que dice

Locura, o esto o la vida con mi madre. Pero yo elegí a Joshua, nada de esto debería pasar.

Joshua

Sus labios repitieron su nombre.

-Joshua

Era apenas un suspiro, nadie hubiera podido saber la palabra que pronunciaba.

-Tu amor-dijo el hombre de la prisión, alejado de ella, apoyada contra la pared

-¿Y el tuyo?

-Yo no tengo amor-dijo él

Beatriz observó como el cuerpo del hombre se relajaba y cerró los ojos.

En pocos minutos su respiración era regular, estaba descansando.

Ella puso la mano delante de su nariz. Respiraba, pero era aire muy frió, y su piel....Bajo la camisa tenía esa piel escamosa, casi verduzca de lo que se deducía que había sido un pobre diablo que había tenido un accidente en alguna empresa de maquinaria.

Seguramente tampoco veía.

El hombre abrió de pronto los ojos y miró al techo.

Ella se quedó quieta.

-Puedo verte-dijo el entornando sus ojos hacia ella

-¿Son ojos de cristal?

-Lo son

-¿Cómo puedes ver entonces?

-Veo porque comprendo las cosas, como las aguas del mar, veo a través de ellas

El pobre estaba loco, no había de otra.

Beatriz intentó acercarse a los otros presos, pero se habían hecho dos corrillos. Una de las viejas la miró con cara de asco.

-Son racistas incluso aquí-dijo Beatriz

-Son ignorantes-dijo el extraño

Beatriz sintió el dolor de nuevo.

-¡Quiero salir de aquí! ¡Quiero volver con Joshua!

Golpeó la puerta de metal negra por donde la había arrojado seguramente. Y gritó el nombre de Joshua hasta caer exhausta.

Joshua, Joshua.

-Que Dios me lleve, de una vez

-Basta-dijo Inno a sus espaldas-déjalo ir, esta es nuestra vida ahora.

-No, no puede ser, yo no soy deforme como tú, yo no puedo vivir en esta alcantarilla, yo iba a casarme y tener una familia. Mi novio estará buscándome y el vivirá siempre conmigo. Voy a empezar una nueva vida.

-Ibas a empezarla, ahora ya no lo harás, y tu novio aún te ama-Inno la arrastró hacia su lugar. Al fondo, tras una columna de metal, entre las sombras.

Puso entre ellos las tres piedras verdes.

-Juega conmigo dijo él

¿Ese iba a ser su futuro?

¿El jugar con un ser deforme y demente atrapado como ella por un desaprensivo en una especie de alcantarilla subterránea?

-¡Déjame!

Beatriz dio un manotazo a las piedras que se cayeron en el agua sucia de nuevo.

-¿Por qué has hecho eso? Yo te he tratado con gentileza

-¡Te odio, maldito monstruo! -dijo Beatriz cogiéndose los pies cuyos zapatos le mancaban. Los tiró también al lago de suciedad.

Luego se echó a llorar en una esquina con la intención de morir.

-Esto es lo que tienes ahora, ven o enloquecerás-la mano de Inno apareció ante sus ojos.

Lo mordería, acabaría con todos los de aquella maldita prisión.

Ella abrió su boca, sintiéndose resurgir por aquel pensamiento que la asaltó, no la haría feliz pero al menos calmaría su rabia.

Inno la observó sin mostrar expresión alguna. Sus ojos de cristal brillaron, pero por alguna razón no ejercían su efecto en Beatriz.

Ella mordió su mano con fiereza.

Él la abrazó, sintiendo el dolor de su mordida y la sangre brotar de sus dedos. Se imaginó el arpón de un pescador. Pero luego, a través de aquella mordida, en la espalda contraída, tras la rabia estaba la desesperación.

-Tranquila-Inno tocó su espada y la acarició. El consuelo descendió a los dientes, y Beatriz sintió que sus articulaciones se relajaban víctimas de su sentido de la autoculpa. Estaba hiriendo al único hombre que había sido bueno con ella, cuando ninguno de los otros ni siquiera la miraban con respeto.

¿Qué me ha pasado?

Se sintió despreciable, y tomó la misma mano mordida, para dejar que toda su culpabilidad, rabia y sufrimiento descendieran sobre Inno, y sus lágrimas se mezclaron con la sangre del otro presidario, el hombre que había venido del mar.

Los dos se abrazaron sin decirse nada más, la oscuridad los cubrió.

Como ella, yo también he fallado

Inno se sintió culpable, sin saber qué hacer o como escaparía. Tenía que haber tenido otro plan de contingencia, pero los seres de las aguas carecen a menudo de ellos.

Las piedras verdes decían algo, pero de los dos solo él logró entenderlo.

Eva se vistió con un largo vestido gris y un ancho cinturón blanco.

Sobre el pelo rojo se puso una diadema, los guantes y una bufanda de meter por arriba, su gorro según era la costumbre.

Paris la ayudó a ponerse el largo abrigo negro.

Tengo que asegurarme que está satisfecho

Debía pues, Eva trabajar bien, para podre enfrentarse cara a cara con Luz, en una naturaleza u en otra.

Salió de la casa y se refugió en la Iglesia. Escuchó el sermón de esa mañana.

Hablaba del niño Jesús, y cómo antes de que naciera José tuvo que apuntarse en el censo.

Miró a su alrededor.

Viejas, nadie joven.

Ningún hombre, pero muchas flores ante la Virgen.

La observó Eva durante largo rato, clavando sus ojos cristal en la imagen antigua de la Milagrosa. La Gran Madre, eso era lo que necesitaban, no una asesina como Bellaria, pero ella conseguiría acabar con ello y de paso largarse de esa maldita ciudad.

Cuando la misa acabó se enfundó sus guantes y su sombrero gris. Su preciado bolso negro fue puesto en el asiento de al lado de su coche negro el cual arrancó.

Su destino era el de la Calle Principal. Haría todo el trabajo por la mañana, ya que por la noche tenía cita con un amante muy especial, con aquel que le traía el menú más variado: con el teatro.

Allí se olvidaría de todo.

Bebería una copa de ginebra y dejaría que las horas pasaran entre los actos de las interminables obras. Esta noche iría a ver "Romeo y Julieta", por 13ª vez.

No podía evitarlo, las representaciones eran como el oro en esa ciudad.

Eva llegó a la Calle Principal en un minuto. Llegó al gran edificio y tras mucho picar y hablar con muchachas de escotes imposibles con cara de sueño llegó a la despacho de la hermosa mujer. Aún se conservaba en forma a pesar de su edad.

Era cierto que no podía competir con Luz, pero ¿quién podría hacerlo?

Nadie podía sobrepasar a la belleza llamativa y felina de su hermana, eso era imposible. Desde su altura parecía atraerlo todo, seducirlo a todos.

-Buenos días, querida-dijo Anna-pasa, pasa…

Eva cerró la puerta mientras el gigante travesti de la entrada le lanzó un beso. Se trataba de un hombre con grandes pieles de color rosa chicle, sin duda vendidas como parte de una comedia a un teatro, el vestuario de un farandulero, y Eva rio. Era la primera vez que sonreía con espontaneidad después de tan largo tiempo. Sabía que no había sido un error ir a casa de Anna, sino todo lo contrario.

Había visto en su cristal que ella era la reina de la comedia, la de los velos, los secretos y lo prohibido de esa ciudad.

-Me llamo Eva Jail-dijo ella

-¡Ah, sí! De la mansión Parejo ¿no es así?

-Sí, señora

-Solo Ana, por favor

Ana tenía el pelo rubio y corto, con una pequeña horquilla marrón a un lado.

La cara con maquillaje ligero, una preciosa bata encarnada.

-Te hemos dejado pasar porque eres una mujer, ningún hombre puede venir aquí salvo el lechero antes de las seis-dijo buscando algo Anna

Eva le entregó su caja de cigarrillos.

-Tu pitillera es impresionante-dijo Anna

-Coge el que quieras, en fin, el motivo de mi visita es que quería darte algo-dijo Eva

-¡Ah!

Anna reconoció los pendientes azules que Eva le puso sobre la mesa.

¡Pero esos no eran, estaban cambiados!

-Tienen algo diferente, no son mis pendientes-murmuró Anna

-Míralos bien-dijo Eva

Anna tomó el primero de ellos, buscando las iniciales. Allí estaban. Pero ya no tenían una cadenita de oro, sino de cristal.

-Es obra del orfebre más hábil del mundo-dijo Eva

-Desde luego, un gran restaurador debe ser para haberlos arreglado en una noche

Eva sonrió cogiendo un cigarrillo de la pitillera.

-Oh, ¿quieres desayunar conmigo?

Eva asintió. Estaría encantada.

Anna le sirvió el amargo café, luego una tostada con mantequilla. En silencio se sentó frente a ella a observarla cuidadosamente.

Le dijo algo, pero Eva parecía distraída en su tostada. Movía el cigarrillo sobre la tostada en el plato con las manos propias de una artesana.

-Tú has arreglado mis pendientes ¿verdad?

-¿Cómo lo has sabido?

Eva probó la tostada, no estaba caliente, pero sí deliciosa. Sintió deshacerse la cálida mantequilla en su boca. Cerró durante unos momentos los ojos.

-Mi trabajo, la observación es mi principal habilidad, eres diestra para montar joyas, para hacer otros trabajos también, en la clandestinidad-dijo ella con un tono sugerente.

Cuando dejó su cigarrillo lleno de su pintura roja pero que sobre el cigarrillo parecía marrón supo Eva cómo había mantenido a Lorenzo tantos años enamorado.

-No de esa clase-dijo sonriendo Eva-en mi especialidad solo están las joyas.

Entre ambas mujeres parecía correr una corriente eléctrica de cómica energía.

Eva se sentía bien con ella. Lo había hecho en la mesa, en la cena de los Anderson. Tan solo habían sido pocas frases, pero la manera desenfada de hablar de Anna no era más que su espíritu práctico y travieso.

Más tarde lo miraría en un cristal, había concluido, pero mientras estuvo con ella, recordaba bien la primera frase que le había dedicado Anna:

-Solo a los Anderson se les ocurriría haber puesto el harén de Lorenzo a la vista de todos, seguro que ese calavera, el hijo, tiene toda la culpa. Solo usted rompe la armonía, querida.

-Tal vez debería de hacerme amante de Lorenzo Méndez yo también, así la armonía sonaría sin ningún sonido forzado-dijo Eva con suavidad

Al punto de haberlo dicho supo la relevancia, era su tono, como si fuera entre intelectual y enfadado, como si quisiera devolverle la pelota, pero el contenido desmitificaba toda la antipatía que parecía querer mostrarle a Anna.

Ambas habían reído, y en una de tantas se habían caído primero un pendiente, y luego el otro de la mujer, que se fue al lavabo.

El cristal al cristal llama

Eva había cogido las joyas y las había restaurado desde la noche.

-He aprendido a restaurar las joyas en Suiza, hace muchos años

-¿Tu hermana te llevó?

-Sí-dijo ella

-Pero ¡qué hermanas tan distintas resultáis!

-Ella tiene sus pasiones, sus manías, sus excesos-dijo Eva-claro que yo también tengo otras cualidades y defectos.

-Tu hermana es hermosa-dijo Anna-como tú lo eres, por eso Lorenzo está con ella

-¿Te hace daño?

-Un poco-dijo Anna tomando los pendientes de la mesa-es mi peor temor. Se ha hecho realidad, es la imposibilidad de entender lo que está pasando lo que me tortura.

Eva la observó. Anna podría haberle mentido, como la mayoría de mujeres hacía. Haberle dicho que ya todo estaba más que muerto entre ellos, que eran poco más que buenos amigos, como era evidente que sucedía, pero entre ellos había algo más que nadie más veía.

No era la cama, era una complicidad que había durado toda una vida, sobre los negocios, la familia, la vida. No era un masaje en la espalda tampoco, eran confidencias.

Ahora eso poco que les quedaba, mágico pero poco sensual, sin duda, ya había volado también.

-Desde que está Luz él no ha venido a verte ¿verdad?

-Así es. Tu hermana tiene demasiado poder

Eva se había levantado hacia las cortinas.

-Sí, me temo que lo tiene-dijo ella-y con Lorenzo a su lado tendrá más.

-¿A qué temes, chica?

Anna le preguntaba, porque había sentido que Eva necesitaba una mano amiga. O quizá era el indudable deseo de querer confiarse con alguien.

-A la muerte-dijo ella

-¿Acaso estás en peligro?

-Como el cristal-concluyó Eva

Pero tenía los ojos tristes, como si algo la atribulara

-¿Le has contado algo de esto al calavera?

-¿A quién?

-Al hijo de los Anderson-dijo Anna

¿Es que esa mujer lo sabía todo?

-No quiero saber nada de ese hombre, no me gusta, ni él ni su estilo de vida

-¡Ah, ha venido aquí tantas veces que sé de lo que me hablas! Pero si buscas un amigo creo que él sería una buena persona. Te escucharía, sin duda en la fiesta lo hizo.

-No me interesa su compañía-dijo Eva apartando la cortina

-¿Y qué te interesaría?

-Algo nuevo, algo que nunca haya hecho, algo que tenga brillo, fuerza-dijo Eva

-El amor es así

-No, no lo es, la otra parte no. La del abandono, el sufrimiento.

-Veo que te has enterado de lo de Joshua

-¿Cómo no?

-No era su novia, sino su prometida, en una semana iban a casarse-dijo Anna

Eva miró hacia el suelo y luego torció la expresión de manera huraña, como si lamentara alga.

-Oh, no te aflijas, tú no tienes la culpa-dijo por segunda vez

-No es por mí que me pongo triste, sino por ellos. Es horrible, después de encontrar la pareja ideal.

-Se pasa por tantos cuerpos antes de encontrarlo, Eva. Por tantos labios, tantas palabras, tantos lugares y años que algunos incluso no le encuentran jamás.

-Imperios-concluyó Eva cogiéndole el cigarrillo indeciso que no acababa de apurar Anna.

-Sí, imperios

Anna se quedó junto a su invitada de improviso, y supo que era el comienzo de una gran amistad.

-Esta noche ¿qué tienes que hacer, Eva?

-Ir al teatro

-Seguro que podrás hacer novillos por una vez

-No-dijo Eva, simplemente

Anna no la miró, sabía que no podía esperar una explicación. De las que eran como ella no.

Había tres clases de personas, los que confían, los que no lo hacen, los que lo harían por un precio adecuado. Eva no era ninguna de esas tres pruebas.

-Háblame de esos pendientes-lo que sí que hizo fue romper el frío.

-Me los regaló hace diez años Lorenzo-dijo ella -es por él que abrí este local. Ahora ya es mío, poco a poco y con mucha paciencia he podido pagarle el dinero que me adelantó. Las chicas reciben a clientela escogida, pero tienen que mantener el orden, son independientes.

-Apréndelas a hablar francés, eso gusta mucho a los hombres de aquí-dijo Eva

-¿En serio?

-Sí

-Lorenzo siempre me ha querido o eso ha afirmado. Pero me conoce también que es para mí como un hermano ahora, por supuesto que su marcha lo ha trastornado todo. Teníamos planes juntos, pero siempre respetando las necesidades de su esposa y su hijo primero. Si no hubiera aparecido tu hermano nos habríamos quedado juntos apoyando a Joshua.

-¿Y qué pasa con su esposa?

-¿Con Lesley?

Anna arqueó sus cejas, sirviéndose esta vez una copa.

-Hubiera pasado lo que siempre pasa, nada. Ella se habría quedado en su agujero llorando y yo sin Lorenzo. Ninguna de las dos hubiera terminado con nada bueno. Ella jamás ha querido dejarle ir, solo obtiene de él las migajas de un amor que jamás podría conocer, y se priva de estar con otros hombres que la amarían. ¿Sabe algo de Lesley?

-¿Qué?

Anna sonrió. Su sonrisa era la más hermosa de todas cuantas había visto Eva.

No porque fuera radiante, sino porque era fina y socarrona a un tiempo, incitaba al buen humor, prometía un futuro discurso travieso.

-Lesley tuvo un novio antes de casarse con Lorenzo, pero insistió en rechazarle. Se llamaba Fernand Le Mornay, era europeo.

-¿Dónde está ahora?

-Murió muy joven, en un accidente. Dejó una hija ilegítima heredera de una pequeña fortuna, pero jamás se casó.

-Hombre extraño

-Pero no más que la historia en sí misma. Fernand había pedido en matrimonio la mano de Lesley, deseaba a una mujer de buena familia para una fortuna que con su fábrica de automóviles había crecido sustancialmente, y se enamoró de ella nada más que le fue presentada en la casa de ella. Una casa preciosa, llena de humo azul, era como si una nube se hubiera posado sobre ella. Lesley lo rechazó porque estaba en amores con un cierto periodista en ciernes, más joven que ella.

-Con Lorenzo-dijo Eva

-Sí, y ella no es agraciada ahora como no lo había sido antes. Hizo que Fernand fuera a Londres para comprarle una magnífica alianza matrimonial que encargó por catálogo en una de las joyerías más prestigiosas de Nueva York, para darle celos a Lorenzo, quien no estaba muy convencido de salir con ella. Nadie sabe cómo se conocieron Lorenzo y Lesley.

-¿Acaso él nunca te lo ha contado?

-Sí, pero todo cuanto dice de ese encuentro es que es patético. Utiliza siempre la misma palabra.

-Significa que la conoció en un lugar como este, o bien en un lugar destartalado e inútil-dijo Eva abriendo sus dos manos como si tuviese sus cristales en medio-significa que fue una situación engañosa, vergonzosa que los ató a ambos a un tiempo. Ella le ayudaría a cometer algo ilegal, probablemente a robar algo. O a falsificar algo también, él fingió que la cortejaba para que ella no se chivara a la policía, y él se terminó acostando con ella dado el acoso implacable al que ella debió de someterle.

-Ella lo hizo, pero a pesar de que Lorenzo no caía en sus brazos, incluso cuando se acostó con él varias veces sin éxito, pues no quedaba embaraza, buscó a Ferdinand escribiendo para él una carta donde decía lo mucho que le echaba de menos y le pedía una oportunidad. A esa carta siguieron muchas otras, en las que él le decía lo feliz que lo había hecho. Ella le pidió una joya día después, y cuando se la trajo, ella le dijo que no podían casarse. Lorenzo entró por la puerta en ese mismo momento, reclamando la mano de la futura mano de su hijo.

-Al final logró quedarse en estado

-Si lo sé es porque una mujer la ayudó-dijo Anna-le habló de los trucos y de los días fértiles de la mujer.

-Esa mujer es sabia, entonces-Eva desbloqueó sus ojos pegados a la figura de Anna y a su increíble relato.

-Tú lo eres mucho más por haberla descubierto-dijo ella

-Lesley entonces se casó con Lorenzo, apurándole por su futuro hijo y su novio la dejó.

-Ella lo dejó a él, con una carta mal redactada-Anna concluyó el relato-jamás le devolvió la joya, la vendió y el dinero se lo dio a Lorenzo como entrada para la casa que ambos querían tener. A partir de ahí el resto es mío.

-¿Cómo conociste a Lorenzo?

-Por casualidad, o por destino quizá. Entró en el local donde yo trabajaba, nada más que lo reconocí fui a buscarle, y le conté la verdad acerca de su mujer, y lo que le había hecho al señor Mornay. Nos hicimos amigos, me comenzó a conocer y a hacer regalos, todo antes de convertirnos en amantes.

-Así toda una vida y ahora llega mi hermana y todo se rompe. Se rompe un sueño que resultó ser el único real para Lorenzo Méndez ¡oh qué desolación!

-¿Por qué? ¿Por mí?

-No, porque mi hermana no lo quiere, y él nos va a publicar un artículo en la edición de esta tarde sobre un hecho sobrenatural que pasa en nuestra casa.

-¿Y qué es?

-Tenemos a una ninfa milenaria enterrada en nuestro jardín, hay una cueva y un lago que se antoja artificial, pero que es natural.

-Me encantan esas historias, las del periódico de Lorenzo, cuando me dijo que era periodista de fenómenos paranormales me pareció aún más interesante.

-¿Qué sabes de su periódico?

-Primero háblame tu de tu hermana

-Lo haré esta noche, si estás disponible en cuanto acabe la representación teatral iré donde me indiques.

-En el puerto, iremos a casa de un amigo que me dará una llave. Querías algo brillante y algo más que brillante te mostraré. Gracias por venir-dijo ella con los pendientes en la mano.

-A ti, por el desayuno

Eva abandonó la casa de pecado tal y como había llegado.

Las chicas parecían colegiales medio desnudas con sus batas de noche. El travesti dormía afuera, en la misma silla donde ella lo había dejado.

La casa era roja, paredes, cortinas, sillas.

No era discreta, quizá era para ricos, pero no su decoración clásica de burdel barato. Sin duda Anna no quería perder la quintaesencia de la prostitución.

En la pared, un cuadro de desnudos, y al lado, uno de flores. Láminas de escenas de mujeres en posturas obscenas con otra lámina de una flor al lado evocaban tal flor.

Sexo y flores, perfecto

La primera parte ha concluido con éxito

En la mente de Eva solo se traslucía el éxito. Para ella, para Luz, para su plan.

O quizá se engañaba con su amiga, y buscaba tal y como decía Anna, una amiga. Sin duda no se había equivocado. Todo iba por su camino.

Tenía que robar el cristal de Santa Mónica de la casa de los Anderson, pero ahora lo tenía Axel. Eva dejó escapar un suspiro de desilusión. Otra vez estaba en medio, de todo cuanto ella tenía que hacer.

-Señor, su cuerpo está aún húmedo-dijo uno de los ayudantes al inspector Lynch, que se quitó el sombrero mientras el forense daba la vuelta a la mujer muerta.

-Veintipocos, asesinada como es usual, por falta de aire-dijo el forense

Lynch se mordió los labios, leyendo los primeros informes.

-El móvil debe de ser sexual. Pero buscan algo más-dijo el inspector sacando un cigarrillo.

Sentía que la boca estaba reseca, nunca bebía estando de servicio. Salvo un vaso de ginebra a media mañana, quería notar el sabor a resina en sus papilas gustativas.

-¿Qué puede ser?

Benjamín a su lado no paraba de hacerle preguntas de manual, pero estaba haciendo las prácticas con él. Venido directamente de Nueva York, al desierto.

Los ojos impresionables del chico lo hacían ridículo para aquel trabajo.

-¿Has revisado las otras autopsias Benjamín?

-No señor

-Pues yo me pasé tres noches sin dormir leyendo claramente cada detalle. Todas aparecen cerca de flores, presentan heridas en sus partes íntimas, pero no fueron desfloradas. La mayoría son vírgenes aún.

-¿Frecuentando esos antros? -Benjamín hizo que el forense con cara de calavera precisamente y Lynch le miraban.

A veces podía ser realmente estúpido, pero una estupidez que nacía de una inocencia. De un mundo que no conocía, pero al que pretendía investigar. Era irónico como se pasaba por encima la etiqueta de experiencia.

Pero era para Benjamín con el deseo de muchos escritores de vivir al límite para tener más experiencia escribiendo. Los límites de la carne siempre buscaban una excusa.

-Te sorprenderías hijo, la chusma que se encuentra en los bajos fondos-dijo Lynch-pero chusma o no tienen derecho a justicia, no podemos dejar que estos asesinos depravados campen a sus anchas por esta ciudad.

-¿Ha cotejado usted con los psiquiatras asignados? ¿Hay ya un perfil?

El cadavérico forense asintió.

-Pero curiosamente ninguno de ellos añadió lo que usted va a decir ahora.

El forense conocía bien a Lynch, tras 25 años lo había llegado a conocer como hombre a través de su profesión, pero nunca tras otro cristal que no fuera este.

De cristal era la cosa.

Lynch asintió con la cabeza.

-Este sujeto que sin duda será un hombre tiene un problema físico, que le impide llegar a tener la relación sexual, es como si buscara algo, algo más que no encuentra en estas mujeres. Seguramente estará influenciado por algo de su vida cotidiana....

El forense levantó la cabeza y se mesó el pequeño bigotito.

-O alguien-dijo Lynch al final.

El inspector se ajustó sus grandes gafas, y miró a la muerta más de cerca. Tenía en sus ojos una expresión de calma total.

-Es resignación-dijo el forense-todas son conscientes de que van a morir, y es como si se dejaran llevar por la corriente. No me lo puedo explicar.

-¿Las podrá someter a hipnosis?

Benjamín lo dijo sin miedo, sabía que no había dicho ninguna estupidez. La hipnosis formaba parte de la psicología en un mundo en el que cualquier cosa podía perturbar las mentes, cualquier pequeño detalle.

Lynch mandó acordonar la zona y se puso a pensar.

La prensa ya había estado allí. El asesino estaría siguiendo la noticia con interés o bien le era indiferente, sin sentir realmente la fuerza de sus actos mataba como leía, como comía, como hubiera hecho el amor si hubiera podido.

Los médicos forenses y los psiquiatras podían trazar el perfil que fuera.

Lynch se quitó el gorro marrón y miró en dirección a las calles de Los Ángeles. Sabía que estaba cerca. Miró las pequeñas casas obreras y las carreteras, los altos puentes que les miraban también a ellos. Tantos coches marchando a la vez, la polis creciendo, tantas historias, tantos casos y sufrimiento.

Tanta injusticia.

El asesino sin embargo no se preocupaba.

Se ponía las medias, pues Lorenzo le esperaba.

Ni hombre ni mujer, solo Luz. Eso pensaba de sí misma mientras el espejo le devolvía la mirada en aquella Dualidad, que ahora ya marcaba su tránsito hacia su auténtica naturaleza. Veía como la nuez poco a poco comenzaba a quedarse, como la cara angulosa se abría paso, los dedos iguales, tan largos como gusanos blancos hambrientos, que irían a clavarse en la espalda de Luis Méndez y a revisar el periódico en el piso que le había alquilado para ella, mientras el cigarro que se fumaba se derretía en la ventana, por el frio de diciembre que entraba por los cristales llenos de vaho.

Sabía que ella le traería muy pronto el cristal. Pero la hostilidad entre ambas comenzaba a ser gratuita. Le haría un regalo a Eva como ofrenda de paz.

El culto comenzaría esa noche, no tenía tiempo.

Luz se ajustó el vestido y se puso las pieles de nutria encima. Marrón y blanca. Se soltó la larga melena rubia y sonrió al espejo. Sus uñas rojas, como sus labios despertarían una ola, como el vestido de la desdichada de la otra noche.

-Ven conmigo, te mostraré cerezales...

-¿En dónde? -le había dicho la pobre chica

-En los cuadros donde pinto

-¿Entonces eres artista?

-Oh ¿quién no lo es de un modo u otro? -el caballero le había ofrecido un cigarrillo. Llevaba los pinceles en su ojal, y una flor roja. Así las atraía, con su altura, su frialdad, la elegancia de las palabras.

Era realmente un gusto tratar con alguien culto y sensible en esos antros de bebida barata y carne aún más a los que ellas no tenían más remedio que acudir pues nadie podría pagarse una copa en el centro.

Luz era un hombre difícil de conocer, de distinguir. Cuando llegaba a uno de los antros, entraba, y pedía siempre una cerveza, nunca whisky como su yo femenina hacía.

Buscaba entre el rubio de su jarra a la ideal, pero mientras lo hacía, siempre sentado al fondo del bar ella llegaba sola hasta él. Fingían tropezar o se paraban a maquillarse enfrente.

Por Dios, eran todas iguales. Zorras, mentirosas, idiotas mojigatas que sin embargo suplicaban porque alguien se la metiera entre dos coches, en un callejón oscuro, pero que lloraban tras hacerlo. Cazadoras de maridos mediante barrigas, recipientes analfabetos y simples, que ofrecían su carne como moneda y su vida como prenda de duelo, el que comenzaban al mes de haberse casado con el seboso de turno. No esperaban que alguien como Luz apareciera. Por eso les quitaba la vida, porque se parecían a Eva, y durante unos momentos eran ella.

Eva lo había visto. Su nombre en el crimen, pronunciado por Luz, la inocencia robada, la muerte temprana. Había vomitado, y se había arañado el pecho que fielmente llevaba cubierto, maldiciendo a Luz por no haber dejado que su madre se la llevara, allí a donde pertenecía. Quizá se hubiera convertido en una ola, en algo que pasara y el mundo admirara, para luego olvidar, en vez de estar condenada a una vida horrible, perseguida y aterrorizada de todas esas personas y cosas normales que junto a ella, como los cristales, cobraban un sentido y una magia oscura. No podía evitar querer escapar.

Luz lo sentía. Eva cada vez estaba más lejos de ella, pero la veía en esas mujeres. Cuando Bellaria volviera él sería él, y Eva su ella. Como al principio de los tiempos, un Adán y su Eva.

Bellaria le había ofrecido un jardín donde ambos habitarían, un lugar siempre feliz.

El jardín del Edén que una vez fue, volverá, amiga mía

Y de dos uno será

El Amor con amor se paga. Toda muerte, que sea por amor

Por eso había matado así a Verónica, la última víctima.

La había llevado campo a través, tras los pisos de los obreros, y allí junto a la pequeña corriente en honor a Bellaria, le había arrebatado su vida aún con pureza, tras intentar calmar la sed que sentía por Eva en ella antes sin conseguirlo.

Un empujón de Luz, un gritito de la chica diciendo que qué hacía sobre ella, que era un pervertido. Ni trazos de que a naturaleza fuera más indulgente con él esa vez.

El pelo siempre era oscuro, o procuraba serlo, y si no era, tal vez tenían los ojos azules.

Eso concluía el informe de las autopsias, era un individuo predecible hasta el punto de amar los ojos azules o el cabello negro, la piel blanca y los rasgos inocentes, pero impredecible en lo demás. Había atacado en distintas partes, aunque siempre en los bajos fondos. Pero lo había hecho siguiendo un patrón ¿cuál? ¿Qué le motivaba en verdad, más allá del sexo, más allá de la pasión o los bajos instintos?

¿Qué había bajo los ojos de ese asesino?

¿Qué mundo escondía, era uno que se extendía por Los Ángeles?

No, no podía ser eso. Debía de encontrar otro camino si quería llegar hasta él, pero ¿cuál tomar?

Lynch se alejó, como siempre, sin decir nada. Había sido suficiente.

-Lo siento, Lesley. Pero en el fondo siempre lo has sabido-dijo Lorenzo

Su mayordomo esta empaquetando en su gran maleta lo que el señor le mandaba, pero Lesley dejó caer su pesado cuerpo sobre su maleta.

-Siempre has tenido tus juergas fuera, Lorenzo, pero no puedes dejarme ahora. Hemos construido mucho tu y yo ¿es que no lo ves?

-Escucha, Lesley-dijo Lorenzo agachándose y cogiéndole la cabeza por última vez-no quiero hacerte más daño, ni que me perdones más. No quiero estar más en esa posición. Este nuevo amor no ha hecho más que darme el empujón. He vivido junto a ti una vida que no fue feliz para ninguno, en el fondo no. Ha sido una vida tranquila, pero no deseada, Lesley. No puedo seguir haciéndome esto, ni haciéndomelo yo. Ahora debemos separarnos, ha llegado la hora.

-Pero... ¿y el amor?

Lorenzo ya salía por la puerta.

-El amor ha estado ahí, pero de manera diferente, Lesley.

Lorenzo dejó a su mujer sin más palabras. Ella no había armado grandes escándalos solo había llorado. Sentía que había fallado, a pesar de sus domésticas trampas que ahora se antojaban como si nunca hubieran ocurrido.

¿Acaso Joshua no fue siempre un jovencito?

¿Y ella no tuvo siempre 50 y tantos años?

Ella no había obligado a Lorenzo a casarse con ella. Ni su hijo.

Él le pidió matrimonio y ella le había dicho que sí, porque lo amaba. Lo amaba, lo amaba.

Siempre había sido así.

-Mamá ¿estás bien?

Tras ella, el testigo de la caída del matrimonio de sus padres, uno que siempre había estado en extinción puso sus manos en la espalda, acariciándosela con tranquilidad.

Su madre le miró, pero Joshua apenas vislumbró nada tras los ojos arrugados.

Era su final, lo sabía. Sin Lorenzo ella no concebía ese nuevo mundo de maquinaria, de alcohol, de furcias y de coches en la calle. Ella había crecido en otra sociedad, en una luna de porcelana, fría, tan fría como su matrimonio. No era bella ni lo había sido, pero había intentado obtener lo mejor de la vida, y jamás había tenido problema en tomar como esposo a un hermoso príncipe inca.

Lorenzo Méndez, bronceado y hermoso, sin ese bigote áspero de los de su raza en aquel tiempo, sino afeitado y hablando palabras hermosas, de madre americana, que había legado a su hijo no su infiel carácter, pero sí su lado romántico ahora se había marchado de la casa familiar y se dirigía con la preciosidad de piel de nieve con que había ido a la cena de los Anderson.

La maligna señorita Jail.

Pero bella, tanto como su altura, pues era como tener una estatua griega que había cobrado vida.

¡Y ella había odiado tanto a Anna, cuando ahora una superior a ella se llevaba a su marido! Su peor enemigo vencido por la perfección, a la cual ella no odiaba, sino que la entristecía. Pero había un lado de todo aquello en que Lesley había vencido.

En el vencimiento de Anna. Lorenzo jamás volvería a ella.

-¿Cómo es su verdadero nombre? ¿El de la nueva querida de tu padre, por quién me abandona?

Joshua respiró. Frunció el entrecejo.

Le había prometido a Axel que no volvería a llorar, pero era tan difícil.

-Luz

-Ah, Luz-dijo ella-un nombre español. ¿Sin embargo ella es….? ¿Cómo?

-No, sus orígenes están en Alemania e Inglaterra-dijo Joshua

-Esta vez no es como las otras, hijo. Tu padre sueña con tener su corazón

-Como con Anna-Joshua se sentó en la cama donde su padre había recogido su maleta antes de irse.

-No-Lesley le miró-Anna le amaba, con Luz nunca lo hará, ella no quiere a tu padre.

-¿Cómo puedes saberlo, madre?

-¿Crees que me mueve el despecho, verdad?

Lesley dejó que sus manos bajaran hasta su vientre.

-Cuando me casé con tu padre te esperábamos a ti-dijo ella-y por eso pago ahora el precio, quizá tú también lo haces, por eso Beatriz ha desaparecido.

Joshua la miró.

Lesley sabía que su hijo no la comprendía. Pero no tenía falta de añadir más sal a la herida, él se vengaría diciéndole algo cruel y ella no lo soportaría.

-¿Han avanzado algo las investigaciones?

Joshua movió la cabeza con lentitud.

-No, nada. Su madre no sabe nada, ni Marjorie, su amiga. En el hotel no dejó pistas, sus maletas siguen allí. La policía se está encargando.

-Si quieres puedes venirte aquí, conmigo

Lesley se sentó en su tocador, intentando averiguar con qué clase de maquillaje podía tapar aquella expresión sombría que veía en la cara de anciana.

Había envejecido más de lo que le convenía.

Después de tantos años, la dejadez, la vida holgada y sufrida la habían hecho refugiarse en lo que realmente quería comer, en no mirar lo que le sentaba bien o mal. La cocinera simplemente cocinaba lo que la señora mandaba.

La señora traía la compra. Ostras, calabazas, patatas, carne, verduras, todo tipo de chocolates y postres cremosos, poca fruta, muchos frutos secos, vinos...comía sin privarse de lo que deseaba. Hasta en la cama comía helados, pasteles en bandejas de plata sobre las que más tarde lloraba al no poder subir los vestidos que día a día iban quedándose más pequeños. Lesley había dejado que su cuerpo engordara, ya no tenía a nadie para quien ponerse hermosa. Y para ella misma mucho menos, cuando no era sino una lombriz que había engañado a Lorenzo un día de primavera hacía más de 20 años vilmente y ahora lo pagaba.

Anna, la misma que la había ayudado con eso fue de alcahueta a furcia de su marido. De furcia a amante protegida y ¿ahora?

El amor de Lorenzo le era arrebatado incluso a ella.

-No me consuela que Lorenzo haya dejado a Anna

No lo hacía. Dentro de ella pensaba que de compartir su amor, por lo menos con la de siempre. Cambiar sus odios ahora era pedir demasiado. Había pasado mucho tiempo. Su alma había envejecido aún más que su cuerpo.

Lesley maquilló su cara, hasta parecer una prostituta de esas que tanto le gustaban a su marido.

-Mira a lo mejor así tu padre vuelve, sácame una foto-se puso de pie

Pero Joshua no vio a su madre, solo vio a un pobre fantoche, con sobrepeso donde antes había habido armonía, un alma pisoteada por los años, un vino pasado de época, tanto, que ya nadie podría beberlo. Vio en ella algo más que a ella misma, vio lo que sentía.

El carmín corrido, las mejillas blancas.

Vio a una geisha rota, a una detestable mujer que no era nadie sin su hombre.

Sus ojos no pudieron con tanto dolor.

Axel abrió la puerta lentamente:

-¿Jefe?

-Sí, Axel, pasa-dijo Lorenzo poniendo sobre la mesa el periódico

-Ésta es la edición que presentaremos, por supuesto hemos tenido que cambiar algunas cosas.

Axel tomó el periódico. Vio el título bajo las letras hilvanadas con cruces de cementerio, con Cristo, con una especie de criatura encapuchada frente a él.

"La tumba de la ninfa Bellaria: Su Voz"

Luego salía en el reportaje todo cuanto habían visto u oído, pero narrado de una manera extraña, como si fuera un cuento de terror. A medida que leía Axel se preguntaba a sí mismo qué era lo que traía después.

Era como una novela gótica de poca tirada….

Frases como "Lo que no puedes evitar, eso es lo que sucedió", o "Hipnótica, lejana, aquella voz presente en nuestra grabación insistía en que….", "te pasará…", "la dueña negaba con sus palabras, pero con sus ojos afirmaba". El texto estaba escrito con letras de corte gótico y sobre ellos la foto del túmulo, de los jardines, de la cueva, y una de Eva en la última instancia en la que se mostraba de lado, extraña, como de mal humor.

¡No parecía uno de sus casos, sino una revista para atrapar! Había algo y oscuro en todo aquello. Pero como si no lo supiera…

Cuando leyó esta última frunció las cejas.

-¿Así es como definiremos a la señorita Jail?

-A Luz no le importa-dijo Lorenzo tosiendo antes de encender su pipa

-Me refiero a Eva Jail

-A Luz no le importa-repitió Lorenzo

-Ya veo-dijo Axel-y sin embargo aquí hay muy poco del texto que yo te he pasado-dijo Axel-mi texto era un texto periodístico, no una novela de tirada barata.

-Pero te he observado leer el artículo-dijo Lorenzo-apenas has dudado en apartar los ojos, y cuando has visto los ojos de Eva menos. Y por Dios ¡qué ojos tiene esa chica!

Axel miró su rostro.

No se podía creer lo que estaba pasando.

-El artículo promueve el morbo. Será un milagro si la casa de esas buenas mujeres no acaba llena de locos en apenas un par de horas y si alguien en Los Ángeles no tiene un periódico.

-Tenía razón Luz, este caso es nuestro mejor reportaje-dijo Lorenzo-por cierto quería comunicarte en persona algo que no podía esperar.

-¿Qué señor?

-Me voy a divorciar de mi mujer, de Lesley-dijo

-Ya veo

Axel se sirvió una copa, y otra para el jefe, que sin responder la aceptó y la apuró de un trago.

-Supongo que tenía que ocurrir tarde o temprano-dijo Axel

-Parece que los has encajado mejor que Joshua

-Hay cojas que simplemente no se pueden encajar, pero se han de respetar-el alcohol cayó por la garganta de Axel como si fuera una medicina, cerró los ojos.

-Tú eres un hombre hecho de sangre y viento, como yo, Axel. Es por Luz que siento lo que siento. No porque me haga sentir como un semental, que mi cuerpo haya podido recuperar algo que sentía ya perdido, se trata de algo más. Es algo como si….como si ella supiera lo que de verdad quiero antes que yo mismo.

-¿Cómo logra ese poder? ¿Eso es lo que quieres saber, jefe?

-Sí

El jefe clavó sus ojos con atención en el rostro Hollywoodiense de su mejor fotógrafo.

-Hace mucho tiempo que no he sentido algo así. Mis últimos amantes no me han dado nada, me lo ha dado una mujer extraña. ¿Te ha contado algo Luz?

-No-dijo Lorenzo

-Es extraño, creí que la mayoría de gente se dio cuenta en la fiesta

Pero Lorenzo ni siquiera pestañeaba, sabía que ese no era el punto. Lorenzo no comprendía lo que había pasado, estaba perdido en Luz Jail.

No tenía ojos no para ver a su hermana.

Sin embargo Axel se sentía como anestesiado. Su mente estaba enfadada, pero no sentía el mal humor afluir a su piel como siempre sucedía. Se ajustó la corbata.

-¿Quién es la persona que te hace sentir algo?

-Es Eva Jail-dijo él-fue la que me robó el coche

-Oh, ¡ja, ja, ja!

Su risa era sincera, pero había en ella algo extraño. Era como si no fuera consciente de aquello que estaba sucediendo. Como si no supiera del dolor que seguramente había creado para su esposa al dejarla definitivamente o si la ausencia de Beatriz, su futura nuera no le afectara.

-Es algo propio de ellas, supongo. Luz es tan hermosa, es como un sueño. Pero ni siquiera ella podía apartarse de la presencia de esa hermana tan rara suya. Y ahora veo que a ti te afecta de igual modo. ¿Es por Bellaria?

-¿Por la ninfa muerta, la que han de resucitar?

-No la han de resucitar, la han de honrar, y hoy comenzarán los primeros grupos

-¿Qué?

Axel entonces recordó las palabras de Eva, pero se negaba a que todo fuera verdad.

-Es el canto triste del cisne-dijo

-¿Qué quieres decir?

-Que ya ha comenzado la parte triste de esta historia, Lorenzo

-¿Lo dices por mí?

-Precisamente, esto tendrá consecuencias

-Los grupos que irán serán formados por siete personas, el número mágico de Bellaria. Siete de siete serán antes del gran Despertar-los ojos de Lorenzo se pasearon alrededor del despacho.

-Entiendo-dijo Axel-¿y el artículo?

-Escribirás más sobre la mansión Parejo-dijo Lorenzo-así que irás a ver a Luz

Axel miró hacia el suelo.

Obviamente había pensado en todo. Algo no iba bien con Lorenzo, no estaba actuando bien.

-¿Qué pasa con Joshua?

-La policía está detrás del paradero de la chica, le he dicho a mi hijo que me mantenga informado de todo-dijo él tomando el periódico-ahora ya te puedes ir a trabajar, Axel.

-Sí, jefe

-Ah, por cierto, Axel. Dentro de dos semanas Luz y yo haremos un brindis por nuestra nueva casa, naturalmente estás invitado-dijo Lorenzo.

Al encontrarse con la mirada severa de Axel supo que éste no estaba contento.

-No dejes que tu amistad con mi hijo te ciegue, Axel. Eras el mejor-dijo Lorenzo-nuestro trabajo nunca debe de mezclarse con las pasiones, tú una vez me lo dijiste, mejor que nadie supiste definir lo que era necesario para un buen fotógrafo o periodista.

-En este caso no solo estaremos involucrados nosotros, me temo-dijo Axel antes de irse

Así era.

Las letras de aquel artículo eran como éstas, como éstas.

A nadie pasaban desapercibidas, ni a ti, ni a mí.

Anthony, el alcalde leía detenidamente el periódico, contento con el resultado. A su lado, su esposa devoraba el artículo.

La hipnosis escrita estaba surtiendo efecto. Luz tenía razón, apenas había cambiado algunas palabras, el tono de la narración y la visión, contando un cuento real, oscuro y misterioso en el que los protagonistas eran dos intrépidos periodistas, y una misteriosa mujer que les había abierto las puertas hasta la perfección del olor de una flor, hasta Bellaria.

La gente pagaría cualquier cosa por ver la perfección, por sentir la voz maravillosa que el periódico Lo Extraño decía que poseía, ellos la querrían ver de verdad.

Y así fue, atraídos llamaron más de siete a la redacción, quien los puso con los hombres del alcalde, con su madre, Sofía.

La anciana cogió los recados con voz siniestra, pero así la tenía.

Luego esas personas llevaban al principio un poco de dinero, no más de 100 dólares, y más tarde sería un poco más, hasta que dieran todo cuanto tenían para gloria de su vida y la de Bellaria, aumentando su culto, construyendo al lado de la mansión Parejo otra, donde cuando dieran los fondos irían las sacerdotisas y sacerdotes viviendo en clausura total, hasta que algo ocurriese. El misterio de Bellaria continuaría atrayendo a más y más deseosos de creer gracias a la narrativa diabólica, el poder diabólico de las palabras y las fotos perturbadoras de Eva.

Pero Eva estaba lejana.

Aunque en la mesa, junto a ella la sintiera Luz.

No era ella, era lo que quedaba de ella para darle.

El teléfono de Axel sonó a la hora de comer.

Pero él no se puso, era casi como si pudiera adivinar quién estaba al otro lado. Afuera, comenzó a llover suavemente. La nieve apenas llegaba a nada en aquel invierno, pequeñas telas que caían sobre el suelo para convertirse en agua fría.

Las cortinas del piso de Axel temblaron, mientras el teléfono sonaba.

El sonido era insoportable. Eva comenzó a buscar por entre los cajones, las estanterías.

Tenía un cuadro colgado, con una novia cuya cola caía al fondo de un acantilado, en el que pequeños tritones del mar salían para cogerla. Ella los observaba desde arriba.

Sus discos estaban a un lado, y su máquina en otro, junto al sofá.

Tenía la casa dos pequeñas habitaciones, y una pequeña más para el recogimiento espiritual e intelectual del fotógrafo. Ella entró y hurgó entre los cajones.

Pintauñas, sonrió.

Colonia de hombre, bolígrafos, una brújula, cantimploras que apestaban a alcohol. La caja fuerte al fondo.

La miró, pero no podía abrirla. Ahí estaría la joya.

El teléfono volvió a sonar.

Ella se puso.

-¿Diga?

-Buenos días ¿está Axel?

Una voz de hombre, dulce, que ella conocía de sobra. Aún así había decidido luchar, prueba suficiente de que era amor verdadero. Por alguna razón se alegró.

No era por la poca o la mucha bondad que hubiera en su alma por lo que se alegró de encontrar algo puro, si no por la pequeña sorpresa de que apareciera allí y en aquel momento. De un sórdido acto como el que estaba relegado a hacer surgió la más deslumbrante de las sensaciones, algo limpio y puro.

-El señor no está-dijo ella con voz neutra

-¿Quién eres? ¿Le podría dejar un recado?

-Soy solamente la señora de la limpieza

-Soy Laurio, soy su….

-¿Sí, señor?

Un silencio, y de pronto, una pregunta imposible.

 - Soy un amigo-dijo una voz -¿Estás casada, eres interna?

-¿Perdone el señor?

-Es para que le dejes un recado de mi parte, tiene que recibirlo pronto.

-Si señor y tengo cuatro hijos, déjele el recado al señor estoy a punto de salir, tengo que llegar a casa, señor.

-Disculpe la pregunta, señora. Y siga con su trabajo. Adiós.

La voz sonaba triste de igual modo.

De todas maneras no era su lucha, sino la de ese hombre.

Eva colgó el teléfono y sus pasos se perdieron buscando en cada cajón.

La casa de Axel era simple, pero hermosa. Encontró singulares objetos. Discos, fotos de su hermana y él en su más tierna infancia, con una especie de pantalón corto en el caso de Axel y un pelo rubio que brillaba y que no obstante se había transformado.

Tenía cigarros, perfumes, incienso…

Incluso una galería de sellos había coleccionado. Fiel filatélico, amante de revistas de desnudos, sucio hombre.

Vio la galería de pelotas de beisbol.

Luces, un árbol de Navidad hermosamente decorado. Las camas estaban hechas, la casa limpia. No había comida, más que naranjas y fruta.

El libro que estaba leyendo era Cyrano de Bergerac.

El siguiente sería algo sobre el universo.

Grandes sueños para un hombre sumido por el vicio, pero no cegado por él.

La joya estaría en la caja fuerte. Pero aún no era el momento. Debería de saber la combinación, no tenía más remedio que averiguarla, o hacer que él se la entregara.

Sería más bien difícil. Su hermana Luz subestimaba el poder de Axel, su seguridad, su fuerza. No era un hombre débil aquel que en una ciudad como Los Ángeles tan llena de prejuicios se mantenía independiente de su familia y lograba alzarse como enseña de aquel que es respetado al seguir su propio camino.

A juzgar por su casa un camino en el que las bajas pasiones le habían desarrollado el don de la imprudencia, pero eso era parte del trabajo.

De pronto vio algo sobre la mesa.

Eran fotos de ella.

Estaba con el pelo rojo, los brazos cruzados, en el porche.

¿Cuándo se las había hecho? A juzgar por los dedos que la marcaban había cogido la foto y tocado la parte de su rostro.

El incienso estaba por todas partes.

¿Es que practicaba Axel algún tipo de magia, o tal vez protegía su casa?

Es de esa raza de hombres

Eva se fue como vino, bebiéndolo en el vaso que encontró.

-Ah

Era extraño, pero sabía a naranjas. Pero dejó algo en el ambiente. Debería de haberlo eliminado.

Nardos, esos nardos. Tardaron en desvanecerse en el aire.

A pesar de que ya estaba preñado con el olor a naranjas e incienso.

Esa noche la función teatral acabó más tarde de la hora, una de las actrices había tenido que ser reemplazada.

El joven teatro estaba lleno de gente.

Eva había ido con un largo vestido rojo y zapatos altos, deseando ser atrapada por la trama. Soñaba que alguno de los actores miraran para arriba, se dieran cuenta de que ella estaba allí, pero nunca ocurría.

¿Cómo sería la vida en el teatro?

No en la actuación, pero trabajando en los efectos, o en el grupo de una estrella.

Como el circo, aún recordaba la primera vez que el circo la había deslumbrado…

Una vida para escapar, en el fondo eso buscaba. Su próxima cita secreta con el señor Anderson se reducía a eso.

El plan de Luz iba a suceder, pero ella lucharía sus propias batallas. Se iría alejando de ese monstruo que estaba por venir, de ese gran cambio que su hermana buscaba. Debería desembarazarse de ese apellido que le había tocado sin que ella lo buscara, cuando todo lo que hubiera deseado hubiera sido una vida normal con su hermana.

Al decirle que no al apellido lo haría también a su influencia. Pero ahora no podía hacerlo, requería tiempo el gran ideal que se le antojaba para los años que le quedaran. Por eso no podía dejar de pensar en la hermosura de una vida bohemia. El teatro era pesado, quizá trabajando en un circo, como ayudante de un artista, en el maquillaje, el vestuario.

Quizá leyendo la buena ventura a las gentes. Eva sonrió.

Se vio por un momento…una bola verde, del cristal de la esperanza y sus poderes sobre él, mintiendo diciéndole a la gente lo que quería oír por unas monedas, pues vería soledad, muerte y desamparo y debería decirles que una princesa les sacaría de la vida monótona a los casados y que un gran amor cambiaría su destino, para siempre en el caso de las solteronas.

Maldita gente.

No, que va. Debería tener un trabajo que la alejara de allí, de mentir a las personas, de hacer lo que Luz se proponía.

No odiaba al mundo más que a su personalidad, cansada y decepcionada.

Eva vio la tragedia, vio el amor cuando ya se creía que se había perdido para volver a morir en escena.

Cerró los ojos y recitó de memoria los versos, siendo transportada al mundo de quimeras en las que caminaba por una calle ajena, en Italia, perdida su noción del tiempo y de quien era. Buscaría al amor de su vida por las calles, pero sabía que no lo hallaría.

Para ella el amor era ese gran desconocido que tantas y tantas veces se había acercado pero que solo pocas la había tocado. Había amado, en efecto, pero nunca había durado demasiado. Luz era la amenaza, así como al abrir los ojos en esta ocasión lo haría en un mundo en el que ella estaría.

Pero ahora no estaba, la noche era suya.

Se perdió en la trama, en el último acto y bebió oporto. Una gran copa.

El brebaje la hizo sentirse flotando. Sus labios rojos sonrieron ante el aplauso final, viviendo en cada última frase, pero ya ansiosa ante el próximo encuentro con Anna.

Los dados habían sido echados.

El pelo rojo de Eva estaba recogido en una doble trenza. Un peinado extraño que no iba para la época. Ella era como un rayo de luz atrapado en la belleza del teatro. Los sitios que quedaron vacíos mientras ella ahí estaba, la contemplación de los corrillos del público al ponerse el abrigo negro al salir, observó a la gente como quien observa lo que podría haber sido. Pensó en sí misma, sola, elegante, hermosa.

En esa extraña sensación de lealtad a Luz.

¿Por qué, por qué la amo así?

Su amor no era sano, y ella lo sabía, como sabía todo lo demás.

Había en su fidelidad una traición que no quería llamarse así misma de tal modo, pero que retumbaba en sus oídos como si fuera una masa de aire a punto de ser metida en un cañón de la época de Napoleón para ser rasgado por el ruido de la máquina. Un aire que parecía querer extenderse por toda la habitación.

Sin duda notaba la mirada de muchos sobre ella. Pero no era suficiente.

Algo en el aire del teatro la atraía tanto como la repelía. Al término del último acto tocó con la mano la luz de arriba.

Se iría ahora.

Eva salió y comenzó a caminar por las calles de Los Ángeles.

Su abrigo iba sacudiéndose a cada paso, dejando a la vista el largo vestido rojo de noche.

Tengo que parar, se dijo, pero no lo hizo. Su última charla con Anna había sido como un viento de aire fresco. No había tenido tanta felicidad desde que...

Se paró en seco, y miró alrededor.

Alguien la estaba leyendo, podía sentirlo.

-Luz....

A sus espaldas la voz enrudecida de su hermana daba paso a la de su hermano.

Así que eres tú.

-¿Estás de caza?

Eva clavó sus ojos en el edificio de frente. Allí estaba.

Tras ella.

-La ciudad, brilla, hermana

-¿Y tu grupo, tu culto?

El caballero de mirada oscura y sonrisa blanco cruzó la calle. Eva enmudeció.

¿Cómo se había hecho poderoso tan pronto? ¿Cómo aquel hombre tan alto y esbelto había surgido del cuerpo delicado y armoniosamente de su hermana?

-Están reunidos-dijo Luz

-No toques a ninguna chica-dijo Eva

De pronto su hermano saltó de la acera hasta donde ella estaba, y los dos se miraron con fuerza. Cada uno en la fría noche podía sentir la fuerza vital del otro, el frío, el humo de sus respiraciones. Eran realmente hermanos.

-No sobrevalores mi amor por ti-dijo él-te esperaré pero no será para siempre

-Y tú no infravalores mi determinación-dijo ella

Luz sonrió.

Eva tenía valor, pero muy poca imaginación.

-Ni te imaginas lo que ella te haría, Eva-dijo su hermano empujándola con fuerza contra la pared, tanta que Eva cayó al suelo y tardó unos segundos en recuperarse.

Escuchó el susurro de su hermano entre las sombras.

-No me desafíes, Eva. Ni a las flores, jamás se te ocurra hacerlo. Cumple tu parte.

La sonrisa malévola desapareció de su vista. Iba vestido de blanco y negro.

Eva sintió la presión de su pecho, apenas podía respirar. Su bolso aún en el suelo. Un policía la vio apoyada contra la pared del edificio y acudió en su ayuda.

-¿Está bien, señorita?

-Sí, gracias-dijo ella-ha sido solo un resbalón, un tonto resbalón

-¿Quiere que le pida un coche?

-No, gracias, tengo que ir a un lugar-dijo Eva mirándole

No hizo falta que el cristal viniera a sus ojos. El hombre bonachón asintió con su rechoncha cara. Tenía un bigote poblado.

Vuelve a tu casa, buen hombre

No te excites pensando en monstruos, no te compliques la vida soñando que seres como nosotros siquiera existimos

Le vio marcharse, y algo en sus andares torpes le hizo pensar qué hermoso sería el poseer una vida ordinaria.

¿Qué habría de malo en la vida simultáneamente idéntica de todas las personas sin sus dones, nacidas de padres normales?

Su padre, el marinero, había sido normal. Un hombre inglés, risueño, delgado, pero un lobo de mar.

No sabía más. Tenía familia en Londres, pero jamás la había buscado. Al menos mientras Luz fuera su cabeza de familia no podría.

Luz...su cambio en la Dualidad estaba siendo cada vez más profundo, más fuerte y poderoso. Bellaria estaba comenzando a hacerse con todo el poder.

Sin duda el dinero ya estaba fluyendo, y con él las flores. No las de oler, las de verdad.

Antes de llegar a la casa de Anna se paró en seco, con las dos manos en la boca. Sabía perfectamente lo que su hermano había querido decir.

Las flores las había plantado, una por cada cadáver. Ahí estaba la pista principal.

La policía debía saber que Luz era quien lo había hecho. Pero lo que significaba...cada mujer muerta estaba al lado de flores.

Siempre había una nueva trasplantada. Una roja.

De su invernadero, por eso se habían terminado, cada día parecía haber menos. Las flores de Eulalia, traídas de la mismísima Alemania por Eva.

En un viaje largo y retorcido, cuando su hermano había comenzado a nacer en aquel cuerpo hermoso de mujer, pero inconformista que era de Luz.

No solo asesinaba para poder tener el poco amor que Luz le daba de manera indirecta, en su imaginación, sino que lo hacía en consagración.

Maldito monstruo

Entonces supo que tendría que deshacerse de su hermano, para que su hermana realmente fuera libre.

Y ella en aquel siniestro juego, jugaba la peor parte. Pero por muy oscura que fueran las noches de Los Ángeles en aquella ya tenía en qué entretenerse.

Llegó al prostíbulo y mandó llamar a Anna, pues se negó a entrar en la casa del pecado. La esperó en donde los arcos. No quería que ningún borracho o rico disfrazado de paisano la tomara por una prostituta o afirmara haberla visto allí. Su rostro ya no era anónimo después de la publicación de ese mismo día.

Tuvo que sacar su foto. Puñetero Axel.

-Ah, querida-Anna llegó antes de lo que ella esperaba.

Traía un largo abrigo de piel de malta. Eva la reconocería en cualquier lugar.

-¿Regalo de Lorenzo Méndez?

-Regalo de Lorenzo Méndez-dijo Anna tomándola del brazo

Un grito de mujer diciendo "¡Ah, que animal!" se filtró entre las ventanas abiertas ligeramente con la rosada luz. Las cortinas vaporosas impregnaban dentro el aire peguntoso de frío, así lo sintió Eva.

-Mis chicas son muy educadas, son los que vienen quienes no lo son-dijo Anna observando el grado de fascinación que su burdel ejercía ante los ojos de Eva.

La cogió por el brazo y la hizo moverse.

-Vamos, Eva. Iremos en coche-dijo ella-San Pedro está lejos.

Eva la siguió ceremoniosamente.

-Ojalá lo que hagamos dure hasta la madrugada

-Oh, así será-dijo Anna

-¿No soportas estar en tu negocio?

-Quiero retirarme, sin Lorenzo no soporto estar en esa casa, sabiendo que ya no quiere volver. Me ha enviado un mensaje, todo un caballero. Me han dicho que su esposa está destrozada.

-¿Lesley?

-Sí, ahora se hace la doliente. Dice que tu hermana es un monstruo, que es mucho peor que yo-dijo Anna

-Esa mujer no tendrá un buen final-dijo Eva apretando las manos contra el cristal

-Querida, no te hace bien hablar de tu hermana, y a mí mucho menos, por favor cambiemos de tema. Hábleme de la obra de teatro.

-Ha sido espléndida...

Anna conducía rápido, tanto que era como si estuvieran viajando hasta las estrellas en vez de al puerto.

-¿Quién ganaba al final?

-¿Es que acaso todo tiene que ser una lucha?

-Siempre-dijo Anna-en todo momento. Al menos las mejores historias.

-Pues entonces es una historia preciosa, pues ganaban los celos.

-Oh, creo que ya sé cual es-dijo Anna-la mejor. Para las de nuestro oficio no hay ninguna obra que pueda comparársele.

-Y para las del mío -dijo Eva

-¿Y cuál oficio es ese?

-El del ocultismo-dijo ella

-Lo olvidaba.

Dejaron atrás la calle Principal, y la mansión Parejo. Se marcharon lejos, muy lejos.

Anna habló poco de Lorenzo.

Ya poco quedaba por decir de aquel hombre que se moría de risa ante los comentarios crueles de Luz en su nuevo hogar. Era una habitación de hotel que más tarde pasó a ser un apartamento. Lorenzo realmente la amaba. Compró toda aquella planta para ella.

En apenas un día.

Luz se había mostrado muy agradecida.

-¿Me amas, Luz, como yo te amo?

Sentía que estaba gastando el último cartucho quizá, el de una vida que se supone que no debía de vivir. Pero hacía lo que podía con lo que le quedaba, con lo que podía.

Sus ansias y anhelos no podían dejarle hacer más, aunque lo hubiera deseado.

Lorenzo no estaba satisfecho con el rendimiento, aún le dolía demasiado el mal final con su esposa. Pero no sabía qué hacer para evitarlo. Era demasiado doloroso, era un fracaso interior que después de la tormenta y el cenit que Luz le traía hervía en su interior.

Pero ella lo notaba.

-Lorenzo ¿estás pensando en tu esposa aún?

Él asentía, sabía que era absurdo decirle que no a Luz, era como si tuviera un pequeño detector de mentiras.

-Han sido muchos años de convivencia, es un fracaso, el peor de mi vida

-Lo dices por tu hijo, porque su novia ha desaparecido y lo pasas mal-dijo Luz-no sabes cómo acercarte a él para apoyarle después de pedirle la separación a su madre. Sientes que es un mal momento.

Ella se había sentado en el sofá de la entrada. Lorenzo entonces apoyaba la cabeza en el hombro de Luz. Sentía que lo conocía mejor que nadie.

-¿Qué debo hacer?

-Deja que el tiempo sane tu herida, y la de ella. Tú jamás la has querido, Lorenzo. Lo que nosotros tenemos es real-dijo ella cogiendo su rostro entre las manos después.

Lorenzo leyó verdad en sus ojos, y Luz leyó lealtad, por ahora era suficiente. Luego sonrió, sintiendo aquella primera flor que había consagrado para Bellaria. La primera la había asesinado durante el día, la única. El resto por la noche. Fue en una calle oscura, la había encontrado hurgando en la basura.

Se parecía demasiado a Eva.

Tal vez debería de ofrecerle a Bellaria una flor más madura.

La esposa de Lorenzo, así él sería solamente suyo, en cuerpo y alma. No podía evitar pensar que Lorenzo alentado por el extraño sentimiento de arrepentimiento que sentiría por haber abandonado a su esposa dijese que no a su contrato con ella y se negase a aplicar su hechizo a las letras.

Lesley era un lastre, y Bellaria no tenía tiempo que perder.

Hazlo ya.

Pero si lo hago, Eva se enfadará.

Arrasa con ambas, pues, pero guárdame la piel de tu hermana.

No, una sola

Quiero a ambas

Bellaria reclamaba a Eva. Pero Luz nunca se la daría, sabía bien que quería hacer. Solo en el último momento decidirían ambas, pero por ahora querían lo mismo.

A Lesley.

Eva no se equivocaba.

Anna llevó a Eva a una casa de alguien llamado Damiano. No estaba en la ciudad.

Él y su esposa eran los dueños.

Cuando encendió todas las luces y la chimenea, Eva se asomó a la ventana y vio el mar, el gran y lejano mar.

Luego se quitó su abrigo y dio la mano a Anna.

Cuando bajaron, había cientos de cuadros a medio pintar. Con todo tipo de pinturas, de figuras, posados en caballetes unos, en el suelo otros.

-¡Oh, Anna! Es una belleza

-Es un desafío, Eva

Anna se acercó con todas las pinturas y pinceles. Encendió la chimenea del estudio también, y echó champán en dos copas.

La orgía de colores, de su secuestro ante lo desconocido de una mujer a la que encontraba fascinante impulsó a Eva a conocer algo más de la vida que desconocía: la existencia humana y lo extremadamente feliz que podía llegar a ser, o el sufrimiento devenido de la monotonía aburrida de la vida de cualquiera.

Se dejó llevar por el champagne de nuevo, parecía que no bebía otra cosa últimamente. Ella y Anna pintaron los cuadros, dejando que la pintura entrase en sus mentes, dejando que los pinceles trazaran la forma en que ellas hubieran querido que todos a su alrededor fueran. Eva se inventó una hermana, Anna un amante.

Los pintaron, los desnudaron, se imaginaron una época, tal vez que existió alguna vez, tal vez anacrónica y fugaz en la cual ellas fueron felices. Había una casa para Anna, un mágico despertar, mariposas, campo, bosque.

Había para Eva edificios grises, nieve y Navidad.

Había una cruz y una iglesia.

Cerraba los ojos y veía parejas, en todas partes.

Su pintura blanca y negra dejó paso al fin de sus ataduras. Voló sobre el mar, lejos, tan lejos como la gloria de los hombres permite. Su belleza y su fuerza eran nada, eran parte de una búsqueda de la verdad.

La sabiduría cuando nada más quedaba.

-Ese es mi problema, el buscar lo que no existe o lo que deberá de construirse aún-dijo ella a Anna en un momento, cuando cenaron juntas. Pollo frío, patatas fritas.

-¿Y crees que alguna vez llegará a existir?

-Siento que me ahogo buscándolo, pero no. Nunca

Era una renuncia al mundo.

-No quiero ser yo, quiero escapar de este lugar, de esta época, buscar un camino solitario pero mío. El tiempo se me acaba y quiero marcharme, siempre estaré haciéndolo.

-A muchos sitios y a ninguno, ese será tu mundo-dijo Anna

-¿Y el tuyo?

-Mira lo que he pintado, Eva

Anna pintaba al amor, Eva a la comprensión y a la unión de cualidades físicas, espirituales, mentales. Dos anhelos equivocados al estar juntos, pero imposible de vivir el uno sin el otro. Los espíritus, el deseo, el desenfreno de abandonar la metrópolis por unas horas eso era lo que ambas mujeres tenían, lo que ambos seres ansiaban.

Y lo habían hecho.

Eva abrazó a Anna.

-Tus pinturas han sido preciosas, dejaremos que se sequen y luego te diré un secreto.

Eran dos seres rodeados de gente, pero solitarios.

La edad para Anna era una alivio, para Eva aún un peso.

Pero eran dos seres que se necesitaban. Lejos de ellas otro más se metía algo en las venas, mientras esperaba a su amante.

Capítulo 7: Amantes

Laurio exhalaba así su primer gran suspiro de amor. El primero de muchos, tal vez o tal vez no.

Escuchó cómo alguien llamaba a la puerta. Se acercó al piano y comenzó a tocar una melodía corta.

-¡Laurio soy Axel, ábreme!

El devora corazones había llegado. Aquella noche, antes de ir a ver a Luz.

Antes de un trabajo.

Laurio recordaba todas y cada una de las palabras de aquella mujer.

Sabía que portaba la verdad, pero ¿acaso debía de ser esclavo de ellas?

Miró la escultura que había realizado, la del hombre desnudo que miraba a su amante, luego la de la vieja yaciendo a su lado.

¿Un hombre amando a una mujer mayor?

¿Por qué habría realizado tal cosa?

Laurio salió de la cama, y abrió la ventana, que filtró aquella luna blanca, que parecía llamarle. Como si fuera un hombre lobo, como si su fina piel palideciera ante ella.

Se imaginaba mirándola el acto sexual, no podía dejar de parar de soñar con su instinto más primario, era más animal que humano y él lo sabía. Pero siempre había sido así.

Se imaginó al amante ideal sobre él, besándole los labios, los hombros.

Vio un pelo negro, no como el de Axel, pero el hombre de aquel sueño podría haber sido él. Sintió la respiración dolorosamente masculina de su compañero en su nuca al darse la vuelta.

-Te encontraré...-dijo Laurio

Luego tomó el cincel, pero sintió frío y se puso su bata de seda, para buscar la verdad en aquel pedazo de mármol blanco, así esculpió y esculpió olvidándose de su desesperación, de su amor frustrado por aquel hombre que lo había poseído en cuerpo y alma y que ahora parecía querer olvidarse de él.

Laurio dejó que su pelo rojo cayera sobre la piedra, y al igual que Anna y Eva, encontró en esa noche en el arte su alivio, su medicina.

Su medicina, se dejó llevar y poco a poco terminó la obra. Muy pronto podría exhibirla.

Por alguna razón pensó en Eva Jail. Si ella le dejara exhibirla en su casa, delante de la tumba de Bellaria, todos admirarían su arte, y él....

-Él estará allí-dijo encogiéndose de hombros

Si Eva estaba él estaría cuando la exposición se hiciese si Eva y su hermosa hermana daban su consentimiento. En su juventud la dilatada experiencia le había dejado saber que realmente era teniendo a Eva como tendría la voluntad de Axel.

Él estaba en coma, necesitaba la droga que estaba dentro de ella como Laurio la escultura en ausencia de su piel.

¿Acaso Axel deseaba más a Eva que él a Axel?

Se asomó casi desnudo a su terraza.

Encendió su cigarrillo. No sabría decir…Era increíble que todo aquello fuese siquiera real. Que en Los Ángeles la gente fuera tan escéptica. Pero el periódico de Lo Extraño estaba en cada casa, y ahora mismo Lorenzo Méndez se paseaba del brazo de la mujer más hermosa de toda la ciudad y tenía más dinero que un gánster.

Había sido un escándalo lo de la fiesta, pero a Méndez nada parecía importarle. Su hijo estaba sufriendo. Seguro que su novia estaba ya bajo la afilada guadaña del asesino de mujeres.

Los demonios, esos oscuros seres que torturan las almas

Eso era, justo, esos demonios que Axel escuchaba junto a su oído eran los mismos que Laurio sentía ahora. Eran como luces que se encendían y se apagaban en el corazón. Pero Laurio sabía que realmente la vida era como era y que si quería ver a su lado a Axel debía de acudir a las hermanas Jail.

Se imaginó a Eva, desnuda, y a Axel.

Cerró los ojos para evitar sentir las punzadas de celos, de admiración, de horror, de belleza que le atraía y de excitación que bajaban hasta su vientre.

No mentían los poetas, ni los fatalistas. Se podía sentir toda una colección de sentimientos opuestos al mismo tiempo formando figuras tan monstruosas para la piel como para el pensamiento. Figuras que uno mismo odiaría, y que amaría a la vez.

Amor y odio. Pasión y vulgaridad.

Increíbles deleites y gemidos exhalaban de la boca de Axel en su mente, mientras compartía la cama de Eva. Una pierna abierta de ella, que él separaba.

Una bofetada en el rostro de él. Humillación y placer, tormento y rendición. Ella cayendo hacia atrás, con todo el pelo rojo siendo una bañera de zafiro.

Eso es todo cuanto él quiere

Si todos los sucesos que investiga son reales o no, a él no le importan nada. La quiere a ella, como yo lo quiero a él.

Pero como yo me los imagino juntos.

¿Acudiría a su cama alguna vez, podría llegar a desearlo?

Laurio dejó que el humo de su no cigarrillo pero sí cigarrillo le emborrachara. Él pensando en una mujer, pero en verdad no lo era.

Era un Ser, como Axel decía, tal vez todos los seres humanos eran eso, simplemente seres existentes a los que ellos mismos se colocaban la etiqueta de "macho" o "hembra" y se entregaban según los apetitos.

Dios los había nombrado macho y hembra. Pero ¿acaso no era igual, acaso al final del día no se buscaban según los olores, el comportamiento, las palabras?

La idea libre del amor era lo que le había enamorado de Axel, la idea de que todo se puede, de que cualquier cosa es alcanzable. Para él, para todos.

A Laurio la idea de un cuerpo femenino siempre le había repudiado, pero ahora dudaba de todo. Pensaba en salir a buscar a un amante hombre esa noche, pero la idea de todo cuanto adorase Axel sería bueno. Tal vez no podría tener su corazón pero sí su cuerpo.

Aunque para ello tuviera que cargar con esa estúpida idea de Eva, ¿estúpida?

Aún recordaba algo de ella.

Sus palabras, sus palabras.

Estas palabras.

Axel llegó pronto a la mansión Parejo.

Se puso su abrigo marrón, el que siempre se ponía para estas entrevistas.

En la entrada había un grupo de unas seis personas encapuchadas, con unas largas túnicas de color granate.

Luz, encapuchada de negro, le daba a otro también de negro la antorcha que portaba.

Axel encendió un cigarrillo. Las hojas marrones de los grandes árboles que coronaban la entrada a la mansión se negaban a irse, como un otoño marchito que se negara a morir ante el invierno deslumbrante.

Axel miró la procesión, fijándose durante breves momentos en el líder.

-Buenos días, señor Anderson-le saludó Luz, deslumbrante, como la nieve tierna que caía.

-Señorita Jail

-Mi hermana no está hoy, los viernes se dedica a sus actividades-dijo ella sonriendo

-Vengo para que me diga el por qué de este ritual, de todo esto-dijo él

-Entre, por favor-Luz le dejó pasar

Axel sonrió y tiró el cigarrillo contra un charco con el dedo corazón.

Este es el que tanto persigue a Eva, éste es el hombre.

Es distinto, indiferente, debo tener cuidado.

Luz le quitó ella misma el abrigo, y lo colgó. El té ya estaba servido y caliente.

Lo llevó a la salita donde Eva le había recibido.

La casa olía a todo, excepto a nardos. Eva no estaba allí, era cierto.

-Usted pidió este reportaje-dijo Axel dejando su libreta de notas sobre el aparador

-Y usted, Axel, quiere saber la causa espiritual de todo esto-dijo ella-eso es a lo que usted llama razón tan ignorantemente, si me lo permite.

Axel se sentó, y sonrió de lado.

Luz le examinó y comprendió ese aura que todos consideraban superioridad en él. Era tan alto como ella, sino más.

Su pecho era tan ancho como fuerte, y sus hombros eran como los de los héroes griegos de haber existido. No obstante, su belleza varonil estaba envuelta de esa elegancia fría de los ricos, sin duda, derivada de la educación de la que Lorenzo no paraba de hablar, y de todos los deportes que se le daban bien, de los que Axel nunca alardeaba.

Lorenzo Méndez le consideraba el hijo perfecto, lo tenía idealizado. Era hasta calavera, un amante experto.

Luz supo que se encontraba por primera vez ante un rival formidable.

Ese quería arrebatarle a Eva, igual que todos los demás, que la misma Bellaria.

Joshua para Lorenzo era el hijo de su carne, al que amaba con todo su corazón porque la naturaleza y el destino no le habían dejado otra opción.

Pero no al que hubiera elegido, eso jamás.

El amor no era tan desinteresado como el Dios de Eva, su hermana proclamaba.

Eso Bellaria lo sabía bien.

Ella había sido la primera ninfa de su especie en ser abandonada por su compañero, que prefirió a otra.

Había llorado lágrimas de sangre, y el destierro de Edén no fue sino una mota ante el dolor tan largo y prolongado que sufrió.

La que era ninfa, ahora llamada diosa, no era sino la víctima del desamor. Tal vez la primera del mundo.

Aislada en los bosques, alejada de los mortales y desfigurada, quemada todo su rostro completo por los rayos del sol sin filtrar que cayeron sobre la tierra auténtica, el dolor de los pobres mortales, y que mutaron esas lágrimas en cristales que la hirieron para siempre, hasta su muerte, se había quedado alimentándose de las oraciones de los pájaros, el ir y venir de los vientos, la compañía de los animales, hasta que llegó su hora casi.

Ni ninfa ni humano alguno, hasta el último año de su vida habían venido.

Jamás había encontrado Bellaria otro amor. Como tampoco lo encontrarían los pobres desgraciados a los que Eva no amase.

Pero ¿acaso podría aquel hombre de piel lisa, pelo color miel y anchos hombros de atleta ganarse su amor?

Eva había despreciado a muchos amores anteriores, cientos de pretendientes en cada ciudad de Europa que le habían presentado. A Luz no se atrevían a declararse, había algo antinatural en su extensa figura, por más que para muchos sobrepasara a Eva en belleza.

A fin de cuentas, se decía su interior que Eva era mestiza, e mientras que ella había nacido libre.

Ahora Bellaria se levantaría gracias a los sacrificios que Luz y otros harían por ella. Y Bellaria como recompensa la libraría de su mal, de su dualidad.

La Dualidad, así lo llamaría desde ahora.

-¿Quiere usted una pasta?

-Sí, gracias-dijo Axel tomando una

-Puede empezar la entrevista cuando quiera-dijo ella cerrando el libro que tenía en las manos

-Lorenzo está seguro de que la quiere, está preparando una casa para usted

-No será una casa, joven. Será un piso, pero en el centro, ha habido un cambio de última hora acerca de la ubicación-dijo ella

-¿Es porque está más cerca de la redacción?

-Así, es, así vendrá a casa antes-dijo ella frunciendo el entrecejo.

Se había quitado la capa, su largo vestido blanco tenía una cola que parecía de novia, sus largas mangas en campana recordaban al de una princesa medieval.

-Usted está en mi contra-dijo Luz

-No lo estoy de usted, no es nada personal-Axel sonrió con la profesionalidad de un actor de cine-pero los lectores querrán saber todo acerca de usted, y si se va a casar con Lorenzo esto será una gran primicia.

Luz sonrió.

Había entre las dos sonrisas una tensión latente, que ambos sentían pero ninguno dejaba salir.

De pronto los ojos de Axel fueron hacia una figura, era un cristal blanco que entregaba destellos azules sobre la mesa.

Luz también lo vio. Eva se lo había dejado sin querer.

¿Sabía acaso que él vendría, se lo dejó como aviso?

-No dice usted nada-dijo Axel rompiendo la tensión sobre Eva-así que lo admite, se casará con Lorenzo.

-Esa es la idea, sí-las largas piernas de Luz se cruzaron, pero él no la miro, escribió y escribió.

Tiene la resistencia del caballo ciego, no se quema porque no mira

-Siento que su esposa Lesley esté sufriendo, y que Joshua también lo haga.

Axel la miró, y ella abrió sus manos blancas, desplegando los dedos.

-Yo me he limitado a enamorarme de su marido, pero las consecuencias han sido mayores debido al estado de Lorenzo como padre de familia, eso puedo entenderlo, así como el odio de la mayoría de la gente hacia mí.

-Se les pasará-dijo Axel haciendo uso de toda su diplomacia-nada más que haya otra portada jugosa, por ejemplo cuando cojan al asesino de chicas.

Algo en Luz la hizo despertar.

Los ojos oscuros de Axel posados en ella, su lápiz haciendo ese continuo y poderoso traqueteo al escribir sobre el cuaderno, torpemente apoyado en su regazo. Vio las ojos rojas sobre las piernas gruesas de la última víctima, sintió la palabra "Edén" pronunciada en su distancia, un cristal dejado en aquella mesa aposta, la tumba de Bellaria temblando.

Ya estaba volviendo, y ese hombre Axel ¿acaso sabía algo?

La estaba amenazando, ella estaba segura, él se olía que el asesino tenía mucho que ver.

-Sí, Joshua está roto-dijo ella-¿cómo va la investigación sobre su novia?

-Beatriz aún no ha aparecido-dijo Axel-pero todos están muy preocupados, en cuanto acabe con esta entrevista me iré junto a él.

-Como su madrastra estoy muy interesada en ayudar, por favor dígale que cualquier ayuda que pueda prestarle para mí será un honor. Quiero entrar con buen pie en su vida, ya que siempre voy a estar ahí. Y me duele profundamente lo que está pasando.

-Gracias por su interés, señorita-dijo Axel-así se lo transmitiré.

Luego, el silencio, y finalmente.

-Ahora hábleme del rito a Bellaria-dijo el periodista

-¿Tiene usted carnet de periodismo?

-Sí-dijo él

-¿Y por qué conformarse con hacer fotos durante tanto tiempo?

-¿Por qué no? Ya hay suficiente gente que no se conforma por cómo son, quienes son, de donde vienen, hacia donde van, lo que logran. ¿Por qué habría de ser yo uno más?

-Es muy justo lo que dice-dice Luz-en cuanto al componente humano. Si uno se conforma no hay sufrimiento, y por tanto tampoco deseo, ansias o ganas de medrar demasiado y no lograrlo, lo que nos llevaría a sufrir. Pero si no optamos a algo más ¿qué importa nada, señor Anderson?

-¿Acaso ese no es el credo de varias religiones?

-Por supuesto, pero su punto de vista puede estar erróneo-dijo ella

Axel asintió.

-En el amor también es malo-dijo él

-¿Qué está usted tratando de decirme?

-Que su principio de Bellaria también afecta al amor, ese deseo de seguir evolucionando, de permitir que otros condicionantes de la vida se vean afectados por él.

-Así es, una persona digna de ser amada por otra no tiene por qué aceptar a un inferior-dijo Luz

Los ojos del joven no se levantaban del papel.

Maldito seas, no sé si lo dices por Lorenzo, por Eva o por mí.

-Hábleme de Bellaria, dígame qué es ella-dijo Axel tomando una taza de té

-¿Está usted enamorado de mi hermana, señor Anderson?

La pregunta le pilló desprevenido, pero el joven no la contestó. Soltó el lápiz con decepción y se centró en el té.

-No la he tratado lo suficiente como para saberlo-dijo

La mentira no forma parte de su persona, ni la arrogancia.

Ahora entiendo por qué es un rival tan fuerte. De haber vivido hace seis siglos el mundo entero hubiera estado a sus pies.

Pero… ¿acaso no lo está ya ahora?

Claro que sí, pero todos somos tan estúpidos, estamos tan ciegos que no logramos verlo, eso es todo.

-¿Está todo el día pensando en ella, no es así? Sus cristales, esos collares de perlas en tres veces que usa con tanta asiduidad, en el pelo negro teñido de rojo. Sus ojos de mar, taladrándole como si quisiera retener su imagen como si quisiese tallarla en cristal fielmente.

Axel sonrió. Era el oprobio, era la lujuria por ella que no escondía.

-¿Puede echarme un trago en el té, señorita?

-Claro-dijo Luz yendo hacia la licorera.

Ese hombre la intrigaba tanto como la enardecía. Sería al primero al que tendría que matar cuando la hora final se acercara, era obvio que jamás dejaría de perseguir a Eva. No se trataba de si amaba a hombres o a mujeres. Aunque ¡maldito hijo de puta!

Luz lanzó una pequeña carcajada, fue sincera, cargada de malicia mientras echaba whisky encima del poco té que quedaba en la taza de Axel.

-Se olvida usted de mencionar su perfume-dijo él-son nardos si no me equivoco

-Así es, veo que es un entendido de los olores, señor Anderson, ¿cómo sabe tanto?

-¿No se lo ha contado Lorenzo?

Axel exhibió su sonrisa más blanca.

Lorenzo y sus historias de Axel. Oh, sí el perfumista francés.

-Estuvo usted tres días en París-dijo Luz

-Así es, señorita, y me quedé con un perfumista que no hablaba una palabra de inglés ni de español, solo de francés. Pero me enseñó lo suficiente.

-Usted conoce el uso de las flores-dijo Luz-¿no le gustaría unirse a nosotros?

-No, señorita, no me gusta perseguir a fantasmas ni a dioses, solo a escribir sobre ellos

Luz sonrió, y le ofreció otra vez la licorera.

Sabía que él no diría que no. Que sería capaz de beber hasta perder la razón.

-Ahora hábleme de Bellaria

-Bellaria es una forma de vida, es una opción. Fue una ninfa a la que amaron, traicionaron y abandonaron. Era hermosa y fuerte, por eso vivió unos años más. En su origen todas las ninfas que eran abandonadas morían nada más que las deshonraban, porque su corazón se partía. En el caso de Bellaria su corazón siguió entero, pero fue su rostro lo que quedó ensombrecido por la ruina y el desdén de aquel ser infernal que tenía como marido y que ya desde el principio de los tiempos la hizo sufrir. El sol filtró su calor sobre su piel blanca, pero las lágrimas que derraman las ninfas son espesas, no son volátiles, echas de agua y sal sin más, como las mortales. Están hechas de componentes flexibles, sutiles, pero que cristalizan con el sol, y al cristalizar su piel se hirió aún más.

-Su sufrimiento debió de haber sido horrible, insoportable-Axel ya no escribía, solamente escuchaba.

-No hay palabras para describirlo, señor Anderson. Solo para hacerlo con su muerte. Antes de que Bellaria falleciera muchos humanos, seres primarios, animales y elementos acudieron a servirla por última vez. Ella dijo que cuando el jardín del Edén pudiese ser construido y ella recuperara su rostro volvería a nosotros para no dejarnos nunca más. Prometió grandes recompensas de amor y felicidad para todos. Luego partió, con la primera hora de la mañana. Por eso nuestro rito a ella es el rito de los seres humanos a la que una vez fue consolada, un ejemplo de algo roto, que gracias al amor se puede recomponer. Pero el amor, tiene también su lado oscuro, Axel ¿me permite llamarle Axel?

-Usted es la prometida de mi jefe, por supuesto que puede

Algo en el rostro del joven la hizo suavizarse. La complació esa respuesta, le mostraba respeto, dignidad.

Axel Anderson. El hombre que tumbaría la poca gloria que Joshua Méndez alcanzara en este mundo.

Axel había nacido de una madre poderosa y amada, Joshua de una pobre y que nunca lo fue. Ni siquiera cuando engañó a ese pobre diablo.

Todos los hombres son pobres diablos, menos los que son como éste.

Inteligentes, reflexivos, los que no tienen escrúpulos y en esta corta existencia toman lo mejor de la vida.

In vino, peritas.

Por eso le daba tanto al alcohol. Terminó al licorera, pero salvo por lo brillante de los ojos nada hacía presagiar que estuviera lo más mínimamente borracho.

-La oscuridad del amor, sí-dijo él-es lo que están experimentando Lesley y uno de mis amantes, Laurio.

-No, al final no lo ha comprendido, Axel-dijo Luz recorriendo el espacio que los separaba con la sutileza de una serpiente-son las víctimas de ese asesino en serio que está muerto las que representan la parte oscura del amor. ¿Fueron violadas?

-No, no lo sé-dijo Axel-pero tratándose de esta ciudad seguramente

Ella se puso en pie, seria y complacida, sabía que se estaba exponiendo, pero era su placer, y su triunfo. Su culto a Bellaria, todo por lo que había vivido todos estos años y todo por lo que luchaba.

-Pero eso es….

-Es terrible, lo sé. Para los ojos de cualquier persona-dijo ella

-Entonces Bellaria ¿aprobaría esto?

-No se opondría, pero depende para qué propósito. Si es para complacer los deseos ruines de un psicópata sexual, no. Ella le fulminaría, le colgaría de sus propias tripas como horca.

-¿Entonces?

-El uso del amor y sus sacrificios están sometidos al escrutinio de la diosa-dijo ella

Axel retomó sus notas, apuntó y apuntó.

No olvidó lo que le había dicho Eva del asesino. De hecho, notaba su cercanía. Seguramente sería uno de esos tipos de fuera, de los que estaban practicando los rituales a esa ninfa extraña.

-¿Los cristales de Eva son las lágrimas de Bellaria?

-Sí

El silencio se adueñó de la sala.

Después, vencido el duelo por el horror, Axel sonrió y le hizo más y más preguntas a Luz. Hasta que todo el ritual de esa nueva religión que venía le quedó claro.

Vio también el anillo de pedida de Luz.

Lorenzo era un novio generoso, quien aún no se había divorciado de su esposa y ya pensaba en tomar otra a su edad. Con el problema que su hijo atravesaba.

Cuando Axel abandonó la mansión Parejo lo hizo de manera diferente.

Si no fuera por el whisky que le había calentado el pulso, no lo habría soportado. Escuchó las imprecaciones de esos idiotas que se creían toda esa estupidez de que Bellaria los recompensaría, pero también percibió que las oraciones eran tan irreales como real toda la historia, y todo lo que Luz le había dicho. Le había dicho que aprobaba todas las muertes de aquellas mujeres si era por un fin justo para su causa. Y la ausencia de Eva había sido lo peor. Axel notó que una parte de él quedó allí atrapada para siempre, en esa mansión oscura y deprimente, y supo que con toda certeza Eva se marcharía de allí muy pronto.

Tenía que hablar con ella cuanto antes mejor.

Capítulo 8: Espejo

Luz se miró en el espejo. Sus ojos grandes brillaban más que nunca.

Se puso las pestañas postizas, mientras a sus pies, pétalos rojos eran encendidos por Paris en sus cuencos.

-Cuéntame Paris, ¿hubo ayer alguna revelación?

-No, señora-Paris fiel a su ama, había arbitrado el primer encuentro con los iniciados en el rito de Bellaria, la diosa de las flores para unos, la ninfa de Los Ángeles para otros. Sentían como si un trozo de esos cuentos de hadas situados en Europa, sin saber por qué realmente….eran traídos al árido desierto compartido por razas y razas.

La audiencia había escuchado el relato de Paris con ganas, con desesperación de saciar una sed que en su corazón pronto se convertiría en una fiebre.

-Todo fue bien ¿cuánto han donado hasta ahora?

-El señor Anthony estuvo aquí-dijo él-le dejó esta carta

La carta era negra, con el sello de la alcaldía.

-¡Ajá, gracias, Paris!

El mayordomo hizo una reverencia y dejó el lugar.

No la miró ni notó nada raro en ella, cosa extraña.

Pero su voz, era como si sus cuerdas vocales no funcionasen. Se flexionaban graves, desagradables. La Dualidad ya se estaba apoderando de ella, por eso supo que estaba cerca la llegada de Bellaria.

Luz cogió la carta del alcalde y la leyó detenidamente.

Los veinte Testigos estarían muy pronto preparados, para el Advenimiento.

Sin duda, y ella sería liberado. O mejor, él.

Anthony había logrado más de cinco mil dólares.

Las palabras de la publicación habían surtido el efecto que esperaba, como era el caso de Luciana Beltrich, la más rica viuda de Los Ángeles, quien ahora se había vuelto a casar por dinero y estaba dilapidando todo su dinero en sus sesiones. Dejaría a este nuevo esposo sin dinero.

Bellaria producía todo tipo de impresiones.

Su dieta, sus perfectos tratamientos de belleza, que habían comenzado a ponerse de moda, y es que Anthony, el alcalde, mercadeaba con cada pequeña esquina o rendija que pudiera. Hombre de mundo, había comenzado en esto del espectáculo como comerciante.

Helados, golosinas, revistas, en una época en que era un milagro tener una nómina respetable y un plato de comida para los muchos pequeños de las familias….

En su pequeño local llamado "Aria" todas las mujeres acudían, para recibir su pequeño cuaderno y ser remitidas a la mansión Parejo.

-Espera, Paris

Luz le llamó por la escalera.

-¿Qué tal fue con las sesiones privadas de belleza?

-Tres mujeres se arreglaron, y seis profesionales las atendieron-dijo él

-Seis profesionales...que sean dos, y hombres-dijo Luz

Dejó a su mayordomo esperando. Escribió unas líneas y le entregó la carta.

-Para el alcalde-dijo ella-necesito que esta noche tenga el nuevo personal aquí

Así era, ya comenzaban las riquezas a fluir, como los sacrificios habían corrido de su mano, y los Testigos que pronto el señor alcalde conseguiría. La veintena.

Sabría esperar.

Escuchó unas risas en la puerta.

Eva había llegado. Toda la noche fuera, sin avisar, sin una sola llamada.

-Eva-la voz de Luz se transparentó tras los pasos sin zapatos de la hermana menor

-Ah, Luz, veo que ya ha comenzado tu circo-dijo ella

-¿Dónde has estado?

-¿Eres Luz o eres....Luz?

Una risotada nerviosa se escapó de los labios de Eva. Pero a la contraluz no distinguía bien el sexo de su hermana. Sí que veía la capa blanca y larga, lista para salir. Y las largas piernas.

-Soy yo-dijo ella-la única persona que vive aquí dentro

-Hermana-dijo ella subiendo y tocando la mano que se apartó del pasamano y se fundió en la sombra

-No será así siempre, Eva. No lo será.

Toda la felicidad que había en su corazón ahí siguió.

Eva la sepultó profunda, muy profundamente esperando que un milagro le permitiera escapar de su influencia pronto. Sentía en su corazón amargura, la de estar atada a esa familia, a esa casa.

Pero por la tarde se reuniría con el señor Anderson. Iba a comenzar algo, algo muy dichoso para ella, impensable para su hermana.

-Anoche estuvo aquí tu admirador-dijo Luz

-No tengo ninguno

-Tienes demasiados, pero debes escuchar. Tenemos poco tiempo, en menos de una semana necesito la piedra de Santa Mónica.

-El cristal

-Sí, ya tenemos cuatro, nos falta ese-dijo Luz

-Si supiera para qué...

-Para proyectar las oraciones y hacer que Bellaria despierte.

-¡Mientes! -Eva palpó con toda la fiereza de su mano la de su hermana-¡Como siempre has hecho, como siempre harás!

-¡Maldita!

De nuevo al rincón. Las manos alrededor de su nuca, impidiéndole respirar.

-¡Esta noche has estado con alguien!-Eva desprendía el olor a nardos

-Dime la verdad-dijo ella

Pero ¿la verdad?

¿La verdad?

La verdad era que estaba destruida. Que veía el fuego en los ojos de su hermana, y algo se comenzó a despertar en su interior helado. La Dualidad ya comenzaba, Bellaria estaba arrastrándose en su tumba. Fue cuando el pequeño terremoto ocurrió.

Fue largo, y duró bastante, pero leve, en la ciudad apenas se desplomaron algunas cornisas y se rompieron algunos cristales de edificios. Aún así, Los Ángeles tembló.

-Los demonios están aquí, hermana. Vienen a por nosotros, a por todos-dijo Luz, en la oscuridad Eva vio como algo se enredaba entre el sol que se había ido, mientras la casa temblaba. Una mano larga y fría la sostuvo por el estómago.

Pero fue en vano, el alcohol que había ingerido le había jugado una mala pasada. Vomitó por el miedo, por el horror, por la desesperación de vivir en un mundo oscuro y sin explicación en el que jugaba un papel principal sin desearlo.

-Te daré lo que quieres, pero déjame-dijo ella

-Si me traicionas estarás traicionando a Bellaria-dijo esa voz anodina y asexuada

Era la voz de la perdición, una voz de condena, una voz antinatural de un ser que se retorcía y cantaba, que se contoneaba.

-Ahora tengo que ir a ver mi nueva casa. Lorenzo Méndez me espera, nos casaremos muy pronto.

Dejó a Eva destrozada, en el suelo.

Su mayordomo el alcahuete sujetándole la puerta a la señora. Ya los grupos se habían marchado. Sin saberlo nadie, Luz se había hecho con la ciudad.

La policía buscaban algo que era suyo, el alcalde estaba de su lado, los dueños de las más prestigiosas publicaciones estaban a sus pies, los gánsteres la conocían por sus entradas en los peores locales de la mano de Lorenzo, la crónica social por ser la mujer que le robó a Lesley Méndez su marido.

Y detrás de ella, bajo su sombra, su hermana.

Aquella pequeña mariposa con ojos de mar, belleza etérea que odiaba quien era, bastaba con ver su rostro. Pero claro, que era una mariposa pocos lo sabían.

El inspector Lynch miró a Joshua a los ojos.

El joven estaba perdido. Había visto a muchos familiares y amigos como estaba él. No había remedio, nada de lo que pudiera decirles les ayudaba.

Si era optimista estaba engañándose él mismo, el hombre tras el inspector. Si era pesimista atraería al abismo más actitudes extremistas de los familiares al enfrentarse a la desaparición de un ser querido y a su posible mala suerte.

-Su novia está en alguna parte, señor. Si está cerca nosotros la encontraremos-dijo el inspector

-No me miente-dijo Joshua mirándole.

Tenía los párpados amarillentos. El no dormir, el stress de tener que volver al trabajo, el miedo, se habían apoderado de él. Ya había entrado en la primera fase de pérdida, a partir de ahora sería muy difícil para él la pérdida. Pero el periodo de negación estaba cerca.

-Si tenemos más noticas le llamaremos, por favor, hijo, descanse.

El joven se levantó y se marchó asintiendo.

Lynch entonces bajó al primer piso, tirando el café con anís en la primera planta que se encontró. Ese brebaje era inmundo a esa hora de la mañana. Estaba cansado de su joven ayudante.

Decidió enviarle unos días a casa. Luego se lo entregaría a su compañero.

No estaba listo, todo le afectaba. Necesitaba aprender desde cero en este caso para ser un policía mucho mejor.

-Pero señor, todo el tiempo que llevo con usted...

-No, hijo, no insistas. Necesito tiempo para pensar, no puedo cuidar de ti e investigar como yo quisiera-dijo el inspector

Eso había sido todo. Le había transferido al equipo de su compañero Johnson, el maduro policía a punto de jubilarse en el que nadie en la comisaría confiaba.

Su trato de favor con los gánsteres era de sobra conocido. Daba asco.

Pero un jovenzuelo como su aprendiz sí que le estaría bien. Seguiría sus pasos y le vigilaría con lupa. Disfrazaría el interés policíaco con admiración, y le dejaría atados de pies y manos, para no seguir permitiendo el tráfico de sustancias ilegales.

El joven estaría siempre con Johnson, haber cómo vería a sus amigos.

Mientras Lynch llegó hasta la morgue, una sonrisa malévolamente optimista cruzó su rostro.

Allí el forense le esperaba negando con la cabeza.

-Como las otras, inspector

El forense era un hombre mayor. Ya había sido ese caso traspasado a dos forenses más pero ambos se habían ido.

-¿Alguna prueba sobre quién puede haber sido?

-Murió por asfixia, zona pélvica destrozada, violación pero no de la forma habitual-el forense le entregó los papeles.

Lynch se sentó y los leyó lentamente, acercándose finalmente a echar un vistazo a la víctima.

-Buenas noches, querida-susurró

¿Qué pasaba? ¿Por qué siempre le decía eso a cada una de las chicas?

Otros médicos se lo habían dicho, pero hasta ahora no lo había creído. El forense carraspeó.

-Se lo digo a todas, siento que así le importan a alguien, siento por unos instantes que soy su padre.

-Inspector…. ¿es usted soltero verdad?

-Sí, y a mi edad me temo que seguiré siéndolo-dijo él en un hilo de voz

El forense asintió con tristeza.

Ningún hombre debería de ser privado de tener una familia.

Ferviente religioso, no tenía ninguna duda. Y menos aún de privarse él mismo.

A menos que tuviera algún secreto….

Era el forense de aquella especie de hombres que miden el vigor por fertilidad y cuentan la hombría por gestos.

Primario. Con tantos cadáveres su instinto primordial se desataba.

Pocos vivos que no fueran de la comisaría.

-¿Aceptará a su ayudante de nuevo?

-¿Ha estado aquí?

-El joven no se dará por vencido, inspector Lynch-dijo antes de que éste desapareciera

Esa pobre chica…no era posible tanta crueldad. La policía tenía que encontrar al autor, tenía que hacerlo.

Él mismo tenía hijas, él mismo.

Había sido ultrajada pero no había restos de su asesino, de su esencia, solo de los daños. Lynch frunció la nariz al ir bajando. Los complejos dictámenes forenses eran deprimentes.

Con cada uno de ellos una parte de su buen humor se iba desgastando.

-Inspector, por favor -Benjamín debajo miraba a su jefe con ojos como platos-déjeme quedarme con usted en el caso.

-¡No, Benjamín, aún no estás listo!

-¿O tal vez no lo está usted?

Por primera vez le había contestado de manera insolente.

Por un momento pareció que Lynch dudaba, al mirar el informe del forense y el pasillo, luego a él. Pero movió la cabeza, en un momento, acabando con todos los sueños más próximos del joven.

Piensa que no es justo, mira el fuego de sus ojos. Me odia

Pero no puedo hacer otra cosa

-No quiero ayudantes en este caso

Lynch había hablado, a Benjamín le llamó su nuevo jefe. No volvería con el inspector, lo sabía. Cuando llegó a su casa se tomó una botella de coñac entero.

Lo encontraron con un coma la mañana siguiente.

-No es culpa mía-se limitó a decir Lynch

Lo que le faltaba, más problemas y cargos de conciencia.

Fue a verle al hospital pero la madre de Benjamín le cerró la puerta en la cara.

Eso era todo, así había acabado su relación con el nuevo agente de prácticas. Aunque respetaba a los jóvenes detectives había algo en ellos que él no poseía: juventud.

Por eso los odiaba, y haría cualquier cosa para que sufrieran.

Era como si los respetase pero al mismo tiempo los quisiera cerca para reventarlos.

Lynch fumaba puros ahora, desde hacía unos pocos días se había acostumbrado. Tenía los ojos casi salidos de las órbitas por ello, era un sabor diferente y un humo insoportable.

Como todos leía el periódico, todos los que podía reunir, y como todos, tenía dolor de cabeza. Las migrañas eran cada vez más extendidas. En el periódico "Lo Extraño" se llegó a decir el número de pacientes que afirmaban ir al médico para una medicina, y los médicos cada vez atendían a mayor número de ellos. Era como una lacra.

El alcalde Anthony Smith no hacía más que recibir dinero, una fuente anónima estaba haciendo que la alcaldía ahora pudiera construir mejores instalaciones médicas, algo extraño estaba sucediendo en aquella ciudad. Pero Lynch lo averiguaría.

En poco tiempo se daría cuenta de que no conocía al mundo, como siempre jactancioso decía, sino que lo creía conocer.

En la penumbra, Inno tocó las manos de Beatriz.

-Han pasado estos días-dijo él mostrándole sus dedos

Había entre ellos una extraña membrana que se contrajo hacia la parte baja de la mano cuando ella se fijó mejor.

-¿Qué ha sido eso?-le preguntó Beatriz

-Ha sido reflejo de la luz-dijo él

-No, no me engañes. No eres como los demás hombres-dijo ella

-¿Cómo soy entonces?

Beatriz sintió que algo le recorrió la espalda. Era como una sensación de frío.

Presentía que lo que él le diría acerca de quién era realmente sobrepasaría el horror al que estaba abocada en aquella cárcel.

-Eres diferente-dijo ella

-No soy de esta ciudad-Inno la atrajo hacia el agua

-¡No, por favor, no me lleves hacia el agua sucia!

-Solo quería calmarte-dijo él

Ella miró a los otros, parecían resignados. No gritaban, no golpeaban la puerta como ella, no se metían en el pequeño y sucio agua de las apestosas cañerías a gritar que cómo se atrevían primero, que si sabían quién era su novio, segundo, y que por favor la liberaran que ella era inocente, lo tercero.

-Te preguntas por qué no te hacen caso-dijo él

-No es eso, yo…no entiendo por qué no luchan.

-Ah, eso

-¿Qué quieres decir?

-Que dentro de muy poco tiempo al darnos cuentas que nuestros gritos y escándalos no sirven de nada, que no nos liberaran también dejaremos de hacerlo.

-¿Entonces por qué me has cuidado?

Beatriz no lograba comprenderlo, aquel ser deforme la miró con sus grandes pupilas y torció levemente la cabeza.

-Lo necesitabas-dijo él-hubo un tiempo que los de mi pueblo ayudaban a los tuyos

-¿Cómo?

La necesidad de tener que sociabilizar se estaba comenzando a abrir paso ya en Beatriz, de modo que tenía la locura o hablar con este compañero de prisión. Lo sentía en los huesos, por eso escogió esto segundo, lo cual tampoco significaba un gran sacrificio, dado que en realidad estaba curiosa ante su historia, de donde procedía realmente, por qué la ayudaba.

Era fascinante.

Aún estando en una prisión inmunda de un depravado. Era fascinante.

Inno comenzó:

-Hace mucho tiempo los hombres eran buenos. Pescaban para ganarse la vida, para comer. Mi pueblo y yo les solíamos ayudar. A los marineros más humildes sobre todo. No a los otros, a los que podían pagar a muchos otros para que pescasen por ello.

-Pero yo….

-Sí, sé que no eres de aquí, pero eres una humana, como ellos, a los que mi historia se refiere.

-¿Humana?

Inno sabía que sería el momento clave. Si quería escucharlo se salvaría, si no, pasaría a ser un espectro, como los otros que llevaban más tiempo allí.

Sus ojos grandes se clavaron en los de Beatriz, que se alejó un poco.

La joven sintió frío y luego al final de unos instantes de reflexión dejó que la decisión se tomara sola:

-Sigue-dijo ella

-Los tuyos eran hombres fuertes, hombres buenos. Los de esta parte de la costa al menos. Allí me capturaron cuando venía de mi casa.

Su casa, ¿acaso llama su casa al mar?

Aquella alcantarilla engendraba horrores.

La piel de Inno se había transformado en grisácea.

-Es por la privación de la sal-dijo él

Beatriz comenzó a pasar la mano por el tronco del preso. Su piel era áspera, pieles escamosas latían sobre su pecho. Era cierto….

Pertenecía al mar

-¿Qué sucedió?

-Siempre le dábamos premios a los que más se lo merecían, pero el orden de las cosas fue alterado. Nuestra princesa se enamoró de un marinero, y juntos tuvieron una hija, a la que su madre trató de….bueno de destruir.

-Su madre-Beatriz repitió suavemente.

Era la historia de su vida. Una madre en medio de su camino, una bruja.

Sus ojos se hincharon con lágrimas, pero Inno continuó.

-La salvó una criatura que no es demonio ni humano, ni de mi pueblo ni del otro, es una criatura deforme de las hadas, nunca nos quedó claro. Pero se quedó con la hija de nuestra princesa, y ahora queremos que vuelva a nosotros.

-¿La chica querrá volver?

Inno supuso que de nuevo la histeria había asaltado a Beatriz.

Tal vez no debería de haberle contado su historia, pero sin ella ambos habrían enloquecido de soledad.

-No lo sé-dijo Inno-yo iba a buscarla.

Beatriz al final se apoyó en la pared.

A mí no vendrá a buscarme nadie, Joshua ni siquiera sabe que estoy aquí.

No hay nadie más miserable que yo. Sin talento para despertar el interés de otros, sin futuro, sin dones, sin contar con el amor de nadie en realidad.

¿Qué pasaría con Joshua? Se cansaría de buscar a su chica mexicana, y se casaría con otra. No lucharía contra el destino.

Beatriz se puso a llorar, dejó que su cabeza descansara sobre sus rodillas.

-No te sientas herida, amiga, tú no eres a quien busco, no te pongas nerviosa de nuevo

-No estoy nerviosa, Inno-dijo Beatriz-sino triste, siento una gran tristeza en mi interior.

Inno la abrazó.

Tras ellos los platos con cocido mal cocinado echaban humo aún.

Les habían pasado la comida hacía unos minutos, pero ninguno había tenido estómago para comerla.

Beatriz lloró en los brazos de Inno. El cuerpo de la criatura le causaba repulsión, era un cuerpo de moribundo, de anciano, con pieles que colgaban, que parecían más de pez que de hombre, y su apariencia extraña parecía un disfraz. Los ojos que se habían dilatado, la nariz un poco aguileña, también habían cambiado.

Las manos fuertes estaban secas también.

Pero Beatriz había llegado al estado animal de supervivencia como todos allí.

O se hacía amiga de la oscuridad o se dejaba vencer por ella. Por ello encontró en los brazos de aquel ser extraño la paz durante unos segundos.

Luego, comieron juntos.

Él no terminó de contarle su historia.

Acordaron que más tarde ella le contaría la suya completa.

-¿A dónde vas?

La mañana caía sobre Eva cuando se tomaba el té con las tostadas. Antes no se había dado cuenta.

Los días pasaban, pero su visión del mundo no.

Se estaba amargando, cada día sentía más la mansión Parejo como una prisión.

Pero estaba urdiendo algo, que ni siquiera Luz podría imaginar. Había algo en su poder también.

Al dejar la casa de Anna un individuo la había asaltado y le había entregado una cosa que no hacía sino facilitar el plan que Eva había trazado previamente.

Era una carta de su padre. Con las firmas de los testigos.

Iría a ver al señor Anderson esa misma mañana. Era el mejor legalista familiar de todos Los Ángeles, su hijo no tenía que ver.

Eva había pensado que lo mejor era apartarse de Axel, pero su asunto requería ir a casa de su padre. De todas maneras él no estaba allí, nunca iba, y no iría a hacerlo precisamente ahora.

Sería una coincidencia estúpida.

Contaba con que no se produjera.

-¿Tienes alguna cita importante?

En el otro lado de la mesa del comedor, Luz leía el periódico. Estaba con Lorenzo. Lo había traído a dormir al final.

-Buenos días, hermana-le había dicho el señor Méndez. Lorenzo estaba echando alcohol a su café. Frente a ellos Paris se fijaba en ella y los señores.

-Lorenzo-lo saludó Eva-y tú, Paris, por favor atiende a mi hermana, yo me iré enseguida. Tengo una cita, sí.

Lorenzo la miró largo y tendido como se ponía en pie dentro de su vestido azul y su bata de invisibles mangas largas.

Eva se fue sonriendo mientras Luz sujetaba la barbilla de su hombre y le besaba.

Eva les escuchó reír al otro extremo del pasillo.

¿Y si era verdad?

¿Y si Luz la amaba de veras? Aún así, lo que le pedía era demasiado. Aunque le dolía ver su mañana rota por la presencia de aquel hombre allí entre ellas.

Lorenzo Méndez no tenía la culpa de amarla, pero había hecho mucho daño a Anna y a su esposa, por más que Lesley lo hubiera forzado todo entre ellos desde siempre.

¿Eran acaso aquellas punzadas de su corazón celos?

Era egoísta, por su casa, por su sitio entronizado que Luz le había dado siempre aún sin ella pedirlo.

Eso necesitaría siempre: un trono, no sabía ser de otra manera.

Sin embargo, lejos de ella las vio.

A una junta a otra, mientras las flores rojas ardían.

Las flores rojas

Entonces recordó todo lo que debía de ser recordado, y sintiéndose cómplice echó a correr escaleras arriba.

Eva vio llegar a los siguientes grupos de personas.

Su casa se había convertido en una especie de altar, tal y como el periódico ponía. Ella y Anna habían leído una y otra vez el periódico.

Incluso en el número de hoy que astutamente Luz le dejó en el coche venía el reportaje que Axel le había hecho a su hermana, todo texto, sin fotos.

Ahí hablaban de quien era Bellaria, del culto al que se sometía a esta ninfa, dolorida. Se hablaba de cinco cristales, las mismas lágrimas que la habían arrasado y gracias a los cuales ella volvería sintiéndose querida.

Si lo hacía sintiéndose desgraciada el mundo entero lloraría.

Eva lo sabía.

Y llorarán, llorarán

Eso era lo que pensaba y eso era lo que pasaría.

Sin más razón Luz completaría su transformación en Luz, el hermano mayor obsesivo y asesino que arrasaría con toda la ciudad.

Eva asqueada se quitó el sombrero y lo posó en la parte de atrás de su coche.

Se marchó. Llevaba un traje marrón.

Condujo hasta las afuera de la ciudad.

Paró el coche casi en un descampado y tomó el periódico. Mirando la ciudad leyó despacio la noticia.

"El amor, la búsqueda de la belleza, todo cuanto da las flores, eso es lo que deseamos para hacer felices a todos los demás.

El amor vendrá con la belleza, como viene con las buenas acciones.

Todo aquel que simplemente ame las flores tiene un espacio entre nosotros. Trabajamos para los corazones rotos, para los solitarios.

Todos somos seres solitarios.

Tú eres ese Ser, ven a mí, Ser, Bellaria te dice, el Amor con Amor se paga".

Eva se quitó los guantes blancos llena de rabia.

No podía creerlo.

Era ese lenguaje, el lenguaje de las hadas, aunque más parecía el de las sirenas, era la atracción hacia su propia trampa.

Ya habían comenzado muchas mujeres yendo a su casa, a ponerse bellas. Todos los tratamientos de belleza chocarían entre sí, y las embriagarían. Pero había alguien más con ellas.

Anthony, el alcalde estaba detrás de todo, de aquella joven que había desaparecido seguramente.

Y ahora había una llamada de Axel hacia ella.

Sin duda él habría averiguado que Eva iba a ver a su padre, por eso la llamaba en el periódico. Se verían en su casa. Había llevado los cuatro cristales consigo.

No se fiaba de Luz, sabía que lo buscaría entre sus cosas.

Pero lo que Luz tampoco sabía es que Eva no volvería más.

No a aquella casa maldita, no a ver a la gente usurpar su lugar sagrado, el suelo que ella pisaba, el señorío que hasta ahora se le había dado.

Se había llevado sus instrumentos, sus libros, sus pocas flores, sus cristales.

Nada más necesitaba que una maleta con varios vestidos de invierno. Axel la ayudaría, Anna le daría lo restante y podría marcharse de ese lugar maldito.

Pero antes deberían de deshacerse de Luz. Alejada esta, todo tendría sentido de nuevo.

Eva metió en la parte de detrás del coche todo cuanto era delicado, acomodado en los algodones que había llevado consigo.

Cada cristal era como un sueño, no obstante necesitaba el cristal de Santa Mónica o Luz iría personalmente por él y dañaría a Axel o a su familia.

Axel…

Había ocupado su pensamiento de mil maneras desde que lo había conocido, pero ninguna de la manera en que ella hubiera querido.

Eva puso el coche en marcha, pero Axel sentía la misma reacción, o tal vez peor, pues a través de alguien tan extraño como Eva se había visto a sí mismo como era, y había sentido por primera vez el sentimiento del desamor.

Pobre Don Juan con el corazón roto

Eso diría Laurio.

Pero no era suficiente. Ella había comenzado a calar dentro de él como parte de un sentimiento doloroso. Eva no le producía amor, ni pasión, sino dolor.

Veía su terca sonrisa de lado.

Había algo en ella de retorcido, de cruel. Pero al mismo tiempo tenía la fuerza de los océanos.

Los mares, las olas.

Era parte de ellos

¿A ellos volvería?

Extraños pensamientos embargaron su mente.

La esperaba en la casa de su padre.

-Axel, entra o te morirás de frío-su madre se asomó al primer piso.

Pero Axel negó con la cabeza. Se puso el abrigo que su mayordomo le envió por medio de la señora.

Era un abrigo largo, de color negro. Su bufanda blanca hablaba de un hombre nervioso, que esperaba que las piezas comenzaran a encajar a medida que Eva llegaba.

A eso de las diez allí estaba. Había cambiado su hora.

-Buenos días señor Anderson-dijo ella

Las grandes puertas se fueron cerrando solas, mientras Eva se bajó del coche trayendo bajo los brazos una carpeta.

-Debemos hablar-dijo Axel aproximándose tomando una mano de Eva a la fuerza y poniéndosela en el antebrazo.

-Sí, pero esta no es la manera-dijo ella en la puerta

-Es por Beatriz, y por lo que me dijiste-dijo él insistiendo

-No, ahora no-dijo Eva

Si había venido era porque lo primero era más importante. Los demás y el mundo podían esperar.

-¿Todos te dan igual verdad?

Ella picó al timbre con desgana.

-Bah...

-Te importan un bledo, todo da igual mientras tu vives entre lujo, belleza y riquezas con tu hermana, esa pérfida, esa….

-¡Me he marchado de mi casa, nunca más volveré! ¡Lo último que quiero hacer es estar allí con mi hermana!

Axel la miró con dolor.

Estaba rota, a su manera orgullosa, lo estaba perdiendo todo.

Vio el sacrificio entonces en su piel. Algún día desaparecería. Era como una tela de araña prendida a una rama fuerte, en la mejor rama de todas, la que daba más hojas verdes y flores de colores, flores de cristal, y que de estar tanto allí dejó huella, pero que algún día se desprende y busca otro lugar.

Axel vio a Eva marchándose.

-¿La has abandonado?

En su oído

Eva asintió.

-Ya sé que es lo que planea hacer, pero aún podemos pararla-dijo ella-después ven a buscarme cuando trate de tu padre el tema que me trae aquí.

-¿Estás loca? Sea lo que sea podrás compartirlo conmigo, pero ya no nos separaremos y Joshua vendrá más tarde.

Eva asintió. Pero miró a las paredes, sabía que esperar, miró por las ventanas.

-Debéis tener mucho cuidado-susurró Axel-sus espías están por todas partes. La masacre empezará pronto.

-¿La masacre?

-Sí, la de aquellos que quieren que Bellaria vuelva, cuando Luz no me tenga de vuelta enloquecerá, deberás convencer a tu familia de que se marchen un tiempo.

-¿A mi familia?

Axel se separó de ella, con miedo.

-¿Por qué has venido entonces?

-Porque solo tu padre puede ayudarme-dijo ella llegando al despacho del señor Anderson.

-Bien-dijo Axel-pero…

-Yo os daré las riquezas-dijo Eva

-No es dinero lo que mi familia necesita, Eva-dijo Axel

-¿Entonces qué es?

-No sé cómo les convenceré-dijo él

-Oh, yo lo haré-dijo ella -te aseguro que pronto ser marcharán. Si no peor para ellos y para mí.

-¿Qué?

De nuevo él se alejó de ella, quien se puso los guantes de nuevo, alzando las flores azules que les había traído.

-¡No te dejaré que dañes a mi familia!

-Si no me sueltas serás tú quien saldrá dañado-dijo ella empujándolo y dejándole en la esquina de la puerta principal-¡escúchame, chico, puedo serte de gran ayuda, y tú también para mí, o puedo ignorarte a ti y a tu familia, junto al mundo! ¡No son ellos quienes me importan en absoluto!

-¿Cómo te atreves a amenazarme?

El codo de Eva se encogió de dolor, y ambos se miraron sintiendo más odio que pasión.

-Buenos días, señorita Jale-dijo el señor Anderson-veo que ha venido usted con mi hijo…otra vez.

El señor Anderson tomó la cubierta de un puro.

-Sí, así es-dijo ella-Axel y yo nos hemos vuelto muy amigos.

-Sin embargo no he podido dejar de observar que hay entre vosotros una especie de tensión todo el tiempo-dijo él

-Eso espero, si no significaría que todo está muerto ¿verdad querido?

Ella miró a Axel con odio, infinito e infinito.

El señor Anderson estaba complacido. Miró a su hijo, y lo supo.

Por fin estaba allí, esa fiereza ante la hembra, esa expresión que siempre soñó en ver en él y nunca hasta ahora había logrado.

Vio el cuerpo varonil, fuerte y decoroso, junto a él de ella, siendo el esclavo por sus favores seguramente, porque no podía apartar sus ojos de ella como en la noche de la fiesta.

Sintió su aliento, su profundo respirar, sus ojos, su piel roja levemente.

Conocía a su hijo, y aquel no parecía Axel.

-Vengo a tratar el asunto de mi apellido -dijo Eva

-¿Trae usted aquello que me dijo?

Eva le entregó la carpeta. Era de piel, el señor Anderson pasó las manos por la cubierta y sonrió, luego se sumergió con sus gafas en los papeles.

-Oh, dele las flores a la señora Anderson, por favor-dijo Eva

Se desprendió de las flores azules que la criada se llevó sonriente.

Eva miró alrededor.

Todo el despacho era enorme.

Una gran bola del mundo de color marrón yacía en el medio, mientras grandes libros de leyes adornaban la biblioteca sin fin.

-Es como la biblioteca de mi hermana-dijo ella a Axel en un susurro.

-¿Luz lee?

-Sabe todas las lenguas antiguas-dijo Eva-incluso más que yo. Tiene un compendio de todos los saberes humanos, pero los códices más antiguos los tiene en otro lugar.

-Esto lo acreditaría, señorita Jail-dijo el señor Anderson

-¿De verdad?

Era por fin como si una dulce y suave manta la tapasen del frío invernal.

Era tan bueno que no podía creerlo. No podía pasarle eso, no a ella. Desde ahora era la enemiga número 1 de su hermana.

No había nada que pudiera devolverle a Luz, eso lo sabía.

Sintió dolor cuando el señor Anderson le puso los papeles para firmarlos ante ella, con la mirada atenta de su hijo.

-¿Qué son esos trámites?

-Hijo es personal...

El señor Anderson había cerrado los ojos. No quería ser descortés con su hijo, no ahora que estaba encarrilando su vida y relanzando su carrera, pero su vista profesional voló de uno a la otra.

Ella arqueó una ceja. Con descaro.

-He renunciado al apellido adoptivo de Jail, Axel-dijo en un tono suave

-Sabes más de lo que me cuentas-dijo él

-Aquí está el papel, pero no entrará en vigor hasta dentro de unos días, cuando la confirmación sea hecha. Debo ir al registro civil.

-¿Debo hacer algo más?

-No, señorita-dijo él

-Ya podemos marcharnos-dijo ella poniéndose el gorro azul

El señor Anderson miró a su hijo, y los acompañó a la puerta.

-Eva Rosewater-dijo por fin

Eva sonrió.

-El apellido de mi padre-dijo ella mirando a Axel-ese era.

-¿De tu padre?

-Sí, era un vulgar marinero-dijo ella-pero yo lo hubiera amado de igual manera que quise de pequeña a Luz.

-¿Aún la quieres?

-Aún-dijo ella-pero lo que hace no está bien

-Tu hermana ha destrozado la vida de los Méndez de una forma inconfesable-dijo el señor Anderson encendiendo un cigarrillo.

Eva le entregó una cerilla que sacó de su bolso.

-Ella se ha descarriado de su camino como el pájaro azul que buscaba un arroyo del que beber. El arroyo enamorado le dio su agua fresca, y también lo que el pájaro pidiese, el pájaro pidió más y más agua, tanta como el pájaro quisiera…

Los ojos del señor Anderson se posaron en los de ella, quien tornó su pupila cristal.

Pululó entonces la atmósfera a su alrededor, y Axel supo que lo estaba haciendo.

Su padre se paró en seco, contemplándola. Pero el hechizo aún la seguía cubriendo. Cubría su pelo rojo, sus labios de acero, besados, fríos, más que los de las víctimas que aparecían en la ciudad.

-¿Qué pasó?

-El pájaro era hermoso, sus plumas de nieve caían sobre el arroyo, suavemente, y las aguas se retorcían de amor, tanto, que se comenzaron a tornar calientes, hirvientes, tanto que los peces morían en ellas. El arroyo sentía que su flora, su fauna, su esencia, aquello con que el Creador lo había investido esa pasión por el pajarillo lo estaba destrozando. ¿Para qué quería amar al pájaro, por más hermoso que éste fuera si tenía que renunciar a todo?

-A todo…

-Todos morían, todos. Por eso el pájaro le dijo al arroyo "Concédeme tu azul y me marcharé para siempre", y el arroyo se lo concedió, se quedó del color transparente del agua clara, y su azul se injertó en las alas del pérfido pájaro que lo había enamorado. Al punto de tornar sus plumas en azules el pájaro tembló y cumplió su palabra, pudiendo no hacerlo. Se marchó para siempre, salvando así toda la vida que el arroyo tenía. Así deberéis de marcharos, porque si no…Luz arrasará y Bellaria se nutrirá, para embellecerse para traer la muerte. Antes de que los 20 testigos de mi hermana estén frente a ella recibiendo a la ninfa malvada deberéis marcharos lejos, a otro lugar lejano y a nadie decir nada.

La capa de cristal se tornó en luz alrededor de los brazos, como la forma de dos alas, Eva suspiró al final.

Axel a su lado contempló a su padre.

-Oh….

El hombre se sentó en una silla, pero bendijo a su hijo antes de marcharse.

Esa misma noche tomarían un barco hacia Europa, cerrarían la gran mansión. Su hija se había marchado con su novio. Tal vez se habían casado en secreto, o tal vez tenían algún secreto.

La única representación de los Anderson en Los Ángeles fue Axel, quien había besado a su hermana en las escaleras antes de que se marchara en secreto. Sentía que debía de mandarla fuera.

-Sé muy feliz, hermana, con la vida que has escogido.

-Lo seré-dijo ella, pero como si tuviera miedo…-ten cuidado, una gran oscuridad viene por ti.

Al día siguiente todo permaneció cerrado, toda la servidumbre libre.

Luz comenzó a prepararse para la guerra.

La hora de la tranquilidad había pasado.

La mansión Jail pasó a ser el foco de un ir y venir absolutamente innumerable. Paris encabezaba los séquitos, y los tres sumos sacerdotes llegaron pronto.

Preguntaron por la hermana que faltaba, la de las fotos. Pero Luz no supo darles razón.

-Sin ella será muy difícil, señora de la vida-dijeron

Los tres viejos calvos, mirando a occidente. Así se pasaban las horas hasta el atardecer.

Al fondo, la belleza, el dinero, la riqueza y los secretos oscuros pululaban de los labios de Luz hacia la tumba de su diosa.

Eva se había llevado todos los cristales, y seguro que jamás le traería el cristal de Santa Mónica, el más importante.

Estaba jugando con ella, y con Bellaria.

Nunca se lo perdonaría. Su amor por ella le dolía aún estando feliz, pero ahora que se había ido era insoportable.

"Oh, Bellaria, ayúdame, dame la fuerza, dame el dolor para acabar con el amor. Déjame romper este amor, déjame destrozarlo de una vez. Te la entregaré y ella jamás será mi debilidad, ni me hará más daño".

"Se lo he dado todo, todo. Mis mejores años, mi pasión secreta, el objeto de mi atención, la he amado más de lo que nadie lo es. La amé de mentira, de verdad, en silencio, sin palabras. La miraba y pensaba que cuando te trajéramos ese miedo que siente por mí cesaría, que pagaría mi devoción con pasión, aunque hubiera sido forzada, ¡qué bienvenida lo hubiese sido! Mi parte humana, quien yo era antes, ese es al que ella más detestó. A Luz, el que trajo a su madre los primeros soles, el perfecto hijo de un tirano pero de una buena mujer que se creía estéril. El rey del bosque era mi padre, de leña, sin sentimientos, pero como yo, inmortal, perenne, fuerte. De él heredé el vigor como hombre, del que ahora me avergüenzo ante mi hermana, pues la otra mitad de mi madre que tú insertaste en mí para tratar de mantenerla viva, Bellaria, marchitó mi fuerza. Me convirtió en una naturaleza mixta, desacelerada, que ha cumplido sus sueños al revés de como lo había previsto todo, que ha soñado con lo que jamás tendrá, y ha saciado su pasión prohibida bañándose en la sangre que solo a ti consagra.

Que mi hermana pague por su rechazo cuando tú me liberes, y me devuelvas a mi verdadero ser. Que los que me han ayudado sean recompensados, pues muy pronto recuperaré a los cristales y los testigos. No puedo vivir sin ella, Bellaria, siempre ha estado conmigo. La mujer en mí la perdona, pero yo la condeno, la destrozo, la desposeo de todo cuanto le di y en mi corazón desde ahora a las aguas la entrego, allí donde el espíritu de su madre duerme".

Su oración se convirtió en aflicción, y el dolor en perdición.

Tomó la pistola que Lorenzo le había dado para su defensa, y mientras él dormía, esa misma noche en la casa que le había comprado como su nueva compañera, la puso sobre su cabeza. Si apretaba el gatillo, si se mataba, todo se volvería oscuro, pero ya Eva no le haría daño.

Que ella se diera muerte o que otro lo hiciera por amor. Sólo así moriría.

Y así sería.

"Que toda muerte sea por amor".

Pero Eva siempre le había dicho algo:

-Yo prefiero ser una superviviente. Prefiero estar sola, pero viva.

Recordó la mejor tarde que habían pasado. Era un día de verano vulgar, cosiendo en el porche.

Luz había sido Luz y Luz.

Y había sentido en las confesiones que Eva les había hecho a ambos, la perfección de un sentimiento limpio y puro. Nunca más le volvió a pasar.

¿Qué me queda sin ella?

-No, cariño, eso nunca-a su lado la suave mano de Lorenzo le arrebató el arma, y luego la meció entre sus brazos sentándose en una de las mecedoras de la casa.

Estúpido viejo

Afuera, en la calle, la gente se movía con mucho trabajo. La epidemia les estaba debilitando, muy pronto les convencería para ayudarla a encontrar a su hermana.

Tendría a los que quisiera.

Luz controlaba la prensa, la televisión, la radio. Cualquier medio o servicio de comunicación, que les hablaba de lo raro, lo que estaba de moda, el escándalo Méndez, el retorno de la ninfa, la diosa, la belleza.

Hizo que se sintieran solos, que necesitaran de una madre, y ella se la procuraría muy pronto. Abrazó al director del periódico que había saboteado y fingió que le amó esta noche.

Pero por alguna razón lo hizo desaforadamente, sintiéndose reconfortada y feliz.

Confundió ese sentimiento de agradecimiento con amor, o realmente es que lo era y amaba a Lorenzo Méndez.

Nunca lo sabría.

El siguiente paso tendría que ser pensado con mucha cautela.

-¿Qué pasa, Beatriz?

-Intento imaginar las estrellas

-Desde esta prisión de acero y tuberías no se puede

-Dime Inno ¿Cómo es tu pueblo?

Ella fingía que lo creía, él pensaba que ella era sincera.

-Aman el agua, y los unos a los otros

-¿Tenéis cola de pez?

-No, pero nuestro cuerpo se llena de escamas bajo el agua

-No sé nadar-dijo ella mirándole con una sonrisa apagada

Era como si ya aceptara su destino. Su ánimo había sido cubierto por el velo de la resignación, la fase segunda del tercer y último acto.

Ambos sabían que era el final. Podían sentirlo, pero el desenlace y su incertidumbre, el riesgo y el miedo a medida que los días habían seguido transcurriendo eran su único temor.

-¿Nunca has aprendido?

-¿Te parece extraño?

-Ese don no le es concedido a todos los mortales-dijo él-pero si quieres yo puedo enseñarte

Ya les habían dado de comer el apestoso cocido de verduras. Un hombre viejo había muerto, el carcelero gordo de siempre lo había encontrado con la boca llena de moscas.

Todos los demás del grupo le miraran como si fueran espectros. Ni siquiera hablaban ya entre ellos.

Beatriz alejada del grupo se entregó por entero a la compañía de aquel extraño ser que a lo mejor solo existía en su imaginación.

En el corazón de Inno había sin embargo miedo.

-Hay algo que te preocupa, lo sé-dijo Beatriz

-Sí, he fallado para la misión a la que me destinaron-dijo él

-Eres muy joven, ya tendrás tiempo de cumplir tu misión cuando escapes de aquí, puedes irte por el agua.

-No, no lo entiendes. Si fallo, si no consigo rescatar a la princesa y devolverla a su casa, jamás podré volver a mi hogar. Seré un paria, un desheredado.

-¿Qué significa? ¿Te odiarían?

-Así es, se avergonzarían de mí-dijo él

-Yo tampoco volveré jamás a casa aunque lográsemos marcharnos de aquí-dijo ella

-Pero al menos tienes un amante, yo solo tengo a mi familia-dijo él

-¿Por qué te escogieron?

-Porque soy prescindible, si fallo enviarán a alguien mejor, tienen miedo de los hombres y sus máquinas.

-Entonces si te desheredan podrías quedarte entre los hombres….

Ella tocó sus dedos fríos.

Echaba de menos a Joshua. Cada promesa de amor, cada palabra.

El anillo…creía verlo en su dedo, pero no sabía si era real o no no lo era.

La voz de Inno se parecía en cierto modo a la de Joshua, siempre cálida, siempre amorosa. Con él se sentía querida, por eso estaba con él.

No se imaginaba salir un día y que Inno desapareciera, siempre necesitaría oír su voz.

Tiene que ser un hechizo, la magia del mar

¿O tal vez los malvados que me han metido en esta prisión lo han encerrado para que él me engañe?

No, no era eso, era absurdo.

Inno no mentía.

Oía ese resonar de la verdad en cada una de sus palabras.

Y sí que había una cosa diferente a Joshua en él. Jamás le mentía, no le prometía un futuro, solo el momento. Le daba esperanzas de ser feliz en ese momento para no enloquecer.

Inno era en verdad un ser de las aguas, era la tabla a la que la náufraga Beatriz se había agarrado para no hundirse.

Beatriz miró hacia el pequeño lago.

-Límpialo, y ten paciencia, no sé nadar-dijo ella

Él lo hizo.

Separó las aguas residuales de lo poco puro que había, a su contacto tan solo una leve espuma que olía a mar surgió, y Beatriz se quitó el vestido.

Inno la cogió por el vientre, y por la espalda, y la hizo dar vueltas, hasta que ella comenzó a sostenerse a flote sola.

Juntos se sumergieron, y ella aprendió a respirar bajo el agua.

Coges aire por la boca, lo sueltas por la nariz poco a poco. Bucearon profundamente, hasta lugares donde jamás pensaron que existía en aquel complejo menor.

Lejos parecía todo lo demás, su misión, la casa de Beatriz.

Durante muchos días ella fue libre, y luego cuando veían la luz de la farola que daba junto a la pequeña ventana del edificio maldito encenderse, Beatriz apoyaba su cabeza en el regazo de Inno quien le cantaba una canción de su tierra y ella dormía.

-¿A dónde vamos?

-Debemos alquilar una casa, algún lugar donde nadie nos encuentre, pero tiene que ser en la ciudad-dijo Eva

-De acuerdo, ya sé dónde ir, pero necesitaremos dinero-Axel se subió en su propio coche, dejarían el de Eva en un descampado, lejos.

Se encargarían de él más tarde.

-Si mi hermana encuentra mi coche y lo relaciona contigo, estás perdido-dijo Eva

-¿Qué más hay, que no me cuentas?

Eva miró sus cristales, las formas de colores ya iban por ellos.

-Los Sicarios de mi hermana ya vienen-dijo subiendo al coche de Axel-¡debemos marcharnos y hablar con Joshua!

-¿Quién tiene a Beatriz? Me dijiste que un hombre de nuestro entorno

-Sí, es Anthony, el alcalde-dijo ella-mi hermana tratará de resucitar a Bellaria, y necesita a lo que se conoce como Los Veinte Testigos. No están hechos para perder la vida, esa es la parte positiva, pero sí para dar testimonio del despertar. Cuando Bellaria se alce premiará a todos cuantos la han ayudado, y castigará a los que nos oponemos a ella.

-¿Qué pasaría con Beatriz entonces?

-Su esclavitud, sin duda Luz desfigurará la cara de todos los sacerdotes de Bellaria, sin duda primero las de las mujeres y mucho más la de los Testigos, debemos de ver a Joshua.

Se subieron al coche y Eva dejó que Axel condujera, tan lejos como pudiera.

-¿Qué has hecho a mi padre, Eva?

-Debe marcharse, le he convencido-dijo a su lado

El tiempo era de perros, comenzó a llover.

Eva se abrazó con frío.

Axel la miró de reojo, preguntándose de dónde venía ese poder de seducción, de arrobamiento en el que sumergía a los mortales.

-¿Quién eres?

En el aire la pregunta. Axel conduciendo, apartándose sus mechones con un resoplido.

La pregunta hizo reír a Eva.

-¿Otra vez esa pregunta?

-¿Quién eres?

-No lo sé-dijo ella.

A él le sirvió.

-Abre esa pequeña maleta que he traído. Son las llaves de la casa de uno de los que financian el periódico, un concejal. Le gusta lo paranormal y creyó en un momento determinado que sería una buena idea tomarse unas vacaciones. Iremos a su casa.

-¿Es una mansión como la tuya?

Había algo de interés en la pregunta de Eva.

-¿Te gustan los lujos, verdad?

-Me gustan-dijo ella

-¿Eres malvada, Eva?

-Sí, no tengo buen corazón. Siento pena por la ceguera de mi hermana.

-¿Qué es lo que de verdad quiere?

Había miedo en sus palabras, ella lo sabía.

-¿Sientes miedo, verdad Axel?

-No es momento para que me tortures, Eva. No estoy de broma.

-¿Sientes miedo?

La firmeza de ella le hizo asentir.

-¿Por lo que quiere mi hermana?

-Es un ser sin escrúpulos, tú lo sabes bien. Jamás se detendrá. Querrá lograr su objetivo por encima de todo, no comparte tu tormento, pero hay algo que desea, esa juventud o belleza, o fuerza eterna que Bellaria le daría para....

De pronto paró el coche.

Se encontraron a las afueras de la ciudad con la ceguera del agua sobre el capó, y los cristales húmedos por el vaho.

El sonido de los goterones chisporroteaba fuera.

-¡Es a ti a quien quiere! ¡Todo esto es por ti! -dijo Axel

Ahora todo tenía sentido. Pero Eva…no se había abierto en él.

¿Sería verdad que era su aliada, que quería escapar?

¿Y si todo era una trama entre ella y Luz para acabar con todos ellos?

Eva no había hecho sino jugar con él hasta la fecha, era doloroso creerlo. Sintió que su amor por esa mujer tomaba dominio no solo de su alma y de su cuerpo sino del poco raciocinio que le quedaba. La había creído ciegamente, y aún quería creerla.

-No estoy con mi hermana. ¡Quiero marcharme lejos de Los Ángeles, lejos de este continente!

-¿Qué hay que no me cuentas?

Axel posó una mano en la pierna de Eva, quien le miró con desafío.

-Mi padre murió hace mucho tiempo, mi madre era una sirena. No soy una mestiza, soy una humana, pero tengo poderes, tengo rasgos que pertenecen al pueblo de las gentes de las aguas, lo que vosotros llamáis mitología y folclore. Tengo el don de mi madre, el de proyectar las alas que en contacto con Luz he desarrollado, las de mariposa de luz, que por momentos salen a mí. Soy una paria para el pueblo de mi madre y una incomprendida para el de mi padre. Luz me acogió, me dio un hogar, ha sido la única persona que me quiso cuando tú aún no habías nacido y yo ya estaba cerca de la muerte.

-Estoy en el coche con una….sirena-susurró Axel-sabía que había algo extraño en ti.

-Siempre has sabido mi historia-dijo ella revelando uno de sus cristales-lo abrió para que él pudiera ver.

Cogió la mano de Axel que estaba en su muslo y la llevó hasta las profundidades del mar, de donde Eva había salido.

Axel vio todo cuanto él creía que debía de ver, vio a la niña llorando, a Luz arropándola, leyéndole cuentos, despidiendo a las crueles institutrices, y a la hermosa madre, cruel y fría.

Sus ojos eran como los de Eva, azules y duros, crueles y sin piedad.

Vio a su padre yacer con su madre, en una pequeña habitación que daba al mar.

¿Era Italia?

Tal vez lo era, pero luego vio la muerte del hombre, borracho.

Un grupo de personas encapuchadas orando, las flores, la muerte.

Se está acercando

Debo dejarle

Le dejó.

Axel agarró aún más la mano de Eva, quien estuvo a punto de gritar.

Sintió el dolor de ella, el miedo de él, la pérdida de Joshua y todos cuantos le observaban.

-¡Basta, por favor!

Eva sabía que jamás se había unido más a una persona, que precisamente por haberle revelado tanto a Axel estaba atándose a él para siempre. Se sintió mal después de que aquello terminó.

Ahora debería de seguirle, de abandonarse a él.

¿Y si era esto lo que quería?

¿Y si la entrega a un ser más fuerte, a un protector, era cuanto deseaba su ego interno? Ser una dama en apuros, no una espada.

Y sin embargo, su naturaleza ya la había rendido. Amaba las comodidades, no compartía el carácter destructivo y frío, de pobreza y miseria de las sirenas, era de la Tierra, lo supo entonces, por eso buscó la protección de Axel, la amistad en él.

Que alguien al fin la comprendiera.

-Así que era eso, lo que me ocultabas-dijo él en un susurro-tu hermana es quien ha matado a todas esas mujeres.

Eva le miró, de nuevo, pero ahora estaba rota.

-He visto tu dolor, Eva, sé que te has marchado porque no puedes soportarlo, pero no está bien, Eva, tu hermana es un monstruo-dijo él

-Mi hermana es un ser primordial, solo quiere ser quien fue un día para....

-Para poseerte, lo he visto, ¡peor! Lo he sentido...esa admiración, esas ansias. Se las ha dado Bellaria, Eva. Esto va más allá del control de lo que un simple hombre puede hacer.

-¡No me importa perder mi propia alma si la detenemos!

Eva estaba desesperada, no sabía ya que más hacer.

Que idiota he sido, cuando hay un infierno sobre ella, dentro de ella

Axel sentía que la había juzgado mal, que no se merecía ni siquiera su amistad.

La abrazó en silencio, y le dijo que todos tenían sus propios infiernos, que ella no era exclusiva. Debilidades, deseos cumplidos y otros sin cumplir por la vergüenza y el asco que interiormente su moral sentía hacia ellos.

Le habló cuando arrancó el coche de sus inclinaciones.

-Nunca he podido dejar de sentirlas-aún conservaba en sus manos la seda de las lágrimas de Eva, le costó concentrarse-el deseo por los hombres, es lo que me ha llevado a estar tantos años apartado por mi padre. Encontrar el éxtasis en la carretera del placer, es un mundo por descubrir, cada cuerpo lo es. Me incita, lo deseo, pero ese deseo tú lo has roto. Ese es tu poder, Eva.

-¿Mi poder? No me hables de él, solo me ha traído sufrimiento.

-Rompes el deseo, consumes el alma a cambio. Eres un pozo inagotable de sufrimiento, todos acabaremos destruidos, mi padre, tu hermana, yo, la misma Bellaria….eres lo que todos desean y no pueden tener.

Tal vez había adivinado más de lo que cualquiera jamás había sabido de ella, más que la misma Luz.

-Haces que las miradas se conviertan en obsesión. El deseo que tu belleza deja en la retina se convierte en un desafío, en odio, en más deseo, pero en vez de cálido, es un deseo frío, una llama fría que va quemando las entrañas ya seas inmortal o mortal. El dolor no cesa, la posesión no es posible, ni la consumación, porque no te das a nadie de los que seduces. Eres maestra en llevar al límite, como yo lo soy del placer. El destino te ha convertido en alguien que está sin estar. Eres la medicina a la herida que creas. Tú sola podrías terminar con Bellaria y con tu hermana, solo tenemos que encontrar la manera.

-Antes debemos hacer algo-dijo ella-tienes que darme el cristal de Santa Mónica

-Pero ahora no podemos volver a mi casa-dijo él

-Lo tienes contigo-dijo ella

Axel entonces lo vio entre sus manos.

-¿Qué? ¿Me has robado?

Ella le miró, arrobada aún por su definición de quién era ella en realidad.

Era perturbadora.

Había dejado que él penetrara en un secreto que no le traería nada bueno, pero él estaba donde había elegido.

-Ahora conoces toda mi vida-dijo ella

-¿Hay más secretos en ella?

Eva tardó en contestar.

-Tal vez

-¿Me traicionarás?

-No lo sé-dijo ella

Entonces Axel sintió que no le mentía ni jugaba con él, estaba diciendo la verdad, cómo no era de fiar, cómo era su amiga ahora, cómo sabía que él estaba al tanto.

El resplandor azul volvió a brillar.

-Dame el cristal de Santa Mónica-dijo ella

-La luz es cegadora ¿de dónde procede?

-Luz dice que viene de Bellaria, y ella necesita los cinco cristales para que la ninfa despierte, pero podría estar mintiendo. Siempre he tenido este poder-dijo ella

Sus ojos eran más azules que antes.

De pronto algo varió. Se abrió una brecha, y Axel se vio a sí mismo en la fiesta, con Eva.

Así era como todos lo habían visto. Vio su brazo bajando su mirada por sus hombros, las palabras de ella, cortantes, insultantes. Todo era un solo momento, una simple reacción.

Vio venir a su padre, y al fondo, Eva de nuevo, sostenía un niño en sus brazos. Tenía el pelo negro, el niño lloraba, y ella lo mecía, parecía querer decir algo.

-Limón, limón-dijo él

Un movimiento sacudió el coche, era el viento. La visión se borró.

Apenas pudo completar mucho más.

Ese niño ¿era yo? ¿Realmente era yo?

No se atrevió a preguntar nada más, pero había visto parte de su vida, no sabía si del futuro o del pasado. Pero con toda seguridad Eva se guardaría para ella muchas más cosas.

Detalles sobre su vida, secretos que ni los cristales amigos revelarían.

Había sabido que llevaba encima la joya que él se empeñaba en ocultar.

-¿Ha sido bueno el intento?

-Todo lo que haces es bueno-dijo ella

-Eva ¿eras tú, la que estaba conmigo cuando yo nací?

-Si te respondiera a eso sabrías tanto como yo-dijo ella-ahora ponme a salvo.

Él le entregó la joya, y ella la partió con manos hábiles hasta llegar al cristal.

-Cuando lleguemos a donde me lleves quiero tomar un té, y un baño. No sabría estar sin ninguna de las dos cosas-dijo ella

Axel no dijo nada, condujo haciéndose un millón de preguntas. Sintió que aquella mujer era más peligrosa que nunca, que desde que la conocía solo había tenido dudas y problemas. Sobre su identidad, quién era él realmente, y ahora que había visto al niño...sentía que futuro y pasado se unían para hacer de ese presente un interrogatorio, una forma sin definición.

El niño tenía su misma sangre. O era él o era su hijo, criado por Eva.

¿Y si era él, eso significaría que ella había estado siempre ahí, que era inmortal como su hermana?

Pero no lo era, lo había visto en los cristales. De pequeña, pero ¿y si las sirenas crecían y envejecían más despacio que un humano?

Aunque ella no era una sirena, sino la hija de una.

Lo había sabido siempre, se lo hubiera repetido o no, desde que la había visto en la puesta en escena del mago.

Desde que se había fijado en ella, entregándole las llaves de su corazón, uno al que ella se disponía a corresponder, o lo intentaría. En su vanidad varonil no recordó a alguien que pensando en él y en las palabras de Eva había acudido a su casa.

Laurio volvió de nuevo a la casa de Axel, mientras él se marchaba con Eva.

Recorrió cada habitación, pero no vio ni un rastro de a donde podía haber ido, aunque en la mesa había un periódico. Uno de tantos.

Pero vio la foto de Eva rodeada con un círculo rojo que ponía "¿Quién eres?"

Si, ¿quién eres?

Había ido a ir a una espiritualista, a una profesional. Se lo había contado todo, cómo una extraña había leído su mente y le había advertido de qué clase de hombre era su amante.

Ella le había contestado que una gran oscuridad venía sobre él, sobre todos. Había mirado al cielo y había sentido temor. Le gritó que se fuera, no quiso echarle las cartas ni hacerle un mal de ojo a la mujer de ojos azules.

Laurio creía en todo lo que podía creer.

No había tenido a Axel en su cama dese hacía más de un mes, y toda esa culpa era de esa mujer, la que lo apartó de él.

La buscaría. Acabaría con ella. Apuñaló el periódico hasta que no quedó más que pequeños recortes todos rotos, y lloró sobre el papel.

-¡Te destruiré, Eva, lo haré! ¡Eres mía, mía! ¡Mi destrucción, me lo has quitado, y él era mío! ¡Mío, como tú!

Quiero estar con ella, quiero destruirla después. Todo había sido tan rápido, que apenas había tenido tiempo de reaccionar.

El nuevo año había llegado, pero ni se había dado cuento. Su cama estaba llena de chicos, pero él se había escapado a tomar el aire.

¿O acaso no había pasado ya la nochevieja?

Las drogas le aturdían. Ahora tenía un nuevo amigo.

Robert Jail, su mejor amigo, el joven tenista que estaba de vacaciones por el continente americano, buscando mujeres y alcohol. Pero había visto su rostro en una revista, como mujer. ¡Era un travesti! ¿O era una mujer?

También quería a Eva, estaba claro. Como Axel, como él, como todos.

Pero ninguno la amaría como él.

Robert había estado con él en el teatro, la había visto en su palco, sola, bebiendo después. Laurio había apretado el gatillo, pero Robert se lo había impedido.

Déjala, déjala, si la matas jamás la tendrás. El Amor con amor se paga.

Hazla tuya, hazla tuya, así no te quitará a tu amante, así solo a ti servirá.

Pero no era él, era ella. Lo había visto en el periódico también, junto al viejo director, Lorenzo Méndez, el jefe de Axel. Robert era un mentiroso.

Había despertado en Laurio el deseo de matar a Eva, y luego había hecho que la deseara.

Era todo mentira, era todo verdad. Su padre le había dicho que los maricas mueren con el cerebro podrido por el alcohol, los vicios y el contacto de la carne masculina. Su padre era un cerdo con dinero, pero no sabía nada.

Le había escupido a la cara la última vez que lo había visto.

Laurio había ido a la mansión Parejo, pero no había podido inscribirse en ningún grupo, no tenía dinero suficiente para ver la tumba de la diosa.

La diosa era ella, seguro que lo era.

En ese instante sintió un frío tras él. Un tipo alto y rubio le miró desde arriba.

-¡Robert!

Laurio se iba a poner en pie, pero no hizo falta.

-Oh, Laurio-dijo Robert-me prometiste que no seguirías con esta obsesión, deja en paz a Eva, y a tu amante. Él ya no te ama, ¿es que no lo entiendes?

-La culpa es de ella, él sí me ama-dijo Laurio, y luego la vio a ella, delante-y ella también...lo noto en sus ojos.

-¿Qué harás cuando la veas?

-La mataré-dijo Laurio-y esta vez no podrás convencerme, eres un embaucador-dijo alejándose.

Deshazte de los lastres, sierva, deshazte de todo lo que nos ate al pasado,

A todos nosotros nos espera el amor, no el tormento.

Bellaria había sido muy clara al respecto.

Este joven, Laurio, no sería más que un problema. Estaba demasiado atado a Axel, y Axel ya lo estaría para siempre con Eva.

Había visto el futuro, Bellaria se lo había mostrado. Consumido por la realidad, Luz acunó al joven, mientras le decía:

-Que toda muerte sea por amor-el susurro fue débil

Laurio besó los labios de Robert, su nuevo amante, al que utilizaba para calmar su dolor por Axel.

Notó como una caricia.

Robert había clavado su hoja de cristal, larga y fina en su espalda, dejando que la vida se escapase de él como un susurro en la niebla, como había asesinado a tantas y tantas chicas.

-El Amor con amor se paga-dijo besando también los labios finos de su amante.

En efecto, había sido también amante de Laurio. Sólo así había conocido a Axel lo suficiente como para saber que él estaba llamado a ser el guardián de su hermana, el que pretendía ocupar su sitio. Pero ya estaba condenado, como el joven que moría a sus pies.

Cuando su corazón se paró, Luz se puso en pie, y lo miró en silencio.

¡Era tan hermoso!

Tanto como Eva, su pelo rojo, sus finas y largas pestañas.

Sus ojos abiertos, verdes, mirando la nada, su alma ya estaría con el dios Baco de los invertidos.

Pero su cuerpo estaba allí y era suyo, culminaría el acto del amor que Bellaria le había prometido.

Luz le dio la vuelta al cadáver. Después, sonrió.

Eva le llevaba ventaja, pero él y ella, los que latían bajo el nombre de Luz, tendrían ahora algo de lo que ella carecía a no ser que Axel se lo enseñara.

Axel...ni él ni su familia estaban ya cerca. Y aunque hubiera querido matarlo Eva se había llevado todos los cristales.

Maldita fuera.

El amor no le calmó, si no que le dejó más insatisfecho. Cuando salió a la calle, Luz miró los escaparates.

¿Dónde podrían haber ido?

Axel y Eva, seguramente contactarían con Lorenzo o su hijo, ese sería el primer paso.

Conectar las muertes, seguramente Eva intentaría culpar a Luz, tras tantos años de amor. Debía apelar a eso, porque ¿y si todavía estaba de su lado?

¿Y si pudiera hacerla volver con ella?

Era cierto que la mansión Parejo ya no era lo que solía, pero una parte de ella tal y como había condenado a Eva a muerta, la otra se negaba a aceptarlo.

Eva era suya, suya. No de ese estúpido al que le debía el calor que emanaba su interior y que yacía muerto en el piso de Axel, ni tampoco en aquel encantador hombre que la acompañaba, en el apuesto Axel Anderson, hombre rico, bohemio, independiente e ilustrado.

Su camino iba en otra dirección. Seguía la del viento, la de sus propios pies, segura de lo que hacía.

Cuando llegó a casa se encontró a los tres sacerdotes calvos, que con las capuchas se arrodillaron ante Luz.

-Gran sacerdotisa

-¿Qué ha pasado?-preguntó Luz con los zapatos en la mano.

La Dualidad ya había hecho el resto. De nuevo era ella.

-Un mensaje de la Altísima-dijo uno de ellos-le entregó un sobre negro a Luz.

Ella entró en la casa, e hizo en la puerta un signo.

Los cultos debían de continuar.

Leyó el contenido del sobre, era lo que se esperaba.

Esos obesos sacerdotes no sabían nada, no sabían cómo calmar a la diosa, deberían de haberle hecho cambiar de idea.

Luz dejó que e sobre escrito con letras doradas cayera sobre sus pies.

Ella es mía, no tuya. Yo la puse en tus manos

El destino estaba escrito. Luz sintió como sus entrañas ardían, su cuerpo se estiraba y como un gusano se quedó tirada en el suelo viniendo la gran conversión sobre ella.

Al final Bellaria la estaba pagando, antes de tiempo, antes de que nada más pasase.

Pero el precio, era ella, su hermana.

Ya no haría con ella lo que pretendía, debía entregarla en perfecto estado, no importaba que otros la hubieran mancillado, ella, Luz, no podría.

Además Eva la había dejado. La perdía doblemente.

En su dolor interior sus articulaciones explotaron, su cuello se alargó, sus huesos se fortalecieron. Su rostro se alargaba, y los huesos como si mil aceros se le clavaran en el corazón desangrándolo no fueron nada comparado con el tormento de su alma, dolorido, abandonado, Eva se había ido, la única persona que había amado más que a sí mismo, el hombre dentro de ella resurgió sobre las escaleras, rompiendo aquellos pantalones en una falda grande, la sangre filtrada entre la moqueta llena de sangre por la que se arrastraba, escaleras arriba.

-Todavía es pronto, por favor, Bellaria. Tengo que volver a ser mujer

Cuando lo desees, pero este será tu estado completo de varón, mi Luz, Luz de mi alma.

El hermafroditismo se terminó. Ahora solo había el cambio voluntario, pero el proceso sería poderoso. Como una oruga a punto de meterse en su crisálida se arrastró hacia su habitación y envuelta en una vorágine de sangre y telas rotas que lo habían dejado desnudo cerró con llave su habitación.

Luego lloró como jamás lo había hecho, y sintió que le día se llevó los mejores recuerdos de su hermana, y que todos los sacrificios y el amor quedaban atrás.

Eva también lo sintió, al guardar el cristal en el maletín.

-Estos cristales nos permitirían resucitar a Bellaria, sin ellos no será posible-dijo Eva

-¿Estás segura?

-No

Axel había ido a la casa de su amigo. Era grande, pero solo de dos plantas.

Tenía un hermoso jardín, y la ciudad estaba cerca, se veían los ejercicios.

A lo lejos resonaron truenos, pero luego se calmaron.

-Tienes que llamar a Joshua-dijo ella

-Lo sé-dijo él

-Voy a buscar algo para la cena-dijo ella

-En la cocina hay fruta, y he comprado carne-dijo él

-Pues ya tenemos que comer

-Dime, ¿los Sicarios cómo son?

-Son demonios-dijo Eva-arrasarán con tu carne, y luego se llevarán tu alma.

-Mi alma…

-Sé lo que quieres, Axel. Sin eso no puedes continuar-dijo ella

Él miró el suelo, avergonzado.

-Llama a Joshua, debemos advertirle, inmediatamente-dijo ella-¿sabes quién lleva el caso?

-El inspector Lynch-dijo Axel encendiendo un cigarrillo-es el mejor inspector de homicidios de la ciudad.

-Sé cómo llevarle hasta Luz, sé las pistas que podemos dejarle saber-dijo ella poniendo los cristales en la sala de estar.

Se puso un vestido rojo y se sentó descalza ante la mesita.

Axel llamó a Joshua, y trajo después el té.

Eva se deshizo del cristal que llevaba en su túnica, y la tela cayó. Su piel blanca quedó al descubierto, y su cuerpo se filtró a través del destello de los cristales.

Luego tendió una mano a Axel, quien tembloroso acudió a su lado.

Se puso de rodillas ante ella, posando sus manos sobre sus caderas. Ella le miró con crueldad, su expresión era de fiereza, casi de odio.

Sus ojos proyectaron su azul sobre él, y Axel se perdió en la belleza.

-Nota tu debilidad, consúmete en ella-dijo Eva

Su cuerpo era de marfil, tan quieta estaba y tan radiante era la luz de los cinco cristales sobre ella que Axel apenas pudo mirarla.

Era el miedo, era la inseguridad.

Él, el más experto de los amantes, el que sabía de toda técnica amatoria, con escenas que harían las delicias de un director de cine erótico prohibido, ahora sentía su corazón palpitando como un potro desbocado, excitados sus sentidos, sin haberse quitado absolutamente ni una sola prenda de vestir. Lo que veía era la belleza más absoluta, pero no era belleza, era una sed.

Axel bajó sus ojos, y los mantuvo cerrados, sintiendo embarazo ante la excitación que no lograba ocultar.

Ella subió su mentón, e hizo que se pusiera en pie.

Luego se dejó caer, y como si estuvieran programados, Axel la cogió en el aire, y ella lánguida dejó que la condujera a la habitación matrimonial en la primera planta.

Todo ha sido preparado por ella…

Nardos en su cuerpo, vainilla, ese veneno envuelto en seda que eran los sábanos, ese veneno dulce que bebería hasta morir.

Ella no movió un dedo, Axel la dejó reposar en la cama, mientras se quitó la chaqueta, la camisa, y la tomó como un tigre, embebido de pasión, loco, aterrado, obsesionada, lleno de salvia, con toda la fuerza que el macho guarda para con la hembra que no es hembra, sino ese ser de luz, de fuerza, de desafío que cubrió sus días, su pensamiento, sus noches. Llenó todos sus vacíos, tomó la protuberancia de su piel, lamió el armiño, el mármol de su pecho, de sus labios, mordió suavemente sus muslos y la besó.

Adoró a esa estatua que era Eva como Bellaria pretendía que todos la siguieran.

Eva dejo que calmara su sed, porque necesitaba su fuerza interior en pleno resurgir. Se avecinaba el final de una época, el comienzo de otra.

Pero sintió en cada beso de Axel la experiencia, la inocencia rota de algo en su interior, se abrazaba a ella desesperado con frecuencia, interrumpiendo la pasión, mirándola a los ojos azules que le habían hechizado no el primero, pero sí al que más ella había admirado. Sintió en ella el afluir de la pasión, pero siempre fría, contenida. Su crueldad al mirarle, como si ninguno de los movimientos en el acto pecaminoso que él cometió sobre ella parecía alterarla, hasta que por fin cerró los ojos y dejó que Axel se saciara, tal vez demasiado. Las piedras abajo iluminaban la chimenea, el té burbujeante, mientras la sangre de algo que no puede ser mencionado cayó sobre las sábanas. Como si no importara, pero Eva sintió miedo, se abrazó a él, y se sentó mirándole en la cama. Dos seres, uno delgado, el otro fuerte. Uno blanco, el otro más bronceado, uno con barba, otro sin él.

No había hombre ni mujer solo había un ser que de nuevo se unió en un abrazo de carne, de espíritu.

Ella había cambiado el aire. La habitación que al llegar a la casa había sido visitada por Axel era ahora una habitación encarnada, donde lo azul y lo blanco se filtraban.

Ella se incorporó y él sintió un dolor en su garganta. Allí estaba, sosteniéndole, impidiéndole que la besara.

Solo duró unos momentos, para luego cerrar los ojos y dejar que el baño de caricias, de dolor siguiese. Axel lloró al final, cuando su rostro descansó entre los pechos de ella, preso del alivio irracional que sentía, fuente de milagro, fuente del fin de su tormento, y consciencia de la prolongación ahora de ese deseo que jamás se satisfacía por completo.

Casi había pensado que no sabría cómo calmar en ella su anhelo, pero aún habiéndolo calmado, aún sentía el pinchazo, el aguijón que su frialdad había marcado en él, sujetándole con fuerza su antebrazo, observándole instintivamente con sus ojos azules, antes de dejarlo que cayera en éxtasis sobre ella, vertiendo todo cuanto era, cuanto legaba, cuanto tenía para dar.

Axel dudó antes de hacerlo, pero ella no le había dicho nada.

Sabía cómo sucedía, pero Eva lanzó sus brazos rendidos hacia atrás, que el recorrió con sus manos grandes, en menos de un momento.

Llegado el último instante de placer se arqueó como una estatua de mármol, siendo la piel bronceada de Axel el único elemento profanador.

Los cristales que ella había dejado en la casa brillaron. Y Luz gritó, presa del dolor más grande que jamás podía haber contenido su pecho.

No era un grito de hombre, pero tampoco de mujer.

Sabía que era Axel la causa de este robo, de esta unión. Le había quitado a Eva, ahora ella le pertenecía en cuerpo, en alma, ella lo había decidido. No a Bellaria, ni a Luz, lo había decidido traicionando todo.

-¡Noooooo! …

Luego Luz agonizando en el suelo, finalmente sintió su corazón pararse.

-Eva…

Fue un susurro de hilo.

El dolor hizo que su pecho explotara. Un golpe de sangre brotó en el suelo. Pero tal vez no era tan tarde, tal vez no lo era.

Alguien la levantó y la dejó descansar sobre la cama.

Eva feliz, desde la lejanía selló por fin su acuerdo con aquel hombre mortal, como había sido su padre, como ella era.

-Está hecho-dijo Eva-mi destino se ha unido con el tuyo. Tu vergüenza puede ser cubierta ahora-dijo ella mirando a su lado a su amante jadeante, que cerró los ojos y sonrió, tapándose con la sábana.

Jamás pensó que a él pudiera ocurrírsele nada semejante.

Las cortinas de la ventana medianamente abierta se hincharon, y la lluvia, afuera, chisporroteo, tantas veces como él

-Me avergüenzas-dijo él

Pero ella no sonrió, solo le miró fijamente de lado, como si no fuera con ella.

-¿Tienes frío?-le preguntó dulcemente

-Sí, cerraré la ventana-dijo él desnudo

Se acercó a cerrarla, suspirando. Pero cuando se volvió allí estaba ella.

Desnuda también, mirándole, pero en sus ojos ya no había odio, sino curiosidad.

-Oh…me has asustado-dijo él al notar su aparición como un fantasma.

Ella tocó su rostro de nuevo.

Con las dos manos, que ahora eran más cálidas.

Hizo que Axel mirara para abajo, mientras tocó su pelo, su barba, sus ojos, como si quisiera dormirle.

-Has dejado que yo….

-Sí-dijo ella-quería que la primera vez todo fuera perfecto-dijo ella cerrando los ojos.

Sentía dentro de ella el ardor que Axel le había dejado, su cuerpo aún estaba manchado por la esencia, el polen de ese hombre, ese profanador según su hermana Luz.

Los labios de Axel bajaron hasta los de ella.

La besó, pero un desconsuelo se apoderó de él. Gimió y negó con la cabeza.

-No, yo, yo…pensé que jamás ocurriría.

-¿Qué sientes?

-Te quiero-dijo él

Eva se entregó a sus brazos, rezumantes de más pasión.

Él la arrastró hacia la cama, y esta vez no sintió ningún pudor ni freno.

Eva conoció al auténtico Axel durante dos días. Fueron los días del amor, los de mayor agonía para Luz.

La ataron sus tres sacerdotes con cuerdas a la cama, la conversión que Bellaria tenía previsto comenzar para ella ya había comenzado.

Le ataron los pies y las manos, y la desnudaron solo para cubrirlas con las gasas ceremoniales de Bellaria, mientras el cambio se producía.

Aquella fue la habitación del horror.

Se suspendieron los ritos, y durante días los acólitos esperaron en la puerta de la mansión Parejo, esperando a que la suma sacerdotisa sanase.

Pero los gritos eran horribles, la agonía aún más. Sentía que cada trozo de piel era un pequeño sarpullido que saltaba, pero antes apuñalaba sus entrañas, mientras Eva era besada, era amada por Axel hasta el desfallecimiento.

-¡Traedme la hierba de Bellaria, la hierba!

-¿Qué es eso?-preguntó uno de los sacerdotes

-No podéis dársela-dijo una voz de una mujer mayor, al fondo.

-¿Quién eres?

-Soy Alma, la madre de Luz-dijo ella bajándose la capucha, mostrando sus cabellos blancos-ya ha comenzado. Es la Dualidad, Bellaria se la está dando. Su unión con su hermana la está debilitando.

La mujer puso su mano experta en su frente, y sí, en efecto, se estaba produciendo.

Una madre de la que nadie había oído hablar jamás aparecía ahora.

-Preparadle esta pasta, calentadla y mezclarla con estos pétalos-los sacó en dos tarros y los sacerdotes abandonaron la estancia.

-Ambrosius-dijo al primero

El hombre clavó sus ojos oscuros en ella.

-Has cuidado bien de mi hija, gracias-Alma asintió

Ambrosius se marchó haciendo una reverencia.

-Madre…-acertó a decir ese ser de sangre y muerte-has venido.

-Te dije una vez que siempre estaría a tu lado, aunque tuviera que salvarte de ti misma

-Pero madre, Eva, ella…

-Eva se ha marchado, déjala ir, hija, o te matará-dijo Alma

La madre puso en el pecho de Luz su mano. Aún era una mujer, pero le quedaba muy poco tiempo.

-¿Podré volver a ser mujer?

-Solo a voluntad, pero sí, podrás-dijo su madre

Al momento comprendió que no había entendido nada.

La agonía siguió durante días, las hemorragias y el dolor. Para la curación de la enferma se publicó una pequeña columna en "Lo extraño" escrita por el mismo Lorenzo Méndez.

Su hijo había pedido unos días, como Axel, y eran los periodistas del caso.

También le escribió una carta Luz al poco tiempo. Volvería a su casa con él pronto, era solo una enfermedad transitoria, pero mortal si se apegaba, una extraña fiebre.

Lorenzo tardó una semana en verla, pero cuando la vio Alma sintió como él era realmente un consuelo para Luz. Pero los planes que su hija tenía eran los que siempre había proyectado, y eso la asustaba, la asustaba de veras.

-No lo hagas, hija.

-Bellaria es la única que puede ayudarnos, mamá

-Tu vida debió de satisfacerte, Luz. Tu hermana te ha cambiado.

Pero Luz tenía en su mente lo que realmente Eva le había hecho.

Una cama blanca frente a otra, las cortinas hondeando, el perfume de vainilla y nardos, los pétalos que la hermosa mujer dejó quemando junto al alfeizar, mientras el fuerte Axel la contemplaba tan enamorado como un hombre podría estarlo de una mujer mala que lo desafiaba, pero de la que no podía estar separado porque ya ambos eran uno.

Luego estaba la suya, donde estaba atada, con el emplasto que sus oscuros sacerdotes le habían estado poniendo encima por mediación de su madre, mientras en agonía los dolores y los celos se apoderaban de ella, y temblaba y se sacudía de dolor.

Cálmate, hija, todo saldrá bien. Eva siempre te amará como su hermana.

Frente a las frases de Bellaria.

Que toda muerte sea por amor. El amor con amor se paga, véngate.

Cálmate y véngate.

Entre los brazos de Lorenzo tomó la decisión tirando el anillo que una vez le había regalado a Eva.

-¿Dónde está tu hijo?

-Se ha tomado unos días, amor mío-dijo Lorenzo, feliz de que su novia estuviera recobrada.

-Se lo merece, es normal.

Luz volvió a su casa, y dejó que todas las personas entraran. Alma en la puerta se puso los guantes negros.

Solo podía significar una cosa.

Los había traído. A los Sicarios.

Menos mal que su madre estaba con ella.

-Bellaria, Bellaria

Las voces de los seguidores se filtraron por las paredes cuando Luz fue a la parte de atrás, en el jardín secreto y se encontró con los seres que habrían de cazar a Eva, y les sonrió.

Tuvo que darles lo que el protocolo exigía.

Una pertenencia de la que debían encontrar.

Les entregó el cristal transparente más querido de Eva, pero ¿Acaso no lo había comprendido?

Le había dejado allí lo que más quería, pero la ceguera de los celos sin final no cesaba.

-Me la traeréis viva, y a él, lo mataréis-les entregó la pluma de Axel-lentamente por Bellaria.

Luego los observó.

Perfectos, delgados, extrañamente arrugados. Ocultos sus corazones, solo temerosos ante la palabra "Dios". De él huían.

Miembros de la Iglesia que tanto adoraba su hermana un tiempo, ahora renegados de Dios y de los hombres.

Los Ermitaños, los Asesinos de Bellaria.

Aquellos que podían dormir en el tronco de un árbol y tomar forma y fuerza de cada elemento muerto, nunca de los vivos. No había forma de detenerles.

Los Sicarios que eran como comúnmente eran llamados vendrían y arrasarían con todo.

No pararían hasta que tuvieran la cabeza de Axel ante ella.

La luz bajó sobre ellos, y se escuchó un sonido.

Era el sonido de la oscuridad que lentamente iba tomando forma. Podría haber venido de la profundidad de la tumba de Bellaria, pero venía de la parte media. De las palabras, del mensaje obsceno de un hombre, uno de los tres sacerdotes, que en ese mismo momento llamó a una de las acólitas y le rebanó el cuello lentamente, mientras la mujer rezaba el credo de Bellaria.

-El amor con amor se paga.

Ocurrió así, entre todos cuantos estaban unidos. Algunos lo encontraron abominable, obra de unos lunáticos, y quisieron llamar a la policía, otros se excitaron en silencio, avergonzándose de este sentimiento, por la orgía de sangre y muerte, y por las agresiones que otras cometieron contra sus hermanas. El día casi había llegado.

La Altísima pronunciaba palabras de amor.

Todos se querían y se destruían por ello al complacerla.

Os amo, hijos míos, más que a mí misma. Por mi tomaréis sangre del que sigue a vosotros y me traeréis de vuelta la vuestra propia.

Traédmela

Se refería a su hermana, Luz lo sabía.

No había preguntado, no había pensado ni por un momento en qué sentiría ella.

En qué, el ser que la había encontrado de pequeña, la había rescatado y le había dado un hogar.

-Hija, no debes dudar-dijo su madre

Los Sicarios observaban a Luz, con complacencia.

Pero no sería a ella a la que seguirían. Y Luz no estaba complacida.

Había encontrado el amor en los brazos de Lorenzo, aquel hombre mortal, pero la traición de Eva la había hecho más y más fuerte, más despótica.

Donde antes había piedad y una promesa, ya no la habría. Solo daría muerte a este mundo, ya fuera o no por amor.

Por amor sería, para deleite de Bellaria, pues ella jamás había sentido tanta gana de causar sufrimiento, jamás se había quemado por dentro.

Luz no era capaz de hablar.

La carta de Eva le había llegado, renunciando al apellido Jail, a su apellido.

La había abierto como mujer, y la había desgarrado tirándola al suelo como hombre.

-Te ha traicionado, pero debes dejarla ir-le repetía su madre

-¡No! ¡Ella es mía! Solo yo puedo darle muerte-dijo Luz

-No matéis a Eva, solo al hombre, id con el son de los suspiros de los hombres al jadear en el amor, con las gotas de polución de esta ciudad maldita, con cada abrazo, rompedlo. Aniquilad el amor a vuestro paso, no al que es infeliz, sino al feliz. Haced esto por mí, y yo os daré gran cantidad de satisfacción.

Luz se quitó el anillo que tenía gemelo al de su hermana.

Con la piedra azul.

En sus ojos apareció la luz del día, filtrada por unas cortinas rosas.

-¡No, Luz, aún no estoy preparada!

-Oh, Eva, vamos, no habrá nada que no haya visto, recuerda que yo también soy una chica-dijo ella abriendo las cortinas.

Eva se estaba bañando. Con doce años ya era una absoluta muñeca.

Su pelo negro, teñido por ese desgraciado ahora, tenía el olor de los nardos, ya desde el primer día.

-Mira lo que tu hermana te ha traído-los guantes blancos de Luz le dejaron una pequeña caja.

En la bañera Eva rió feliz.

-¡Siempre me traes regalos!

La abrió, y la piedra azul la hizo temblar.

Nunca olvidaría su cara.

-Pero póntelo, tonta, no es para que lo mires, es para que lo uses-le dijo Eva

Eva se lo puso ella misma, deshaciéndose de los guantes que flotaron en el agua.

-¡Pero si tienes otro igual!

-Sí, igual que el tuyo-dijo Luz

Entonces Eva había traído su cabeza junto a la de ella, con las narices pegadas. Se habían jurado lealtad, hermandad.

-Te prometo que jamás existirá nadie por quien sienta más amor que por ti, hermana-dijo Eva

Y con los años la promesa había sido cumplida, pero de manera muy diferente a cómo Luz la concebía, de hecho tanto que el corazón de Luz había cambiado para siempre.

Le entregó al Sicario Mayor el anillo.

Sus lágrimas quemaron su rostro, pero las manos de Alma en su rostro descansaron.

-¡No, Luz! Eso no, o acabarás como Bellaria-dijo ella

Retuvo las lágrimas de su hermana, mientras el ser tomó de su mano blanca el anillo. Cerró los ojos Luz y todos desaparecieron.

-Mi hermana ha abjurado de mí, por ese hombre-dijo ella

Me ha dejado, me ha olvidado, mi hermana

Era la hermandad en Luz tan grande en su naturaleza de mujer, como el deseo por ella como hombre. Su corazón latente de amor se bañaba ahora en un solo amor, dos tan diferentes los había conjurado como uno.

Amaba, de manera extraña, pero amaba, amaba sin igual.

Eva fue la mujer más amada del mundo porque toda clase de amor se regodeaba en ella, porque siempre había un ser vivo, mortal o inmortal pensando en ella, porque ningún suspiro quedaba sin que llevara su nombre, ningún gesto suyo pasaba desapercibido, todos la miraban, a todos consumía con su voz, su paso, sus ojos.

Muchos hombres y mujeres murieron por ella, y aún hoy lo harían.

Su vida fue larga, pero el rastro de amor que dejó aún hoy se escucha, en estas páginas.

Es el eco que tú escuchas, la fragancia que tú respiras.

Cuando amas a tu hermana, a tu madre, a tu amante, a tu mejor amigo, a las plantas, o a los árboles, pues éstos a través de Bellaria también la amaron.

Amaron y desearon a Eva, la siguieron y por ella pelearon, uniendo los mares a su canción de dolor por no poseerla del todo.

Solo un mortal la poseyó, pero muchos la tocaron.

Muchos la vieron, la desearon. Le susurraron en idiomas que ella no comprendía, y ella ayudo a algunos, pero a nadie más que a sí misma, egoísta y no madrina, querida pero no amante.

¿Fue su corazón acaso de alguien?

¿Puede el amor amar?

No se unió en ella lo divino y lo humano, sino en los que la buscaron y la hallaron.

Eva cerró los ojos por un momento, y vio su anillo en el suelo.

El de la piedra azul, el que su hermana le había dado.

Cuando las dos eran una familia, cuando eran una sola.

¿Cuánto tiempo había pasado desde entonces?

Las dos se amaban aún, nadie podía ponerlo en duda. Y ella aún daría todo por tener a Luz de su lado, pero ahora comprendía que la hermana que la había rescatado era solo una cara de su Ser completo.

Que realmente si había que hablar de amor se debería de abrazar al ser completo, más exactamente al de dos personas en una en este caso.

Si ella amase únicamente a Luz, la hermana, no estaría amándola en verdad.

Capítulo 9: Lo que sucediera si...

¿Qué pasaría con el hermano?

Eva miró el anillo, llena del amor de Axel en ella, en su interior, en su piel, y lo comparó con la expresión de dolor que hizo al ver el anillo de la piedra azul.

-Eva ¿qué te ocurre?

-Ese anillo fue comprado por mi hermana para mí-dijo ella-cuando no tenía a nadie más en el mundo.

-¿Aún la quieres, verdad?

Eva en medio del llanto inevitable cerró los ojos y negó.

-No puedo amarla, ya no puedo, por lo que ha hecho.

Alrededor del anillo estaba el rostro de su hermano, de Luz, de igual nombre que su hermana, aquel que había asesinado a tantas chicas.

Aquel al que aún ahora cubría.

Su esquema estaba roto, no sabía qué hacer. Pero ella misma al entregarse a Axel para calmar esa tensión entre ellos que provocaba el exagerado deseo del joven hombre había roto el corazón de su hermana y de su hermano a la vez, pues cada uno de manera muy diferente la quería.

Si algo había hecho Luz en todos estos años era definir el amor de Eva, el alentar a mantener su lealtad junto a ella.

Pero no había podido ser así.

-Yo no puedo seguirla, Axel-dijo Eva-no puedo protegerla más.

Vio las flores rojas, las amarillas, marchitas, que había rodeado a cada víctima, en el altar de Bellaria, cuando entró una vez la había visto y a Luz rezando ante el altar, consagrándose a sí mismo como hombre.

-Hermana, mira, he hecho un sacrificio, reza conmigo-le decía él cogiéndola de la mano.

-¿Qué quieres decirme que te atormenta así, Eva?

En su espalda desnuda, tapado su cuerpo solamente por la sábana, en el suelo mirando al anillo sintió la mano suave y cálida de su amante.

-Mi hermana fue un ángel para mí, pero sientes al diablo en sus palabras, en sus acciones, en sus actos. Opera a través de Bellaria, es el mal en estado puro lo que porta, Axel.

-¿Quién es realmente, Eva?

-Ella es el mal, y lo trae a esta ciudad-dijo ella-es apenas una sombra de lo que nadie podría sospechar, pero la amo porque bajo su oscuridad hay un corazón que busca ser amado. Me ama a mí porque no puede amar a nadie más. Me moldeó para ser su amiga, su hermana, su amante.

-¿Su amante? ¿Qué dices?

-No me digas que no lo sospechabas-dijo ella

-Me he negado a creerlo todo este tiempo, Eva-dijo él

-Mi hermana pertenece al pueblo de la antigua tradición, la sangre de los que unos llaman los primeros dioses y otras ninfas o hadas corre por sus venas. Alma su madre, murió hace mucho tiempo según ella, pero sé que no es verdad. Ella dice que le dio la vida Bellaria pero su linaje es mucho más joven. Es un linaje perdido, mágico, antiguo, no tiene definición. Sé que jamás he conocido a nadie como a ella. ¿Crees en este mundo de magia? Pues estás ahora en el ¿crees que mi madre iba abatirme y que ella me recogió? ¿Crees que posee el don de la Dualidad, que es mujer y hombre a la vez?

Axel la miró sorprendido, de como ella se irguió ante él.

-Es de día la mujer, de noche el hombre, cambiaba al principio como cambian mis alas de mariposa que no ves. No puedes entenderlo si no, a veces ocurre por la luna, otras por sus emociones descontroladas. Sus ojos crecen, sus piernas se vuelven fuertes, sus manos más grandes. Su rostro es el mismo, pero de facciones más crueles. Como hermano es el más fuerte, pero como hermana también. Finge amar a las personas como hombre, pero como Luz lo hace, amo su parte femenina. Fue ella la que me salvó, y a la que en cierto modo le pertenezco. Ella me defendería de sí misma, de mi otro hermano, pero no puede hacerlo, porque está atada a él para siempre. Porque si lo matásemos a él estaríamos haciéndolo con ella. Su madre Alma es también dual, lo vi en los cristales a los que estoy esclavizada por ella. Ella me enseñó a leer los cristales, me enseñó a utilizarlos para saber más de todo, y también al culto a Bellaria.

Axel la miró poniéndose el pelo para atrás.

Encendió un cigarrillo y se acercó a la puerta. Ella lo vio apoyado mirándola, esperaba la segunda parte de su historia.

La otra

Aquí la tenía.

-Cuéntame lo demás-dijo él

Ella no decía nada. Cogió el anillo.

-Háblame de la oscuridad, Eva.

-La oscuridad forma parte de ella, así me forjó, pero en su proyección animal, desmesurada. El lado masculino de los Duplicantes no es como el de los hombres o el de los animales, pero nace de él. Toma el amor de los humanos y lo combina con la posesión de los animales, del macho alfa, para poder de nuevo volver al sentimiento humano. Mi hermano desea tener mi cuerpo, no me considera mi hermana, aunque finja hacerlo para complacer a su otra parte, la de mujer. Si una parte contradijera a la otra, enloquecería y moriría. Pero su obsesión por mí la llevará a la destrucción. Luz es su nombre, el de mi hermano.

-Pero él moriría por ti -dijo inevitablemente Axel-jamás dejaría que nada te dañara.

-¿Qué quieres decir?

-Que jamás nadie te amará como él lo hace-dijo Axel

-Es la tormenta-dijo ella

-No, Eva. No lo es. Es el mal-dijo Axel agachándose y tomando su rostro entre las manos-tienes que dejar de hacer eso, no puedes dejar que el deseo que otros sienten por ti lleve a la destrucción de los demás.

-Me acusas injustamente, la pasión de mi hermano no es asunto mío-dijo ella suavemente.

-Lo sé-dijo Axel acariciándole su pelo-pero tú eres la persona, el ser que me hipnotizó, que aún me tiene obsesionado con cada palabra, que con cada mirada me acerca a él más y más. Para mí no tienes sexo, ni definición, ni día, ni noche. Al igual que tu hermano iría a la tumba si así puedo estar contigo, como harías con mi propio padre, como sé qué hiciste con Laurio.

-Laurio-susurró ella

-¿Lo ves? ¿No puedes evitarlo, verdad?-le preguntó él

Ella no sonrió, pero supo a qué se refería. La oscuridad también en ella.

-¿El mundo estaría mejor sin mí?

-No-dijo Axel-eso nunca, sin ti sería un lugar sombrío, tú eres la poca luz que late contra este mal al que nos enfrentamos, pero sin lo que tú provocas, Eva, sería sin duda un lugar mejor.

Eva le miró, triste.

No mentía, entre sus propios defectos estaba la vanidad y el egoísmo. No concebía que ella también fuera como Luz, que tantos años a su lado la habían agotado, la habían modelado demasiado.

-Debería de morir en el altar de Bellaria, con los de mi especie-dijo poniéndose el anillo

-Pero no eres tampoco de su casa, Eva-Axel le quitó el anillo y ella lloró aún más en silencio.

-No pretendo hacerte daño, pero quiero que abras los ojos. Te necesitamos, pero deberías desprenderte de la magia que da tu encanto-dijo él

Ella vio en sus ojos grandes y cálidos la vedad.

Axel era sincero, y sabio. A su edad, a su tierna edad.

-Eres tan joven-dijo ella

-¿Qué quieres de mí, qué quieres que haga a cambio de tu amor?

-¿De mi amor? Pero si me has dicho que eso es lo que causa la ruina a la gente

-Dime que no disfrutaste con lo que le dijiste a Laurio, dime que tu pelo no está teñido de rojo por él. Para atormentarme-dijo Axel

-¿Crees que me conoces?-dijo ella

-Sí-dijo Axel-más que tu propia hermana. Sé que en ti hay un gran mala, y que eres parte de su poder oscuro, pero también que eres la luz para esta ciudad porque lo has escogido. Sé mirándote que nuestras elecciones es lo que nos define.

-Mi hermano es el que ha asesinado a todas esas jóvenes-dijo ella-pero tengo miedo. ¡Tengo miedo, Axel!

Axel sintió como ella le abrazó.

Ella temblaba como una hoja en sus brazos. Se lanzó a su vientre y hundió el rostro bajo él. Axel se sintió perdido.

-¿Beatriz está muerta?

-No, el alcalde la tiene, formará parte de los Veinte Testigos que mi hermana necesita para la Ascensión de Bellaria.

Axel jamás había visto tantas lágrimas juntas.

Eran lágrimas sin fin.

Eva puso la mano en su corazón.

-Que esto acabe, que termine-dijo ella susurrando.

Luego cerró los ojos y comenzó a moverse de un lado a otro como si fuera una enferma. Tenía fiebre, no había duda.

Axel la cogió en brazos.

-Pero Eva, los asesinatos han parado-dijo él

-Porque yo se lo pedí a cambio de mi colaboración, ya no podía soportarlo más.

Axel la llevó a la cama, donde ella abrió sus brazos los suyos.

-Si denunciaba a mi hermano, mi hermana pagaría. Maldito demonio...nunca pudo completar sus violaciones sobre las chicas porque físicamente aún no estaba dotado para ello.

-¿Te agredió alguna vez?

-Nunca lo logró-dijo ella sin más palabras que las del olvido.

Axel notó en el temblor de su espalda la tormenta. La hermana a la que tanto amaba, atada a aquel otro hermano sin moral, sin norte, sin lugar en el mundo, que la quería con un amor antinatural.

Era como si el viento a su alrededor se volviera.

-Tu hermana no existe, Eva. Has sido criada por un monstruo. Tu pasado ha quedado atrás, debes decidirte-dijo él

-¿Qué puedo hacer? -dijo ella

-Puedes luchar por lo que es justo-dijo Axel dándole la vuelta y atrayéndola hacia él-puedes dejar que el pasado acabe contigo, puedes solucionar la situación presente, salvar a muchos, y luego hundirte o salir arriba, puedes vivir conmigo o vivir sola. Tenerme de amante o de amigo, dejar la ciudad o irte a Europa. Si algo hay en la vida son opciones-dijo él

-No, no es cierto-dijo ella-mi pasado no existe, mi presente tampoco. Muchos me aman, pero yo no amo a nadie. No tengo hermana, no tengo madre, no tengo futuro.

-Pero estás aquí, ahora-dijo Axel-y aquí seguirás hagas lo que hagas. Quizá la realidad es eso.

-Lo es-dijo Eva-por eso es tan devastador.

-Esperamos demasiado.

-De nada-dijo ella-¿a la realidad qué se le puede pedir?

-Se puede dar, se puede recibir, pero nada más-dijo él

-Mi hermana es un monstruo, por ella fui criada, todos a cuantos yo quería se han dado la vuelta, han quitado sus máscaras y se han descubierto-dijo ella-pero yo aún no lo he hecho. ¿No tienes miedo?

-Sé que no eres muy diferente de ella-dijo Axel

-¿Cómo puedes saberlo? ¿Cómo sabes que no juego contigo ahora?

Axel la miró con resignación.

Tal vez ella tenía razón, pero en cualquier caso la deseaba, y ahora que la tenía no se apartaría de ella.

-¿Cuál será nuestro siguiente paso?

Axel sonrió, al menos tenían eso, el presente estando juntos.

Joshua logró reunirse con ellos en menos de una hora.

-Buenos días-dijo entrando quitándose la gorra-¿es ella?

Eva asintió mientras Axel lo dejó entrar en la casa.

-Sí, es ella-dijo Axel

-Ya casi ni te conocía, Eva. Disculpa, no tengo la cabeza en mi sitio-dijo Joshua dándole dos besos

-¿Estás bien? -le preguntó ella

-Sí-dijo él-he estado hablando con el inspector Lynch, me ha dicho todo lo que sabe.

-Las víctimas, ¿te ha dicho si están relacionadas con Beatriz?

Joshua no dijo nada solo miró al suelo cuando Axel le mandó sentarse.

Eva trajo un té para cada uno de ellos.

-Bébete este té, te tranquilizará. Aliviará tu corazón

Joshua la miró, desesperado.

-Oh, nada podría hacerlo-dijo él

Luego miró la casa, era una nueva, no sabía de donde procedía aquella fragancia, ni los exquisitos sofás turcos.

-Entonces podrán hacerlo mis palabras Joshua-dijo Eva mirándole.

Sus ojos eran dos lagos.

-Tu novia está viva-dijo ella-la tiene el alcalde

-¿Cómo?

-La retiene a ella, y a otros-dijo Eva-serán los Veinte Testigos en la Ascensión

-La Ascensión de Bellaria-dijo finalmente Axel, colocando los cinco cristales de color delante de él, en la mesa de madera.

Joshua miró los cristales, sintiendo un escalofrío. Solo el té le mantuvo caliente por dentro.

Sabía a almendra y a nogal, era un sabor extraño.

¿A Nogal?

La palabra le vino directamente a su corazón.

-Mi hermana Luz no es quien dice ser, es un ser cambiante, de la Antigua Tradición. Sus Sicarios vendrán para acabar con todo lo que amamos, necesita resucitar a Bellaria-dijo Eva

-Claro, aquellas palabras que escuchamos, la grabación.

-Así es, ella es real-dijo Axel

Joshua se levantó, era difícil conciliar todo cuanto estaban diciendo.

-¿Qué querrán esos Sicarios?

-Quieren mis cristales-dijo ella

Joshua observó a Eva. Llevaba un traje largo, color gris perla, con un broche en la cintura, que la ceñía todavía más, dejando entrever su delgadez extrema.

-No, te quieren a ti, todos lo hacen-dijo él asintiendo.

Era una verdad, no era tan contundente como Luz, pero era perturbadora.

Oh, sí, incluso él podía notarlo.

Veía en Eva esa fascinación que producía, la veía a través de otros. Al estar tan enamorado su percepción de ella era diferente, auténtica.

Amaba tanto a Beatriz que asintió con tristeza, siendo consciente de cómo ningún hombre o mujer querría escapar del abrazo de Eva.

Eva entonces observó sus ojos admirados, incapaces de ser hipnotizados por ella.

Leyó en él el amor a su novia desaparecida.

-Tú la amas-dijo ella

Axel dejó un momento de dibujar los cristales, y les miró ambos.

Joshua flotando casi en el pasillo, Beatriz junto a él. Joshua la miró, la sintió.

-Beatriz-dijo él

Sabía que no era ella, pero no podía evitarlo. Necesitaba decirle que la quería, que muy pronto la encontraría, que no había ser mortal o inmortal que les impidiera estar juntos de nuevo, que ella era su vida, su única razón. Que él no era una gran cosa, no era un héroe como Axel, ni tan rico o talentoso como su padre en nada, pero algún día sería el hombre que ella se merecía, y la podría tener como a una reina. Le daría lo mejor.

-Beatriz ¿eres tú?

Beatriz no podía hablar, pero le sonrió. Sus carnosos labios, su pelo negro peinado en una coleta a caballo…tocó sus manos oscuras.

Oh, sí, sin duda es ella

Axel miró como Joshua acarició el cabello de Eva. Era Eva, pero Joshua veía a Beatriz.

Luego besó apasionadamente a Eva, quien le abrazó con suavidad.

Joshua volvió a su ser, feliz. Tranquilo.

-Gracias-dijo él

Eva sonrió, tenía el carmín corrido. Luego se alejó.

-Está viva, Axel. ¡Lo he sentido!

Axel abrazó a su amigo. Luego se miraron en silencio.

-Quiero que sepas que jamás he tenido un amigo más leal que tú, más bueno-dijo Joshua, después rompió a llorar.

-Debemos de llevar al inspector hasta mi hermana, para que la detenga, antes de que sea demasiado tarde-dijo Eva apareciendo de nuevo.

-¿Dónde guardaremos los cristales? -preguntó Joshua

-Los cristales los llevaremos con nosotros, no podemos exponernos-dijo Axel

Eso hicieron.

-Iré a la mansión Parejo, mi hermana a estas horas estará con tu padre-dijo Eva-iré a mirar algo que me parece que podría ayudarnos.

-¡Mi padre!-Joshua se abalanzó sobre Eva-¡prométeme que no le pasará nada!

-No le pasará nada-dijo Eva

-¿Lo dices por decir?

-No. Mi hermana realmente lo ama, he podido verlo. Él la hace sentirse amada, esa necesidad que todos tenemos-dijo ella mirando a Axel.

Axel se ruborizó.

Recordaba bien todo lo que le había hecho de noche, en la locura de la carne. Ella notó las marcas en las caderas. Las heridas que Axel le había hecho, pero él notó el ahogamiento, cuando ella lo había sujetado mientras él la miraba dulcemente, lo había cogido fuertemente por la garganta, para luego pasar de depredador a víctima, a la pasividad tan grande que supuso la mezcla con lo oculto y desafiante que enloqueció a Axel hasta límites extremos.

Cuanto más daba, más buscaba, cuanto más buscaba más quería alcanzar en su cuerpo hasta que ya se quedaba sin aliento, sin fuerza vital, derramándose dentro de ella como un amante vencido.

Ella se dejaba poseer, pero él era el vencido.

Era suyo en cuerpo y alma, moriría por ella. Eso estaba escrito.

Estaba escrito.

Beatriz está viva, está viva

A su lado, su amigo sintió que por primera vez su lucha tendría sentido.

Axel tomó su revolver, no quería arriesgarse, y el florete que se había traído de la casa de su padre. Su padre había insistido en que aprendiera esgrima, y él lo hizo.

-A lo mejor quizás un día, entiendas por qué te hago que aprendas, hijo.

Axel ahora comprendía que toda su existencia, cada paso, cada amante dejada a un lado, cada amanecer que había visto le había conducido hasta ese momento.

-Yo tengo mi propia arma-dijo Joshua-será mi billete de ida.

Eva lo miró, sabiendo que sería eso, su billete de ida.

Lo vio abrazarse y decirle no se qué a Axel.

Dos hermanos, dos amigos. Nada de envidia, ojalá aquel momento pudiera dudar. Como su amor por Luz.

Mi hermana, mi hermana

Luz se había ido.

En efecto, pero lejos de donde Eva había estado.

Era una negligencia no consultar los cristales, Eva lo sabía, y más en aquellos momentos, pero no era capaz. Tanta oscuridad por parte de ese ser llamado luz era demasiado, le dolía el corazón por la traición que le había dado, pero tampoco quería ver el mundo en el que había crecido en ese infierno en el que ella y Bellaria querían someterlo.

Temía y le sangraba el corazón a la vez.

Luz se había marchado, tras mirar las baldas del sótano. Allí estaba todo cuidadosamente.

-Madre, vamos

A su lado Alma se había puesto la capucha.

Ambrosio las esperaba fuera.

-Altísima-dijo mirando a Luz

Aún mujer.

-¿Qué ocurre?

-No logramos encontrar a la princesa-dijo él

-¿Cuántos corazones habéis devorado?

-Solo a la hermana menor-dijo él

-¿Qué hermana?

-Tres, eran tres niñas las que nos dieron la dirección contraria-el segundo sacerdote detrás de Ambrosio apenas podía verse. Solo su boca se transparentó a través de los troncos.

Le entregó el cofre a Luz.

-Muy bien, id más cerca que lejos del desierto, allí donde la nueva carretera se construye, y la encontraréis-dijo Luz con suavidad.

Los tres Sicarios se desvanecieron. No eran invisibles, pero viajaban por las piedras, la yerba, el aire y trepaban por los árboles, los edificios. Todo terreno pantanoso era evitado, pero la tierra seca de Los Ángeles era un placer para ellos.

-Es la época del alcohol, hija-dijo Alma-este lugar es un horror.

Su hija se giró, pero su aspecto era diferente. Más oscura que clara.

-Hija mía….

Luz sonrió.

-El amor con amor se paga, que toda muerte sea por amor-dijo ella

Alma sintió que algo se había resquebrajado en el interior de Luz, ya no tenía día ni noche, luz ni oscuridad. Tan solo tenía ambición. Siguió a su hija allí donde la llevó.

Tuvo que tocarla dos veces para asegurarse que era ella.

-Soy yo mamá-dijo Luz

Era todo lo contrario de lo que Luz era. Vieja, gorda.

¿Qué era todo aquello?

Luz aparcó en una calle llena de gente.

Entró con su madre por la parte de atrás subiendo las escaleras.

Llevaba un vestido negro y un gorro negro también. Sus carnes vibraban bajo la falda.

Por fin picó en una de las puertas que comunicaban con un patio exterior.

Alma a su lado, era invisible para los ojos escépticos. Siempre había sido así.

-Hola, oh, Lesley…..

Anna estaba ante la puerta. Lesley en silencio la miraba.

-¿Qué quieres? ¿Ha pasado algo?

-Vengo a buscar a Lorenzo-dijo Lesley ante sus ojos

-Ya sabes que nuestra historia acabó. Él está enamorado de otra mujer ahora-dijo Anna

-Mientes-dijo Lesley-¿cómo sabes que la ama a ella y no a ti?

-Vete, Lesley, no está bien que sigamos en esto, solo saldríamos heridas-dijo Anna

-¡Anna! ¿Quién es?

Si Luz creía que la vida no le había reservado suficientes sorpresas se equivocaba.

Tras ella había alguien, una voz conocida.

Era la de Lorenzo.

Luz dio un manotazo a la puerta, y la abrió del todo. Allí estaba, al fondo.

Completamente vestido con un ejemplar de su periódico en la mano, y un puro en la otra.

Su Lorenzo

Hasta su peón le habían arrebatado.

Luz llena de odio, abrió su bastón y clavó algo en el estómago de Anna, sintiendo la traición no la de Lorenzo, sino raramente la de Eva, de nuevo.

Ella me traiciona, yo que lo he dado todo por ella.

-Ahhhh

-¡Anna! ¡Lesley! ¿Qué has hecho?

Al principio Lorenzo pensó que Lesley la había golpeado de rabia, pero cuando vio que Anna no se movía y el fluir de sangre de su espalda, comprendió que era algo más serio.

-¡Anna! ¡Anna!

Lesley en la puerta gritaba de un modo inhumano, como las arpías de la antigüedad lo hubieran hecho. Su naturaleza mixta bajo el disfraz comenzó a surgir. Ni era voz de hombre ni de mujer.

Luz notó a Eva, la olió sobre el cuerpo y los labios de Anna.

¿Eran amantes?

¿Eran amigas?

¿Cuándo habían estado juntas?

¿Por qué no se lo había dicho?

¿O lo había hecho?

Se imaginó a Eva frente a ella, pero por alguna razón no podía verle el rostro.

-¡Eva, Eva!-gritó

Alma extendió su mano.

-Luz, hija, debemos irnos-dijo ella

Pero Lorenzo gritaba desesperado.

La quiero, la quiero

En el corazón de Luz no había nada más. Se sentía consumida por ese amor del que tanto se enorgullecía que su maestra poseía.

El amor de Bellaria, lo más supremo que había.

Pero ahora sabía precisamente que solo a través de Bellaria ella podría ser él y consumar, consumar.

Serás mía, maldita, Eva.

Eva, te quiero tanto, te quiero, te quiero.

Eva se arrodilló en su casa.

Paris la miraba en silencio.

-Señorita….

-No, París. Podrás decírselo a tu ama después-dijo ella descendiendo a trancas y barrancas por la escalera.

No tenía la llave, pero sabía lo que significaba.

Puso los dos cristales con las ventanas abiertas y penetró en la habitación.

Debían estar los pañuelos de las víctimas, pero no era así. La habitación estaba toda llena de trastos inservibles, hasta que los vio.

Allí estaban las baldas. Y los zapatos.

Eva tomó los cristales y los metió en sus bolsos, pero los Sicarios vieron el brillo desde la ventana, porque en muy poco tiempo llegaron a la puerta del sótano.

Eva los miró, y sacó unas fotos de los zapatos tal y como Axel le había enseñado.

Al lado de ellos notó entonces en una bolsa de piel oscura los pañuelos de colores. Cada chica tenía un pañuelo que había sido arranado de su cuello o en su ausencia uno para sonarse, con las iniciales o algún bordado característico como era la moda.

Eva los miró, separándolos, y apreció en ellos un olor característico.

¡Era su perfume, los nardos!

Sintió que ella estaba allí, entre la pila de mujeres asesinadas, desnuda, queriendo escaparse, con los brazos abiertos pidiéndole a su hermano Luz que la sacara de allí. Todo era barro, frío, podredumbre, cuerpos, moscas.

Eva miró a un lado, sintiendo asco.

Vomitó sobre los trastos que había allí, unas ruedas de un cochecito donde quizá su hermana la había paseado. Sintió dolor después, su vida no había sido más que una mentira.

Ella era la obra de un monstruo, su resultado. Una criatura capaz de despertar los más grandes y enfermos amores en los demás, que era una renegada del reino de las sirenas, y una paria en la tierra de su padre.

-Oh….

No podía luchar contra Luz, lo mejor era entregarse a ella, y que Bellaria hiciera de este mundo el Edén que siempre quiso.

Eva no tendría la fuerza de acabar con Luz, porque ella era parte de su hermana.

No las hermanaba un amor imposible, sino un lazo irrompible de agradecimiento, de unidad, ni el hermano asesino podía acabar con lo limpio de su relación, pero sí que las alejaba, lo suficiente como para que Eva se creyera perdida ahora. Pero por mucho que aún quisiera a su hermana, aunque le perteneciera por vida, por ley, por derecho, por honor al haberla salvado, Luz la había convertido en otro ser oscuro.

Desde su más tierna infancia aprendió a usar los cristales y a cautivar, no tuvo opción.

No era justo, no había tenido elección, por eso ahora no podía redimirse. Luz mató a aquellas mujeres por ella, para poder consumar una pasión que su oscuro poder le había hecho concebir.

¡Cómo se burlaba de ella!

¡Qué idiota había sido al pensar que podía escapar del abrazo asesino de su hermana!

Cerró los ojos.

No, no.

Ellas han muerto por mi culpa, por el poder que tengo, porque he enloquecido a mi hermano, ¿Cómo podré seguir viviendo tras esto?

Escuchó el crujir sobre la puerta, y sintió el temor.

Quería dejarse ir, el camino fácil ante ella.

Pero quería cambiar, redimirse, al menos que su muerte significara algo. Se había visto en el abismo. Los Sicarios estaban cerca, su principal objetivo era obedecer a su ama.

Sabía que estaban allí, pero no podía hacer nada por evitar el peligro, si quería derrotar a su hermana y a Bellaria debería de enfrentarse a terribles enemigos y sufrimientos.

Eva miró hacia la puerta. Con la cámara de fotos colgada alrededor de su cuello.

Cerró los ojos y comenzó a andar de nuevo, el destino la llevaría hacia donde quería. Se llevó un solo pañuelo.

Comenzó a caminar, despacio, lo suficiente como para sentir la cercanía de una fuerza que siempre había estado ahí, discreto, cambiante, pero el mismo siempre, al que ella había cuidado de pequeño.

Tras ella, Axel se lanzó en una carrera larga sobre el primero de los Sicarios.

Ambrosio abrió los dos brazos y se tornó en una sombra en la que resplandecían flores. Era brutalmente venenoso.

-Cuídate de la pasión, Axel. Será tu perdición si la sientes en exceso-le susurró Eva

No podía ser sino él.

Ella se arrodilló delante de la puerta cuando escuchó el primer golpe sordo. Luego el gemido, era la voz de Axel, no había duda.

-Ah....

El joven se había lanzado sobre la oscuridad, pero el olor de las nuevas flores que llegaban hasta él lo había aturdido cuando el primero de ellos le golpeó la cabeza.

Un tiro se escuchó sobre las escaleras, y luego seguido de un alarido más animal que real.

Joshua se dejó ver cuando la nube oscura se desvaneció y cayó muerto ante el tiro que le había metido sobre Axel, que se despertó, herido, y clavó su florín sobre el ser que forcejeaba con él e intentaba quitarle una de las espadas.

La sangre que emanó de Axel llegó hasta Eva, quien al salir se encontró cara a cara con el tercero de los Sicarios.

La sombra oscura se filtró a través de la pared.

-Estás aquí, mi señora Altísima estará complacida

Su voz apenas articulada correctamente.

-Jamás me tendrás-dijo Eva sacando un cristal apuntando a su corazón

El Sicario entonces dejó que ella viera la causa, por la que Luz la reclamaba, vio a su hermano matando a las chicas, vio el dolor, vio su humillación, vio a Anna….

-Anna…

-Ella es mía, ella es mía

Escuchó los gritos de Luz, sin duda, ella había matado a Anna.

¡No podía ser! ¡Le había arrebatado a Anna, su única amiga!

-Oh, no, no…..

-Querida hermana, querida amiga-la voz del Sicario se tornó dulce ahora-vuelve con nosotros, con Luz quien te ama y ha hecho todo esto por ti, para que las dos estéis en el poder, ahora y siempre.

-La culpa es mía, Anna, la culpa es mía

El llanto de Eva se perdió entre las brumas que embargaban el pasillo.

-¡Joshua, ella está adentro!

-¡La están enloqueciendo! -dijo París-Es la Verdad que se abre camino.

Axel tomó su revolver y en un rápido movimiento le voló la tapa de los sesos, haciendo que le resto de Sicarios volviera, y que los devotos se fueran corriendo.

Bellaria se revolcaba en su tumba, pero aún no era el tiempo, no era el momento.

Los demonios vinieron por Joshua, y logró contener a los dos primeros en una frenética carrera por tomar más balas, pues se le habían caído del bolsillo en las primeras escaleras, sin poder alcanzarlas se vio arrastrado por los pies hacia debajo, así que no tuvo más remedio que actuar.

-¡Joshua!

Axel le lanzó un restrillo y Joshua se lo clavó al primero de ellos, mientras el segundo hirió de muerte al joven, que gritó.

Axel comenzó a luchar contra aquellos que venían, lanzándose contra él uno tras otro.

Su florete se clavaba en las sombras, guiado por el sonido, en sus ojos cerrados la figura de Eva, sus cristales, todo cuanto era sagrado para él.

Le pegaron una segunda, vez, mientras afuera los gritos de los devotos de la ninfa se marchaban. Velas en el suelo, grandes gemidos, enzarzados en una lucha unos contra otros, perdido todo control de ellos apenas quedaban en pie unos pocos, para insulto de Bellaria.

-Ven conmigo, te llevaré con ella-dijo el Sicario

Tendió su mano a Eva, y ella la tomó, dejando que la fuerza de su magia le llevara hasta su hermana.

-¡Eva, no!-gritó Axel-¡si lo haces ella habrá ganado!

Su carne estaba cerca de la suave del Sicario, pero Eva le miró, en la puerta.

Una de las sombras tomó forma por fin. Clavó su cuchillo en el cuello de Axel, quien necesitó toda de su fuerza para desasirse el enfermo demonio, que comenzó a succionar su piel dejando que la fuerza vital pasara a la suya propia, en una orgía enfermiza ondulada de piel regenerada.

Axel sintió rabia, era su cuerpo, era su alma.

Eran los demonios que siempre le habían importunado, formaban parte de esa jerarquía a la que había obligado a formar parte a Eva, por eso les odió, y por eso se lanzó contra ellos, y acabó con el último de ellos, mientras, Joshua, recargado disparó contra todos y cada uno de los devotos enloquecidos que descendían, hasta que no descendieron más y se fueron espantados. Numerosos hombres y mujeres muertos, y los arrugados ancianos a sus pies.

-No-dijo Eva apartando su mano de la del Sicario-el amor no se paga con amor, hay algo más. Está la vida. Yo jamás me uniré a vosotros, prefiero morir.

Eva se marchó, el anciano no hizo nada por evitarlo sorprendentemente.

Incluso él lo había comprendido.

Dentro de su alma, muy adentro, de lo que le quedaba. Había visto el dolor sin fin de esa mujer. Nada quedaba de ella prácticamente, la lucha eterna la había dejado agotada, pero aún así luchaba, sin tener nada, a nadie.

No obstante el grito del joven de la puerta.

-¡Eva!

Y el del segundo hombre joven

-¡Eva!

Esto le dejó pensando, tenía otros que la amaban, por eso renunciaba al culto a Bellaria, sin embargo ellos no podían. Debían seguirla.

El hombre comenzó a caminar hacia arriba, y vio los cadáveres de sus hermanos. El de Ambrosio.

Habían matado a aquella niña sin contar con él.

Bruno, San Bruno, como le llamaban sus hermanos riéndose de él, era un mojigato y un desagradecido.

Su padre lo había metido en la orden hacía más de cuatrocientos años, avergonzado de él. Era un ser inmortal, de rostro deforme. Se tapó la cara con su capa.

Se marcharía ahora, tal vez nadie lo notaría.

Salió y vio como corrían la joven y sus amigos.

-Esperad-dijo él delante de ellos-sabed que el poder de Luz ha crecido, puede tomar la apariencia de cualquiera, podría ser uno de vosotros ya.

-¿Por qué nos avisas?-preguntó Axel

Bruno se tapó el rostro y continuó su camino por el bosque.

-Ya no importa, nada importa-dijo marchándose

Dentro de su ataúd Bellaria se debatía, dos de los cinco cristales habían estado tan cerca, que junto a las oraciones de los engañados devotos hicieron que sus ojos se abrieran, pero ahora el último de sus seguidores que allí estaba la abandonaba.

Otro más.

-¡Bruno!

El anciano miró hacia atrás, pero no volvió, jamás lo haría.

Encontraría en aquella ciudad tal vez un lugar, uno que le dé lo que Bellaria jamás había podido darle, a pesar de que tenía el amor como bandera.

A su lado, maldito o no, solo había encontrado la muerte. Lo contrario al amor ¡Qué ironía! Porque siempre se decía que era el odio.

Capítulo 10: El Ser

Axel se fue a su casa, donde comenzó a revelar poco a poco el carrete que habían tomado las fotos, tras ser curado por Eva.

Tenía la cara hecha un asco de los cuchillos infectados de los Sicarios, y de sus uñas. También la nuca, pero bien, por lo demás.

Las estocadas de los seres de carne, pero fantasmales en la oscuridad, al luchar, como cobardes no le habían hecho nada. Su piel había resultado demasiada dura por alguna razón.

Eva le miró callada cuando todo terminó. Habían llevado a Joshua al hospital lo primero, después habían vuelto a verle tras llamar al comisario.

-¿Estás bien? -Lynch se acercó a la cama donde descansaba Joshua

-Sí, la herida está curada-dijo el doctor escribiendo algo en su diagnóstico-pero necesita descanso y tranquilidad.

-Comisario-dijo Eva acercándose ante Lynch-mi hermana es la culpable de los asesinatos de las jóvenes, tenía en su casa todas estas pertenencias-dijo ella mostrándole el pañuelo de una de las chicas.

-¿Cómo puede ser? ¿Una mujer?

-Estas son las fotos que prueban que en la mansión Parejo están el resto de pertenencias de las mujeres muertas-dijo Axel.

El policía miró a Eva, larga, profundamente.

-¿Quién es su hermana?

-Es un ser cambiante, hermafrodita, capaz de ser hombre y mujer, según decida, por eso puede engañar.

-¿Es una enfermedad congénita?-preguntó el inspector

-Lo es-dijo ella-es mi hermana adoptiva, yo soy Eva Jail, pero ahora he recibido recientemente el apellido de mi verdadero padre, Rosewater.

-Señorita Eva Rosewater-dijo él-¿qué les ha pasado?

-Al ir por pistas, nos atacaron los acólitos de su orden-dijo su hermana-tiene una secta, en la mansión Parejo.

-¡La del periódico, el culto a la nueva deidad traída de Europa!

-Bellaria-dijo a su lado Axel

Su figura pareció molestarle al inspector.

-¿Le importa señor? Estoy hablando con la señorita-dijo él

-Yo soy Axel Anderson-dijo Axel tendiéndole la mano con simpatía-el periodista de Lo Extraño.

-Ah sí, el hijo del abogado, el amigo de Joshua-dijo Lynch, quitándose las gafas.

-No, él es el periodista que ha llevado el caso-dijo Eva

El silencio se hizo entre los dos hombres.

Luego la profesionalidad se impuso.

-Siento tener que comunicarles algo a ustedes y a su amigo, Joshua, por favor-dijo Lynch

-¿Qué ha pasado?

-Hemos detenido a tu madre, a Lesley Méndez, como principal sospechosa en el asesinato de Anna...

-¡No, no, fue ella, inspector!-chilló Eva

Joshua les miraba como si estuviera en un sueño, apretando los ojos, la cara contraída.

-Sí, su padre, Lorenzo Méndez lo ha denunciado esta mañana. Está en dependencias judiciales, a la vista de ser enviada a una prisión de mujeres y del que juicio salga.

-¡Es imposible!-Joshua se sumió en un infame ataque.

Comenzó a chillar y a llorar sin parar. El doctor tuvo que venir y ponerle un tranquilizante.

-Debemos de hablar con Lorenzo, Axel-dijo Eva susurrando-y hay algo más, lo puedo ver.

Lynch se acercó a ellos.

-Necesito que me acompañen ahora, siento lo de su compañero-dijo él mirando a Axel-me consta que es un buen chico, y que todas estas desgracias a su alrededor pueden acabar con su cordura, a su edad todo es posible.

-Está tan solo-dijo Axel-su padre le ignora, está muy unido a su madre. ¿Está usted seguro que ha sido Lesley, no hay lugar para la confusión?

Lynch tomó a Eva de la mano y negó con la cabeza.

Por alguna razón aquella joven le conmovía.

Tenía en sus ojos escrita la palabra verdad. Lynch había escuchado muchas confesiones falsas en su vida, pero Eva decía la verdad, no tenía más que perder. Estaba mal vestida, y tenía heridas por la cara y los brazos.

Debía de haber sufrido mucho, se ocupaba de su amigo, y era custodiada por aquel coloso llamado Axel. El hijo del gran abogado Anderson.

El hijo rebelde y calavera, enamorado de aquella hermosa mujer.

La hermana de una asesina monstruosa, o de un asesino, daba igual.

El inspector Lynch les arrastró a una mesa de interrogatorio, primero por separado, luego juntos. Cada respuesta coincidió, las pruebas también.

Lynch había ido primero a la mansión Parejo. La mansión estaba desierta, llena de los cadáveres de la refriega, tal y como Eva y Axel le habían contado.

Sus versiones eran una, las pruebas eran irrefutables.

Solo faltaba que Luz Jail volviera a casa.

-Usa a mi padre, él la quiere, es su amante-dijo Lorenzo en un susurro de voz

Eva corroboró todo cuanto Lynch debía saber.

En algún momento de la conversación Benjamín se acercó a Lynch y lo ayudó con el interrogatorio. Apenas llevó dos horas para tomar un plan para detener a Luz Jail.

Lynch estaba admirado de Eva, eso era seguro, ella además utilizó su persuasión. Desdobló el poder de sus ojos, los volvió cristal, y sus alas de mariposa aparecieron en el aire, brevemente y el comisario asintiendo apuntaba, y conjeturaba, escribía y decidía.

Todo lo que hacía era guiado por la verdad, la razón, pero su atracción por esa mujer se hizo evidente. Hacía muchos años que no sentía nada por ninguna.

El comisario Lynch era el típico lobo solitario. Algunos días de pesca cuando los tenía libres, y muchos cafés y libros de criminalística, juegos de naipes, nada de prostitutas ni de alcohol. Pocos amigos, solía ir a visitar a las familias de los jóvenes policías que comenzaban y a contarles su vida.

Cuando todo acabara le pediría algo a Eva, por lo que vio de ella era una mujer con gustos afines. Poco o nada tenía que hacer frente al apuesto Axel, pero su orgullo no se mancillaría.

Al menos tenía a Benjamín cerca.

Apenas faltó tiempo para tener una salida.

Encontraron a Luz en la casa de Lorenzo Méndez ese mismo día. Sin decir nada se había ido, sin ocultar nada más.

-¿Señora Luz Jail de la mansión Parejo?

-Sí, soy yo-dijo ella

-Queda usted arrestada por el asesinato de Samantha Loathe y el resto de chicas-dijo Lynch

Benjamín comenzó a leerle sus derechos.

-¿Qué hace inspector? Ella no ha podido matar a todas esas mujeres

-No es ella, señor, sino él-dijo Lynch-acompáñeme usted también. Su hijo está en el hospital, por Dios hombre, tenga un poco de dignidad.

Lorenzo había perdido toda noción. De la muerte de Anna, quien era como su hermana ahora, solo le quedaba una salida: el cuerpo y el placer que le daba Luz, quien no podía acercarse siquiera a la mansión. Sabía que Bellaria estaría poco complacida.

Luz se había quedado como una mariposa, inmóvil.

Sin más fuerza que la que tenía para encontrar refugio en Lorenzo, su único amor, aunque también estuviera engañándola, al menos no estaba desnudo y según él solo había ido a buscar el dinero que le estaba devolviendo Anna con tiempo, resultó ser el verdadero amor de Luz, la mujer en ella, como Eva lo era de Luz, el hombre.

Ambas caras de una misma moneda resultaron ser el día y la noche, la luz y la sombra.

No eran los dos el mismo ser. Aunque a ambos los hermanaban la lujuria, la muerte. Y Eva...más allá del bien y del mal.

Nada ocurre como pensamos o soñamos

Cuando fue encerrada en prisión, sus ojos descansaron sobre los fríos barrotes.

-Su hermana nos ha ahorrado años de trabajo, señorita Jail-dijo Lynch al encerrarla.

-Mi hermana es una traidora, y pagará por ello-dijo ella

-No sabe nada, ella nos ha llevado hasta su paradero, sabía dónde iba a estar

-Por supuesto, agente, esa maldita desagradecida-dijo ella-siempre fue una decepción.

-Por lo menos ahora podrá estar con la persona que quiere y no con usted y su culto de locos. Hemos cerrado su casa, y el alcalde ha llamado.

-¿Se lo ha contado todo?

La voz susurrante de Luz hizo saber a Lynch que no todo.

Lynch cogió una silla y se sentó frente a la reja, ella desde dentro sonrió.

Capítulo 11: Muerte

El final había llegado.

De todo aquel caso horrible. De muchos sentimientos, de relaciones. Era hora de terminar, todos los involucrados en esta historia estarán de acuerdo, salvo por los últimos horribles sucesos que aún quedaban por ocurrir.

Tal vez Eva los vio en sus cristales, o Joshua en una de sus siestas inducidas a base de drogas para no sufrir los vio.

Luz Jail confesó toda la trama, los poderes usados, pero no creídos por la policía, los secretos que el alcalde, Anthony, usaba.

Les alertó de los presos que guardaba el alcalde a cambio de una reducción de condena.

Beatriz fue liberada cuando ya había construido un pequeño hogar gracias a Inno en aquella prisión de las cloacas.

Cuando fue liberada estaba Joshua esperándola, e Inno tras ella, como un perrito fiel la siguió. Su amor por Joshua seguía allí, no había disminuido pero había cambiado.

-¡Mi amor!-chilló el joven cuando fue a abrazarla

-¡Joshua!-gritó ella

Inno les miró, y se alegró por ella.

Joshua tuvo mucho gusto en conocerle, y le ofreció quedarse con ellos una temporada.

Pero el deseo, como es de caprichoso se abrió paso. Beatriz no podía estar alejada de Inno, y Joshua no podía tenerlo en su vida continuamente.

Por otra parte, algo en ella había cambiado. La dureza con la que despidió a su madre, la bruja, cuando vino a buscarla no fue menor que el escándalo cometido por el alcalde con esa secta llena de víctimas mortales, aquellas jóvenes asesinadas por el monstruo que había robado el corazón al director del periódico paranormal "Lo Extraño".

Lorenzo Méndez resultó exonerado.

Al igual que Eva, quien fue la llave principal en aquella investigación.

Todos los miembros de la secta fueron procesados, pero tal y como Axel dijo "nada en ellos cambiarán, pues ya han visto el horror, el poder, la mentira, y siempre lo usarán para engañar a otros pues habían saboreado el más delicioso e irresistible de los manjares: el sometimiento".

Lynch juzgó al periodista de visionario.

Muchas tardes fue Eva a tomar el té con el inspector, y muchos días juntos debatieron sobre la verdad de la vida, sobre el caso, esperando que el juicio comenzara.

-Es usted realmente una niña, pero oh, Eva, la encuentro tan sabia como a Axel-dijo él

-Su familia ha vuelto

-Sí, lo sé, y me alegro por ellos.

La hermana de Axel se casó por fin, y esperaba su primer hijo.

Todo fueron alegrías en el mes que siguió. Los periódicos sensacionalistas siguieron publicando cosas espeluznantes sobre el caso Parejo como fue llamado.

La relación de Eva y Axel se reafirmó aún más, pero como las olas su amor estaba sujeto a la luna, tal vez al sol. A los dos astros que brillaban en el cielo.

Eran por las noches calor, eran por el día silencio, frialdad.

Pero aún un eco de su pasado estaba resonando en el presente. La mariposa en Eva se estaba muriendo, su verdadera naturaleza pugnaba dentro de ella como si fuera un sueño que la perseguía.

Lejos quedaba ya su relación con Luz. Pero ¿acaso la eternidad podría hacer que Eva olvidara a su hermana?

¿Podía un espíritu que había estado junto a otro ser aniquilado tan fácilmente de la memoria? ¿Acaso las huellas que Luz dejó en Eva eran invisibles?

No lo eran, siempre estaba allí. Eran huellas imborrables.

¿O acaso la decepción podría hacer que se borraran a sí mismas? ¿Axel las borró al recordarle quien era Luz en realidad?

Sin embargo, la respuesta a estas preguntas que agitaban el alma de Eva se contestaron a sí mismas. Pues aún estando encerrada los actos de Luz estaban cerca, atosigando, ahogando a Eva hasta extremos impensables. Estaba en su nueva vida, como había estado en la antigua.

Axel había presenciado en su interior el cambio, la simple idea de que una epifanía podía venir sobre él y su relación con Eva, pero sería dolorosa para ésta, no sabiendo si su corazón la resistiría.

El cadáver en descomposición de Laurio, asesinado por Luz allí había seguido, en la antigua casa de soltero de Axel. El día que fueron a casa de Axel, guiados por la realidad que los cristales decían a Eva, esta habló claro.

Allí había estado su hermana, otro crimen en nombre de Eva Jail

-Luz le sedujo, le engañó, y él no quiso escucharme, porque sabía que tú me querías-dijo Eva cuando se hubieron deshecho de él.

Joshua les había recomendado un buen amigo que no pertenecía a este mundo: Inno, el habitante de las aguas, quien iba y venía a ver a Beatriz.

Deslizaron el cadáver de Laurio en el puerto, hacia lo profundo de las aguas.

Aquel hombre hermoso, bello, resplandeciente al que Axel había amado una vez se pudrió entre las redes de un sucio pescador que por menos de un dólar se la había vendido a Axel. Así el joven de rojos cabellos, el artista terminó pagando una pasión sin fin, un deleite.

Ahora Axel recordaba cada momento vivido con Laurio como un momento dorado, pero lleno de oscuridad al mismo tiempo. Era como un bombón de licor, envuelto en oro, pero lleno de veneno en vez de licor, de esos que su padre ponía en las fiestas, recordaba habérselo dado el día en que ambos habían hecho el amor por primera vez.

Nada podía escapar a ese eco, a ese dolor. Miró el cadáver deslizarse con la piel blanca de sus piernas, sus hermosas manos que jamás volverían a amar al arte, sus cabellos más rojos aún que los de Eva, pero menos hermosos.

La verdad era que no le importaba el hecho de que hubiera muerto. Le importaba el pecado, el ser un asesino y que el cuerpo dejara pruebas. Ese era otro regalo envenenado de Luz, por haberle quitado el amor de su hermana. Privado de sentimientos por el desgraciado muerto, su alma estaba llena nada más que de egoísmo. Quería una vida larga junto a Eva, había luchado mucho por tenerla.

Laurio había sido una mariposa roja, tanto como las flores de Luz, las que nacían a los pies de las chicas que había dejado muertas por su delirio no correspondido por su hermana.

Luz había sido un chico malo, un fan del arte de Laurio. Lo había seguido, le había cantado, Laurio lo había reconocido como un ser hermoso, etéreo, fuerte y misterioso, y lo había amado. Como se había admirado de Eva, la había perseguido en sus fantasías, a veces con Axel, otras sin él, y la había odiado al mismo tiempo.

En la fiesta de los Anderson, ahí la había envidiado, la había amado, la había odiado, deseado, desnudado con su mente no entendiendo como una mujer podía invadir sus sentimientos así. Sus pechos eran pequeños, pero eran pechos, sus muslos blancos, tantos como los suyos, le daban envidian pero deseaba sentir su piel, suave seguramente.

Como un demonio venido de entre las flores, de ahí venía Eva, despertando lo peor de él, Luz había invadido su cuerpo pero Eva a través de Axel, de su amor por él había tomado absoluto dominio de la mente de Laurio.

-Él no te ama....

Las palabras de Eva a Laurio en referencia a Axel dejándole mal ahora pesaban su conciencia, pero ella nunca le había mentido. Eva rezó a Dios una oración por el alma de Laurio, y su rostro descansó para siempre en el azul.

Odiaba la verdad, todos odian la verdad, como tú.

Pero desean saberla, tú eres como todos.

Inno se deshizo del cuerpo en presencia de Eva, Joshua y Axel. De aquel equipo solitario y denostado.

Ya nada en aquel grupo de colegas era sorpresa o motivo de asombro. Los inmortales convivían con los mortales, los monstruos habían sido vencidos. Y si no lo fueron, lo serían.

Lorenzo Méndez había ido a ver con frecuencia a Lesley, pero ella se negó a seguir viéndole. Lo odiaba, y también todo cuanto había hecho por estar con ese ser estúpido que la condenó. Ella no había matado a su amante, a Anna, pero en el fondo había algo oscuro…se alegraba pues sabía que aún estando con Luz Jail, ella seguía siendo el único amor de su vida.

Nadie había quedado más rosto por la pérdida de Anna como Lorenzo, quien vistió luto por ella, y apenas pudo consolar a su propio hijo, quien no sabía si odiarle o matarle. Había pensado tantas veces en ello….y llamar a Inno y dejar que como Laurio su propio padre se perdiera en las aguas, idiota que había condenado a la perdición a tantos, no solo a su propia esposa.

El dinero que tantos habían dado, la manera de que los ojos de los lectores acudieran a su llamada diabólica, enamorados del sueño de Edén de Bellaria, influenciados por la falsa visión de la profetisa Luz, su amante.

Eva lloró a Anna más de lo que habría llorado por su propia madre, más de lo que lloraron los Ancianos del Mar por ella, cuando Inno negó con la cabeza, había fracasado en su empeño.

¿Ellos lo aceptarían? Ella ciertamente moriría bajo las aguas, pero llevaba su sangre, tenía sus poderes de seducción, pero los de las ninfas se los habían redoblado y los habían vuelto diabólicos.

Tal vez la temieran, tal vez la desearan.

Solo quedaba algo pendiente, Bellaria, pero ella moriría con Luz. Cuando la declararan culpable y le dieran la pena máxima.

Luz era el último eslabón de la ninfa con esta tierra desértica de Los Ángeles llamada Edén entre sus acólitos.

-Marchémonos juntos, Eva-le había dicho Lynch-cuando el juicio acabe.

-No puedo, Lynch-le dijo ella entre las flores de su nuevo invernadero.

La mansión Parejo seguía cerrada, pero ella y Axel habían cogido una pequeña casita a las afueras, sin lujo, solo con tres habitaciones, un salón, el baño, la cocina y el pequeño jardín que ella pidió. La costa cerca.

-¿Estás enamorada de Axel? -le había preguntado Lynch ante un café.

-¿Tu dejarías de ser policía? ¿Lo habrías hecho por una mujer? -Eva le sonrió.

Lynch, padre mío, hermano mayor mío, mi tutor, mi confidente.

Ojalá te hubiera tenido cerca antes, tú me habrías llevado por el buen camino, pero aún así no habría sido tu amante, sino tu hija, tu hermana, tu devota pupila.

Lynch ya tuvo la contestación. Los ojos de Eva decían lo mismo que sus pensamientos.

El comisario se marchó a otra ciudad recompensado con honores, subía en la jerarquía. Tal vez algún día el puesto de capitán borraría de sus grandes gafas la figura de Eva y su negativa, calmada la ambición en su corazón.

Sobreviviré

Lynch lloró una sola noche por Eva, pero sabía que podía seguir su camino. Que no moriría. Y eso hizo.

Eva era de otro.

Pertenecía a Axel, como él lo hacía con la policía. No era para menos.

El hecho de haber ofrecido a Laurio como presente para el mar calmaba la conciencia de Eva y por sentido práctico les hacía estar libres de más sospechas e investigaciones. Nada enlazaba a Luz con Laurio.

Nadie se creería que fue su magia la que lo engañó, y por supuesto Luz jamás lo confesaría.

Por eso se impuso la lógica.

Eva no era una buena persona, ella lo sabía y todos lo sabían. En sus venas estaba la ruina de los hombres como si fuera una joya escondida que la hiciera estar orgullosa y recorriera su cuerpo.

Axel jamás olvidaría cómo la conoció, ni lo que le hizo sentir. Pero tampoco podía librarse de ella, del deseo.

Cuanto más lucharon juntos, cuanto más convivieron más se acostumbraron el uno al otro. Él la amaba con toda su alma, y cada noche se lo demostraba, ella intentaba amarle, y a veces creía conseguirlo.

Pero ningún otro hombre hubiera podido tener su compañía. Solo aquél al que más le gustara atormentar, el más apuesto, el más ambiguo y aparentemente fácil de seducir, Axel.

La rutina de Axel seguía siendo la misma de periodista, la de Eva era recibir a Lynch y luego a Inno, en el crepúsculo.

-Los ancianos están dispuestos a acogerte, si quisieras venir a tu pueblo-dijo él -están contentos por el alimento humano. Pero no están seguros de tu lealtad.

-Lo hice para no ir a la cárcel y que Axel tampoco fuera-dijo ella-no presenté ningún tributo al pueblo de mi madre.

-Pero eso ellos no lo saben, Eva-dijo él

 Inno no estaba feliz. Su expresión era triste, cabizbaja.

-Oh, amigo, lo que ocultas habla por sí mismo-dijo ella

-Sí, no soy feliz-dijo él-y ella tampoco lo es.

-Lo sé-dijo Eva-lo he visto, y Axel también.

-Tus cristales, claro-dijo él-el poder de las ninfas te han hecho tenerlo.

-Sí, pero durará poco, cuando mi hermana muera se irá-dijo ella-¿qué vas a hacer?

-Marcharme, nadaré lejos, seguramente me iré a la colonia de mis hermanos en el Ártico.

Ella le daba un helado, a Inno le gustaban mucho.

Su piel se había vuelto casi gris, su estado era deplorable.

Pero Beatriz también lo quería, las cosas entre ella y Joshua iban bien, pero su corazón no lo tenía muy claro.

Beatriz nunca se había abierto con Eva, la veía distante, la veía extraña, quizás veía en ella la rival a la que nunca podría igualar.

Se confesó solo con el propio Inno.

-Te quiero, no puedo estar lejos de ti, pero Joshua lo ha perdido todo, él no es él mismo, su madre está en la cárcel, su padre roto y todo cuanto luchó contra el mal, la oscuridad que lo envolvió. No sé qué hacer, Inno.

Inno la abrazaba a escondidas, y le ofrecía un amor limpio, sin responsabilidades, sin fin. Beatriz lo sabía.

-La oscuridad de m hermana continúa aquí, Axel-dijo una noche Eva

-¿Por qué esté Lesley en la cárcel?

-No, la tragedia de Lesley no podía haber sido prevista, y es algo que nadie puede evitar. Es como lo de Laurio, nadie puede demostrar que ella no lo hizo, no tiene coartada.

-¿Estás segura que fue Luz?

-Claro que lo estoy. Jamás olvidaré lo que le ha hecho a Anna, la muerte es poco para ella.

Pero por raro que parezca. Luz aún tenía algo en sus manos.

El anillo que ya Eva ni sabía donde estaba, el de la piedra azul. Alma se lo había traído, y fue gracias a él lo que la despertó.

Logró que la prisión se abriera, pero su madre tuvo que pagar un tributo a Bellaria.

-Cuando yo muera la sangre ofrecida a Bellaria la traerá, deberás ir a por Eva, y consagrarte a ella por fin, para que la ninfa-diosa pueda volver.

El poder del cristal azul del anillo era lo que nadie había sabido. Tenía el poder del amor entre hermanas, así había sido consagrado a Bellaria cuando era Eva niña.

Era la ninfa del amor, así era.

-Estoy preparada madre-dijo Luz

Alma se clavó llorando con las manos de su hija sobre las suyas y su corazón palpitante fue atravesado. La celda se llenó de luz, y la sangre tapó el camino que siguió Luz, libre ya de toda prisión y que siguió hasta la casa de Eva.

Esa noche las alarmas saltaron en la ciudad, pero Axel se enteró tarde.

Eva sacó la basura, como cada noche, cuando de pronto escuchó el susurro.

-El amor con amor se paga-Eva se giró sintiendo el horror mientras miraba el horizonte de lo que siempre había sabido que no era el de su nueva vida en absoluto.

-Luz...-susurró

-¿Creías que no vendría a por ti?

No era su hermana, era su hermano.

-¡Axel!

No llegó gritarlo, Axel escuchó el crujir. Pero se calló el anillo consagrado.

No debió de dejarlo allí.

Luz arrastró a su hermana hacia la mansión precintada. Llegaron a fuerza de grandes empujones, besos y bofetadas.

La luna esa noche se asomó antes de tiempo. No sabía hacia donde mirar.

Dos espectáculos dantescos, de hacia donde nos pueden conducir las pasiones incontrolables ya fueran por culpa de Bellaria o no. De cómo ningún Edén es posible salvo por momentos fugaces como Axel Anderson sabía.

Joshua abría por su parte una carta.

"Tengo algo importante que decirte de tu amor"

Así rezaba, le llamaba para verle lejos, en el puerto. Lejos de la ciudad.

Toda la noche estuvo conduciendo. Su coche se estropeó tres veces. Dejó la carta en la entrada, y Beatriz al volver de su nuevo trabajo la encontró.

Un presentimiento oscuro se apoderó de ella.

Pidió a Axel su coche y se fue montada en él.

Es curioso como siempre han dicho que la luna trae los más pérfidos presagios, cuando en verdad fue la lluvia quien trajo toda la tragedia allí narrada. La luna solo se dedicó a observar.

-¡Déjame, maldito! -gritó Eva ante la tumba de Bellaria

-Oh, hermana, ¿cómo podrías pensar que el destino nos separaría? Tú eres mía, no de ese maldito, tu vida me pertenece, esta noche me la llevaré-dijo él.

Sus manos fuertes sujetaron arriba las de Eva, mientras buscó con la derecha más tarde su falda, que subió arriba.

Vertió de un escupitajo su propia sangre, mezclada con la de su madre que aún goteaba en la boca, más vampiro que ser humano.

-Que toda muerte sea por amor-dijo

Al punto su voz neutra trajo a Bellaria. Las pocas flores que aún quedaban brillaron, la entrada artificial ya no echaba agua, pero comenzó a gotear. Bajo ella, Eva sintió que la piedra temblaba, su hermano sin embargo en una sinfonía de horror, de amor no correspondido y de carne plegada de traición, de la hermana extirpada en él, de su mitad ida, candente de obsesión y culpa se lanzó sobre aquel cuerpo que tanto había deseado y comenzó a intentar poseerlo del todo.

Pero a su lado, la voz sonaba.

-Es mía, ella me pertenece-la presencia dijo

Sintió cómo el puñal invisible, se alzaba, Eva apenas podía verlo, pero Luz no podía dejar de sentir en su cuerpo el deseo en forma de erección poderosa. Por fin era un hombre.

Por fin todo tenía sentido, por fin tendría lo que quería.

Luz mujer había sido derrotada y matada cuando se quedó sin Lorenzo y sin hermana.

Luz hombre era un ser completo, para gloria de Bellaria, gracias a su hechizo y al sacrifico de su madre, Alma.

Era lo único generoso que Alma había hecho por ella.

O eso creía, pues Eva había presentido que su madre solo había condenado más a su hija.

-¡No! ¡No la matarás! ¡Ella vivirá conmigo, es mía! ¡Nos iremos lejos!

-No, no lo harás-dijo Bellaria-¡me las has traído, ahora yo te he dado tu verdadera naturaleza, déjala y vete!

Las palabras se filtraron entre las dos ninfas, los dos seres inmortales, varón o hembra, de este mundo o del otro.

Bellaria alzó su gran puñal azul, lo único que se vio bien sobre Eva, pero Luz entonces la apuñaló con su cuchillo ceremonial, el mismo con el que Alma se había suicidado.

Todo poder, toda belleza se la llevó Bellaria cuentan aún en la ciudad, y tal vez fue así.

Inno cuando Joshua se alzó ante él con los brazos abiertos diciendo:

-¿Qué tengo que saber de Beatriz, Inno? ¿Qué quieres ahora?

-Beatriz debe marcharse de tu lado, tú no pues retenerla, ella no te ama, Joshua

-No sabes lo que dices ¿para eso me has llamado?

Joshua negó con la cabeza.

Beatriz los alcanzó desde la distancia.

Otra hoja penetró en otro corazón. El de Bellaria y el de Joshua fueron atravesados por completo, y la luna se dividió en dos, eso contó "Lo extraño" al día siguiente.

-¡No, Inno! ¡No!

Beatriz les alcanzó, pero ya era tarde. Tomó a un agonizante Joshua entre sus brazos, cuya línea de la boca escondía un hilo de sangre, quien le sonrió, la acarició y le dijo:

-Te amo, recuérdalo siempre, y a mi padre…

No pudo decir más.

Su cabeza cayó en el regazo de la que era casi su esposa, y una expresión de dolor en la cara de su asesino terminó con aquella escena dolorosa.

Bellaria también volvió a su tumba, sin un cuerpo, su espíritu había sido matado. No había más vida en ella, en ningún mundo. Dios no le cerró las puertas, su propia maldad lo hizo.

-¡Eva! ¡Eva, estás bien!

Entre sus piernas, torpemente Luz buscó el rostro de su hermana.

Entonces a sus pies un anillo.

-¡Es mi anillo! ¡Lo has guardado!

Eva asintió, pero tras sus ojos sin amor estaba el amor en cierto modo.

Otro amor.

Axel disparó a Luz muchas veces, su espalda llena de plomo se desplomó sobre la hermana que tanto amaba.

Sobre la mujer que amaba.

-¡Axel!

Axel ayudó a Luz a salir de debajo del cuerpo de aquella criatura extraña, que alzó sus manos sobre Eva.

-Ella es mía, mía, maldito.

-¡No, no lo es!-dijo Axel

-Yo te amaba…-dijo Luz

Eva pudo haberle dicho que amó mucho a la hermana en él, pero sabía que ese era el final, quería que lo fuera. Odiaba a Luz, hombre o mujer, la odiaba, lo odiaba.

-Yo te odio-dijo ella

Axel la envolvió en sus brazos la sacó de allí. Como ella de pequeño lo había tenido a él siendo poco más que una adolescente, pues era mayor que él. Su destino había sido uno, pero los cristales ya no revelarían nada, ya no existían.

Eva los rompió cuando llegaron a su casa, después de que Axel le hiciera el amor hasta la extenuación.

Bellaria se había equivocado, su Edén no podría existir, esa noche y otras más en aquella ciudad pecaminosa sería todo cuanto habría en Los Ángeles.

La lluvia cubrió la ciudad, cubrió el puerto también.

-Márchate y no vuelvas más a por mí-dijo Beatriz en su despedida a Inno mientras la policía venía-no te denunciaré, pero jamás vuelvas. Yo te amaba, Inno, podíamos haber estado juntos de haber esperado. Pero no sabes nada de los hombres, ni del amor, por eso no has podido hacer que Eva vuelva contigo ni comprenderme, ni esperar por mí. Vete.

Inno sintió su corazón romperse.

-¡Te equivocas, Beatriz! Sé demasiado del amor, y eso es gracias a ti-dijo él mirándola. Las lágrimas eran de sal, y dolían. Él apartó varias, y lanzó el arma al agua, luego miró al horizonte y vio su vida, dibujada en el mar por un momento.

Negó con la cabeza, negó aquel amor, aquella relación romántica que había nacido de la desesperación de tener cerca a otro ser viviente para no morir de dolor, el de la soledad, el de la locura encerrado en una celda como un animal.

¿Qué era el amor?

¿Un gesto de una persona hacia otra? ¿Una mano que se posaba sobre otra en medio de la oscuridad y la guiaba hacia la luz, o la luz que prendía su contacto dentro de la otra mano, dándole vida, calentándola?

¿Era el amor una incandescente llama, que no se apagaba, un fuego que solo podía crecer, pero nunca extinguirse por mucho que el viento preñado de desgracias soplase?

Inno hizo algo al irse nadando entre las aguas, dejó que sus piernas se quebraran sin gritar, renunciando a toda vuelta a la superficie siquiera.

Se maldijo a ser una criatura bajo el mar para siempre, por haber perdido el amor de Beatriz, pero lo que había hecho era para dejarla libre de otra prisión, en la que ella misma se había encerrado ya, y que la consumiría aún más que la primera, a pesar de los ruegos de Inno de que dejara a Joshua, de que no era amor, ya no, tras ellos en aquella cárcel juntos lo que habían vivido no, sino solo obligación, agradecimiento.

Le dio la libertad de nuevo, como le había dado la salvación una vez. Compró su felicidad futura con su pecado, con su condena, eso era el amor entonces.

Aceptar una condena silenciosa, que te atara con cadenas invisibles y hambrientas, arrancadas de los pies del ser amado, para que éste pudiera correr en libertad.

Beatriz nunca supo de su sacrificio para no volver a la tierra, pero de la misma manera, tal vez él nunca supo tampoco que ella jamás lo dejó de amar.

Capítulo 12: Hijos míos

Muchos años después

Sol, el sol al que todos creían fuente de vida, sin embargo a ella ya no le servía.

Hacía cinco años que se pudría bajo él. Sus piernas, su torso desnudo y lacerado de lado a lado, por un ser de pelo rubio y anodino, alguien quien no hablaba, solo susurraba, se la había llevado.

Estaba muerta y lo sabía, y sin embargo aún estaba cansada.

¿Dónde estaba el cielo, dónde el infierno?

¿Por qué sentía dolor de espalda?

Esa especie de medusa atractiva que se la había llevado del bar, hacía exactamente tantos años, y sin embargo aún sentía lo mismo.

Cinco años de mala postura, de haber estado con vida tal vez pudiera...

Pero no se movía, aquella mortaja de su alma llena ya de gusanos, donde el músculo se pegaba al hueso obscenamente aún por la saliva de ese Ser llamado Eva.

Solo sabía eso de él o de ella ¿qué importaba?

Lo que importaba es que no lograba despertarse, que nadie la encontraría jamás.

Y cuando las noches llegaban.

Oh, ese silencio.

Cierra los ojos, ciérralos hija mía, y toca el vaho de los cristales de esa escuela abandonada que está frente a ti.

Oía la voz de su asesina, una y otra y otra vez.

Venía a verla, lo sabía.

Cada noche una flor.

La chica muerte intentaba seguirla, hacer lo que ese Ser decía, pero no podía.

Era un cadáver después de todo.

Ya era 2005, y aún estaba allí.

-Dime ¿alguien me encontrará?

Pero tan solo oía risas tras ella.

-No por favor, no me dejes aquí sola, Eva, regresa.

En ese no-mundo de no-muerte y a la vez de muerte, la difunta le pedía con toda su alma a su asesina que se quedase, pero ella era cruel, y la dejaba sola.

Siempre reía. Solo había sabido eso.

Pero Luz miraba y buscaba en aquel móvil.

Esa máquina infernal de la otra chica, la de la motocicleta que había asesinado la noche anterior.

Juraría que había una foto de Eva ahí, de ella y de ese hombre, Axel, de hace años.

La chica periodista como aquel maldito había sido, seguramente había ido a una hemeroteca. Los recordaba bien.

Vio a lo lejos unas luces.

¿Qué eran?

Fuegos artificiales…o ¿era otra cosa?

Ahora alguien más la llamaba.

-Devuélveme mi cartera, llévate esa flor apestosa.

Luz miró hacia atrás.

-Te vas a enterar.

-La han encontrado-dijo ella, poniéndose el abrigo que había pertenecido a su hermana Eva. Lo olió, pero su olor había sido corrompido con el resto de cadáveres en descomposición que tenía a sus espaldas.

El F.B.I. ya había llegado.

Era la tercera chica que habían encontrado con una flor a sus pies.

-No importa que lo hayan hecho, hija mía, a mí no pueden encontrarme-dijo Luz

-¿Cómo que no? –dijo la chica que llevaba muerta más de cinco años

-No pueden detener a quien está muerto-dijo Luz

Luego siguió caminando, ignorando las voces apagadas tras las carnes podridas todas tiradas en aquellas montañas en plena primavera.

El inspector Lang abrió el cuaderno de notas y tomó las primeras impresiones sobre el cadáver. No obstante conforme había pasado el tiempo ya no sabía qué escribir.

El forense junto a su lado esperaba hacer su trabajo.

-Cada primavera-dijo el joven federal mirando a través de los árboles.

Es el Mal que no muere, hijo mío

Lang se volvió hacia atrás, apabullado.

-Hans ¿has oído eso?

-Sí, es como si te hablaran, cada vez es peor-dijo el forense mientras su ayudante los miró de reojo observando el extraño comportamiento de ambos.

-Estoy aquí, me llamo Meredith

-Y yo, Soledad….

Venga, hijas mías, no atosiguéis al inspector, en honor a Bellaria construiremos un mundo de flores como nunca.

-¿Reconstruir qué?

-Oh, Soledad –dijo a la chica uruguaya que había raptado mientras salía con su novio en coche de su pueblo-Bellaria era un antiguo reino de amor y belleza, pero no importa que ahora esté muerto. Ni la muerte puede acabar con él.

El Gran Mal había hablado, ya Luz no era Luz.

Gobernaba un mundo de tinieblas, del el agente criminalista Lang estaba empezando a oír ecos, pero del que no sabía aún nada.

Las flores sin embargo bajo cada cadáver no se marchitaban, seguramente formaría siempre parte de esa macabra magia negra.

A lo largo de todo el país las mujeres fueron poco a poco encontradas, las hijas de Bellaria.

Pero los hijos aparecerían pronto.

Jóvenes hombres que fueron desfilando a lo largo de veinte años tras ellas, para la gloria deificada de Bellaria en ese mundo que no pertenece ni a los vivos ni a los muertos, sino solo al Gran Mal

Lang lo palpó, lo escuchó, y hay quien dice que lo destruyó finalmente, pero eso nunca lo sabremos, pues el futuro no se puede ver, ni tampoco descifrar.

Tened esto en cuenta, hijos míos

Los jóvenes eran los narcisos que las flores rojas recibían.

Los hombres que aparecían eran jóvenes del entorno de las chicas muertas. Sus hermanos, sus amigos, novios.

Siempre a pocos metros de ellas.

Los cadáveres de los hombres, muertos pero no escondidos, señalaban que el de sus amadas estaría cerca.

Eso lo supieron los de homicidios, aquel asesino o asesina se iba perfeccionando pero parecía no existir, ni su ADN, ni sus huellas, ni nadie lo había visto jamás.

¿Y si todo fue la pesadilla de Luz? ¿Y si no era real y todo era parte del tormento que Dios le infligía pues ella estaba muerta? Y él él en ella ¿tal vez no?

Era él quien mataba de todos modos, pero era ella quien coleccionaba las flores.

Aún no lo sé, hijos

¿Hasta cuándo aquel tormento?

Esa oscuridad, esa tormenta, su frío su temor, aún estando encerrados dentro de los cadáveres, los dotaba de una vida rara, que solo ellos y su asesina entendían.

Luz, esa criatura que era lo contrario a su nombre, que jugaba con sus almas si es que eran eso, un alma, como más tarde el joven investigador haría…

¿Cuándo quedarían libres de sí mismas?

¿Cuándo Luz los liberara?

Pero de su boca solo un mensaje

Sois mis hijos, mis hijas…